U0119533

文獻學·第一輯02

探索世說新語

——史證與文跡

蕭虹著

蘭臺出版社

謹以此書獻給

先父 故世界書局總經理 世新夜間部主任
　　蕭公宗謀

先母 故世新副教授
　　龍夫人儀

▶卷首語

　　這本書建築在作者1980年代寫的論文，雖然以後經過修訂和補充，大致還沿用了原來的框架。是從多方面去探討與世說新語有關的諸多問題。之所以在多年之後還要出繁體版，一來是因為原來是由上海古籍出版社以《世說新語整體研究》的書名出了簡體版，希望它也可以繁體與港台的讀者見面。二來覺得雖然在世說新語的研究方面已經有了長足的進展，本書有些章節並未被後來者所代替，還是有價值的。

　　原來以「整體研究」為書名，因為當時還沒有人做過多視角的研究，我也的確花了很多時間精力去做基礎研究，但現在看來，新的成果層出不窮，我的這些基礎研究已經不重要了，但由於它的多視角，卻可以做一本入門的書，所以更名為探索世說新語——史證與文跡。它從各方面考察世說新語，例如作者、體例、價值、對後世的影響和它的審美觀，尤其是和國外同類的作品比較和在中國以外的翻譯和研究情況。看了本書，對世說新語就可以有一個初步但完整的概念。

　　世說新語是一本趣味雋永的書，更是中國文學的一部經典，後世的文人墨客無不熱愛它而且常用裡面的典故，甚至於形成了一種「世說體」。它對於中國的音樂與藝術也有深遠的影響。正因為它的內容豐富而複雜，無論是略讀或精讀都會有不同的收穫。所以不但中文系的學生應該視為必讀的書，一般對文學藝術有興趣的人，也應該涉獵一下。

　　本書的語言往往不是板起臉孔嚴肅地說教，而是採用比較平實的語言，使讀者在輕鬆的心情下，完成對世說新語的基本認識。但是它又不是信口開河，而是用基礎研究、用數據說話。所有的結論都是站得住腳的。對嚴肅的學者而言，也是值得一讀的。

　　本書的繁體版有幸得到臺灣東華大學的吳冠宏教授作序，簡體版也榮獲上海復旦大學吳中杰教授的序文，皆令拙著增光尤多，在此一併作謝。

蕭虹於悉尼

2019年10月

非唯治實，兼有風流

蕭虹教授在中學時即播下喜愛《世說新語》的種子，初經二十多年辭掉工作攻讀博士，她選擇以研究《世說新語》作為博士論文，再經二十多年後進行增補修改，譯成中文，於上海古籍出版社出簡體字版，後又經過近十年的時光，該書即將在臺灣以繁體字出版，可以加惠更多學界同好，真是令人期待，觀其前後共歷經半個世紀的歲月，不正印證了她對《世說新語》的「一往情深」！

雖然久仰蕭虹教授大名，但真正見面結緣，卻是在2017年於河南師大舉辦「第一屆世說學國際學術研討會」上。她以大會主題報告的身份，發表〈分享的幽默——世說新語中精英階層的諧趣〉一文，談及《世說新語》的幽默分類，關注其特色和來源，並討論它的詼諧技巧，該文除了紮實的治學風格外，始終秉持她一貫縱橫中西、通貫古今的視野，字裡行間亦總是流露一股溫潤的筆調與笑談人間事的智慧。幾日的交流相處，更能領受到這位前輩學者深厚的學養、謙遜的態度與脫俗又親切的氣質，不禁感念劉強教授的努力奔波，創造出世說學的交流平臺，讓我們這一群世說癖的同好，得以有此善因緣，相遇在邂逅《世說新語》的美好風景上，孟子說：「獨樂樂，不如與眾樂樂」，看到這麼多全世界各地的人才專業，在此共聚一堂，更激勵彼此當在兼融文史哲的偉大奇書——《世說新語》之教研的路上展鵬續航，而不可學成止步。

展讀蕭虹教授《探索世說新語——史證與文跡》，雖是從她寫成於20世紀80年代的博士論文整理修訂而來，於今觀之，在《世說》的研究史上仍深具歷史的價值。她立基在魯迅《中國小說史略》對作者問題之商榷、原據類書的假定而步出嚴謹的考證之路，諸如從《宋書》與《南史》的差異、沈約何以評劉義慶「才詞不多」切入，開始詳考劉義慶的家庭背景、興趣天賦以及生平年譜，而定調劉義慶

為主編及《世說》成書之時間，揭露袁淑與何長瑜在合編過程中的角色扮演，透過分類的方式，對於《世說》與《語林》、《郭子》進行比較，在數位工具尚未發達之時，想必花費不少搜羅殘文的時間、統計篇目的工夫，才能取得客觀的數據，而提出較有說服力的意見。全書無處不流露這種勤篤紮實的治學風格及態度，相較於如今的學子總是好談高論，卻不戮力於史料，講究速成而欠缺積累的工夫，在學術養成的路上當行遠必自邇，而沒有捷徑可圖，至今仍是顛撲不疑的道理。

其實以蕭虹旅居海外的知識背景，她當接觸不少盛行一時的洋理論，但相當難能可貴的是，該書依然走從文獻出發的平實作風，願意栽入如此浩瀚的歷史材料中來慢工出細活，若非有極高的學術熱情與誠意，如何可能！也正是在史料文獻上探源察流下過真工夫，故其後展開社會風尚、歷史價值、後世影響的討論，方能論之有據而紮根有聲。如今這一方面的論述雖已不乏後出轉精之作，但當我們隨著蕭虹的眼睛，看到《世說》何以少記異族統治之事？何以未及葛洪令人費解？何以特記《晉書》所無的僧侶與婦女？何以對誤國的王衍不留隻言批判？仍能深切感受到她篤實治史的步伐與心跳，出入於《世說》與《晉書》的歷史扉頁，而不時展開殷切的探問或者是發自於愛之深的責難。

蕭虹跨中西文化的視野，可以在《世說新語》與個性研究上看到，她以希臘哲學家《狄奧弗拉斯圖》為先驅之作，進行兩書的比較，並提及狄氏這種人性的探究，從16到18世紀有不少英、法作家將之落實在他們具體的文學作品中。對於《世說新語》在中國以外的影響，由於她與韓國學者金長煥教授的合作，故除日本之外，亦頗為關注《世說新語》在韓國流傳與研究的狀況，並且對於兩國的流傳與研究情形略作比較，她更將眼光投向世界其他地域，留意歐美俄有關《世說新語》的研究與翻譯，雖只是點到為止，仍提供難能可貴的資料，可供後續相關研究者參考，縱使她採取的並非嚴格的比較研究，

但能藉此映襯對照來彰顯《世說新語》的共通性與特殊性，也的確發揮了比較研究的初步功能。

　　蕭虹檢討史評注家劉孝標非黑即白之主觀性的歷史評斷、不正是跳脫單一向度而正視多元文化與價值的表現，她指出獨尊與高壓之政治操作手段易造成反撲的作用力，可謂抓得住魏晉非政治可宰制的反叛力道，她會心於東方神韻與空靈的審美觀，遂能揭示出迥異於西方的寫意表現風格，她得力於《世說》的女性意識，才會長期投注於女性問題的研究，這些閱讀的靈光，讓我們見識到蕭虹「非唯治實，兼有風流」的風格（從〈儉嗇〉第8條陶侃大歡庾亮「非唯風流，兼有治實」一語轉來），她在治實與風流之間，保持一種恰當的平衡，故得以同時散發出徵實的學養與審美的趣味，相信透過她認真的召喚、親切的引導，必會使我們在咀嚼《世說新語》與人生的路上，找到充實又適意的步伐！

東華大學中文系　吳冠宏

研究方法的多元性

　　蕭虹的《世說新語整體研究》是她在悉尼大學攻讀博士學位時的學位論文，曾在臺灣學術期刊上發表過個別章節，後因教務繁忙，就擱置起來。直到退休之後，有了較多的空間時間，這才重新拿出來整理修訂。我很欣賞她這種從容的治學態度，經過長期積累和思考而寫出來的論著，總要比急就章強。

　　這篇博士論文寫於20世紀80年代，那時正是中國大陸改革開放剛起步的日子，各種思潮紛至遝來，各種理論一起湧入。甚至還有將自然科學理論直接移植到人文科學中來的，有所謂前三論（信息論、控制論、系統論）和後三論（協同論、突變論、耗散結構論）。而原來常用的一些方法，如社會歷史批評，則被認為已經過時，更何況考證的方法呢！但是曾幾何時，許多理論又紛紛退場，特別是那些還沒有轉化為人文科學的自然科學理論。文藝批評和學術評論，一度出現了失語狀態。

　　澳大利亞一直是個開放社會，除了海關檢查特嚴，以防帶進異地動植物，破壞本地的生態平衡之外，在文化思想上，則一向是來者不拒，擇善而從，兼收並蓄，形成一種多元文化局面。因此，只要合理的，就能夠存在，無論新舊，而不適應現實要求的，就會自然淘汰。正因為這個社會新舊對立並不明顯，思想矛盾並不尖銳，因此，新思想不必非要打倒舊思想才能為自己開闢道路，新方法也不必非要排擠舊方法才能為自己找到立足之地。在文藝批評和學術研究上，各種方法並存，也是很自然的了。

　　蕭虹的《世說新語整體研究》用的主要就是社會歷史批評方法，其中還有許多考證，如作者問題、作品原據及編撰方法問題。考據學本是中國傳統的研究方法之一，在古代的學術研究中佔有相當重要的位置，後曾因其逐漸走向繁瑣，而遭到批判和揚棄。言不及義的

解經式繁瑣考證，當然是不可取的，但如連基本事實都沒有考證清楚就大發其議論，也難免要影響到結論的準確性。看近今一些著作，將傳聞當作事實，以意想來擺佈歷史，就深感考據學的重要性。考證不僅對於年代久遠的古代歷史和古代文學的研究是絕對必要的，就是對於近現代乃至當代歷史和文學的研究，也是非常必要的。

　　《世說新語》在書目中，最初著錄於《隋書‧經籍志》：「《世說》八卷，宋臨川王劉義慶撰。」後人一直以此為據。到得20世紀，魯迅在《中國小說史略》中提出了疑問：「然《世說》文字，間或與裴、郭二書所記相同，殆亦猶《幽明錄》、《宣驗記》然，乃纂緝舊文，非由自造；《宋書》言義慶才詞不多，而招聚文學之士，遠近必至，則諸書或成於眾手，未可知也。」這裡提出了兩個問題：一是編撰方法，可能乃纂緝舊文而成，並非原創；二是作者的歸屬，大概是成於眾手，而非義慶個人所為。魯迅的推論是有道理的，但是並沒有證實，所以只是說「未可知也」。蕭虹正是從魯迅的假設出發，用大量的材料加以求證。她不但排列出劉義慶年譜，指明這個活得並不長的政治人物所能從事文學活動的時間，而且分析了他所羅致的四個主要文士袁淑、陸展、何長瑜、鮑照的文風與《世說新語》的異同，於是得出結論云：「總結以上，我們沒法找到證據證明袁、陸、何、鮑四人中任何一人是編輯《世說新語》的主要負責人，但袁淑和何長瑜的背景和興趣似乎與《世說》比較一致。所以我們應該仍然接受傳統的說法，承認劉義慶為《世說新語》的主編，但另一方面也不抹殺袁淑、何長瑜對《世說新語》的貢獻。」同時，為了驗證魯迅關於該書的編撰方法「乃纂緝舊文，非由自造」的假定是否確然，蕭虹又找出《語林》和《郭子》兩本佚書的殘文散篇，將其與《世說新語》的條文對比，於是得出了這樣的結論：「《世說新語》並非一本原創作品，它由各種來源的材料編撰而成。」雖然蕭虹所做的只是魯迅假設的驗證工作，但驗證和假設畢竟不同，它是建築在大量材料的基礎之上的。

不過，本篇論文的主旨不在闡揚考據學，辨明事實只是立論的基礎。作者所看重的，是《世說新語》所反映的社會內容和這本書的歷史價值。

《世說新語》常被文人雅士們看做一本閒逸之書，因為這裡面寫了許多飲酒、清談的雅事，人物性格也很任誕、放縱，而又很有雅量，給人一種飄逸的印象。但細讀之下，便會發覺在飄逸的外表之下，卻隱藏著巨大的痛苦和尖銳的鬥爭，讀了並不輕鬆。嵇康和阮籍的故事，就是突出的例子。《世說》記鍾會去看嵇康，嵇康在樹下自顧打鐵，毫不理睬，鍾會自覺無趣，臨走時嵇康才說：「何所聞而來？何所見而去？」鍾會答云：「聞所聞而來，見所見而去。」這一問答，十分機智、有趣，足資談助。但實際上，這卻是政治鬥爭的一個回合。蓋因嵇康是曹家的女婿，而鍾會是司馬昭的親信，司馬昭篡魏之心，路人皆知，鬥爭已經到了白熱化的程度。在嚴重的政治鬥爭面前，文人集團必然會出現分化。與嵇康同為竹林七賢的山濤，就到司馬陣營做官去了，他想引薦嵇康一同去做司馬黨，但被拒絕。嵇康還寫了一封信，公開與他絕交。這樣分明的對立派立場，再加上鍾會的小報告，殺頭自然難免，朋友呂安的牽連，只不過是一種藉口而已。《世說》記嵇康臨刑時的態度道：「嵇中散臨刑東市，神氣不變，索琴彈之，奏《廣陵散》。曲終曰：『袁孝尼嘗請學此散，吾靳固不與，《廣陵散》於今絕矣！』太學生三千人上書，請以為師，不許。文王尋亦悔焉。」此時嵇康不顧惜生命，不顧念後事，卻只可惜一支琴曲的失傳，很為人們所稱道，《世說》也把這一條歸在「雅量」一類中。其實是，嵇康早就看出了這個必然的結果，所以態度如此的從容，而太學生的上書，也許正是促使他速死的原因。正如蕭虹所說：「嵇康真正的罪案是不和司馬一黨合污，不為其所用。太學生對他的讚譽說明了他對國中青年文士的影響，對其政敵來說，正是他政治上危險之處。」阮籍好酒，不顧禮俗。他在母喪期間飲酒食肉，鄰家有美婦當壚賣酒，他常醉臥其旁，聽說步兵廚藏有美酒，他就求

為步兵廚校尉，真是瀟灑得很。但當我們看到阮籍醉酒數日，使得司馬氏無法提親的事，就感到醉酒其實是一種躲避，內心是很痛苦的。所以蕭虹說：「依阮籍的名望及他與司馬昭的良好交情，向後者謀得任何官職應該易如反掌，但據《世說新語》中的記載，他只是向司馬昭索要了『步兵校尉』的職務，而原因是知其『廚中有貯酒數百斛』（見任誕第二十三・5）。這也許是阮籍巧妙的求生策略，同時又不違背自己的節操。若是決然拒絕正式任命，可能落得嵇康那種下場。而選擇個不起眼職位，既可以保存身家性命，又可不為司馬氏效大力，Holzman 稱之為『隱於朝』。」

　　文人們在政治高壓下求生存，是很痛苦的，瀟灑、飄逸只是某種表現形式而已。所以嚴肅的學者，總是要去探尋魏晉風度形成的社會歷史原因。這就用得著社會歷史批評。蕭虹在〈《世說新語》反映的社會風尚〉這一章裡，細緻地分析了魏晉時期玄學思想和清談之風興起的原因以及當時社會風尚的各種表現，把問題說得很清楚。其中有些道理包含著歷史的教訓，很值得注意。如說：「漢室傾覆，賴以立國的儒學亦遭到懷疑。此外，自昔日漢武帝罷黜百家、獨尊儒術以來，三百餘年中，除習儒外，不曾有過其他學說的講授和研習。西漢時期，學界竭盡全力恢復被秦朝全面徹底毀損的經典，逐字逐句作冗長而繁瑣的詮釋。迨至東漢時期，循原有思路進行已至山窮水盡地步，須另闢蹊徑，於是將注意力轉為尋求文字背後隱含的意義，結果是釋義逐漸偏離原文，越來越多地表達自己的見解。這樣導致了『談辯』風的興起。例如，王弼注《易經》，不重字句解釋，專注於圖像的玄學意義。其著作催發了研究《周易》和黃老之說的熱潮，促進了『清談』活動的產生。同時，哲學探討的命題，逐步由四書五經，轉為老莊一類道家經典。」「與學術領域上轉變的同時，是司馬氏在政壇上的興起。司馬氏表面上忠於曹魏王朝，卻一直在構築自己的權力基礎。由於朝野都有忠於舊王朝的人，這些人沒有政治和軍事手段，無法借此表達不同政見，於是採取學術分歧這種較為韜晦的形式。司

馬氏世代習儒，祖上有不少知名儒士，故捍衛儒家的價值觀和行為準則。另一方面，異見分子卻對這些價值觀和規範破壞無遺，他們提倡沖決名教儀軌的束縛，對世俗的財富、名譽和高官厚祿，一概視若糞土。」可見，魏晉玄學和清談的出現，實在是漢武帝罷黜百家獨尊儒術所帶來的反作用，也是司馬氏政治高壓的結果。這裡提供了一個歷史的經驗：「獨尊」和「高壓」，總是要走向反面的，而且會出現無可控制的局面。

　　《世說新語》是一本名人逸事言談的集大成之作。它既有豐富的歷史內容，又有很強的文學性，為後人提供了多種研究角度。魯迅在《中國小說史略》裡將它列為專章，顯然是著重於它的文學性，而蕭虹則更多地從史學的角度去研究，這也很有必要。《世說新語》並非嚴格的歷史著作，因此，史料的排列不是根據歷史線索，而是以人物的行為和言談的性質來分類，其中有很多條目為《晉書》和《南史》所採用，可見它具有相當的歷史價值。在〈《世說新語》的歷史價值〉一章中，作者從幾個重點角度對本書的歷史關聯作了整體介紹，寫出了它所反映的歷史內容，別具隻眼。由於作者把《世說新語》放在歷史背景中來考察，也就看出了其中對有些歷史人物描寫的片面性，這是《世說新語》的一個重要缺點，也是它的局限性所在。比如在說到王衍時，蕭虹指出：「《世說新語》對待王衍，說輕些是誤導讀者。只講他的前半生，是士人活動的核心人物，國中主持『清談』的權威，到西晉瀕臨危亡，最後時刻他是什麼角色，《世說新語》一片空白。他是否如《晉書》本傳所言，真要負誤國之責？他被囚後是否想把自己在晉廷的領導作用降低，以減少誤國的責難、保全自己？還有，他有無真正對石勒勸進、要他去登皇位？《世說新語》對此毫不觸及。王衍傳中說他對自己有一番評價，自承如果未在空談和不負責任的行為上浪費時間，事情的結果可能就會不一樣的。王衍蔑視俗務、恥於言錢（規箴第十·9），王澄不顧官場儀態（簡傲第二十四·6），一起顯示出西晉末年國家柱石們的種種怪態。當然，

任何人不可能知曉事實真相，但筆者的印象是：編撰者有意回避王衍生平這一面，或許他們本是王的崇拜者，對可能加於其身的抨擊筆下留情。」

《世說新語》是一本影響深遠的著作，所以影響研究必不可少。但過去的影響研究大抵著眼於世說體的模仿和流變，而蕭虹則擴大了研究範圍，除了文體影響之外，還涉及故事內容對後世小說戲曲的影響，在語言上對後世用語的影響；除了本國影響之外，還搜羅了許多在中國以外產生影響的材料。就評論方法而言，影響研究，已屬於比較方法的範圍了，而其中將《世說新語》與古希臘作家狄奧弗拉斯圖的著作列表相比，則屬於比較方法中的平行比較。可見蕭虹並不固守一種研究方法，她只是根據需要而任意選用罷了。

在影響研究中，我以為特別可注意的是「樹立東方美學觀」這一節。魏晉時期是美學觀念大轉變的時期，這在《世說新語》裡得到了充分的反映。美學觀可以表現在藝術領域，也可以表現於人的精神面貌。在藝術領域，顧愷之提出輕形重神的畫論，可以說是當時一個代表性的意見，對後世影響甚巨。而魏晉美學觀，更多的則表現在人的精神面貌上。作者在本書中列出了如下幾條：「崇尚樸素自然」、「崇尚高遠，留下空白」、「沉厚的非功利思想」、「開放的人生、政治和世界觀」、「至性至情的人和藝術」。這些審美觀顯然與儒家所提倡的興、觀、群、怨和「思無邪」的功利性的詩教是對立的，它承襲了老莊思想而發揚光大，深刻地反映了時代風貌，也建立了中國的藝術精神，很值得深入研究。

蕭虹的著作，的確如書名所說，是《世說新語》的整體研究，涉及了各個方面，材料豐富，論述平實，但思路開闊，能啟人思考。

上海復旦大學　吳中杰

▶目　錄

卷首語　5

繁體版序——非唯治實，兼有風流　7

簡體版序——研究方法的多元性　10

第一章　緒論　18
　　一、引言　18
　　二、《世說新語》的性質　21
　　三、《世說新語》的歷史和沿革　25

第二章　作者問題的商榷　31
　　一、家庭背景，教育與興趣　37
　　二、天賦　41
　　三、有無充分時間從事編書　43
　　四、關於其他的可能　53
　　五、大約的成書時間　59
　　附　劉義慶年譜　59

第三章　書源及編纂方式與成書經過　66
　　一、若干早期模型　66
　　二、《世說新語》的原據　69
　　三、注文的研究　80
　　四、佚文的問題　89

第四章　《世說新語》反映的社會風尚　94
　　一、東漢重德操的社會及魏晉之逆反　96
　　二、世紀末之跡象　100
　　三、清談之風　103
　　四、奢侈與節儉的兩極　106

五、一個營壘分明的階級體系之運作　109
六、對女性更寬鬆的社會氛圍　113
七、南人和北人的對立　124
八、職業決定階級歸屬　139
九、娛樂方式與器具的演進　141

第五章　《世說新語》的歷史價值　148
一、側寫魏晉之交寓政治於思想的鬥爭　150
二、武帝朝的剪影　154
三、亂離的年代——八王之亂到永嘉大遷徙　157
四、江左風雲　160
五、一代梟雄桓溫　168
六、謝安的崛起　171
七、晉末的昏暗與桓玄代晉　173
八、《世說新語》與《晉書》的比較　177

第六章　《世說新語》對後世的影響　192
一、樹立東方審美觀　192
二、《世說新語》與個性研究　208
三、《世說新語》對中國文學的影響　213
四、《世說新語》對中國語言的影響　223
五、《世說新語》在中國以外的影響　224

結論　229

參考文獻　233

後記　245

附錄：會通中西　舊典新聲　247

第一章
緒論

一、引言

　　《世說新語》是一部收錄了大量妙言短語、軼聞趣事乃至所謂人物品評的文集，其涉及的人物，主要是漢末至東晉時期的士大夫與文人墨客。書中的條目並非雜亂無章簡單羅列，而是經過選擇和分類，旨在窺見所述人物的性格特徵。

　　雖然在《世說新語》裡出現的人物，多處於漢末至東晉期間，然而亦有少數幾篇，所涉及的人物不在此時期中。書中所載最早的是賢媛第十九‧1的陳嬰之母（前3世紀末—前2世紀初），最晚的是言語第二‧108的謝靈運（385—433）。

　　表一顯示條目的各時期分佈的情況。首先，內文要從頭讀起，每一條目規定一個代表時期的代碼。以下是代碼及所代表時期的對照表：

　　　1.東漢　　　　西元　25—220年
　　　2.魏　　　　　西元　220—265年

3.西晉　　　　　西元　265—316年

4.東晉　　　　　西元　317—420年

5.宋（南朝）　　西元　420—479年

6.西漢及以前　　西元　25年以前

表一：《世說新語》條目在各時期中的分佈[1]

代碼	時期	條目數
1	東漢	58
2	魏	82
3	西晉	204
4	東晉	781
5	宋（南朝）	1
6	西漢及以前	5

目前存世的唯一完整版本即三卷本，一共含條目1131條，且長短不等，短者僅為8字（賞譽第八・106及116），長者有282字（賞譽第八・17）。諸條目列為36類，每類自成一篇。每篇之內，條目大致按時間先後次第排列。篇目略可示出該篇內容：

德行第一　　　　　　言語第二

政事第三　　　　　　文學第四

方正第五　　　　　　雅量第六

識鑒第七　　　　　　賞譽第八

品藻第九　　　　　　規箴第十

捷悟第十一　　　　　夙慧第十二

豪爽第十三　　　　　容止第十四

---

1 某些條目所屬的時期可從所述之事或所記錄人物的言談看出，其時期易於準確判定。另有些條目僅記載孤立的言談，說話時間無從考究，則以說話人所處時期為條目時期。由於不少人畢生跨越不止一個時期，這時選取說話人大部分成人生涯所處時期為條目時期。當然會有少數情況，不免會是略帶主觀的決斷。還有另外一類，某時期某人受到另一時期或幾個時期（其時期多互不銜接）的人臧否時，選取說話人所處的時期。而讚彈之詞並非針對某特定之人，則選被評說者所處時期。如果條目是比較不同時期的人物，就同時注上兩個時期代碼。所以代碼總數與《世說新語》條目總數並不相同。

自新第十五	企羨第十六
傷逝第十七	棲逸第十八
賢媛第十九	術解第二十
巧藝第二十一	寵禮第二十二
任誕第二十三	簡傲第二十四
排調第二十五	輕詆第二十六
假譎第二十七	黜免第二十八
儉嗇第二十九	汰侈第三十
忿狷第三十一	讒險第三十二
尤悔第三十三	紕漏第三十四
惑溺第三十五	仇隙第三十六

　　饒宗頤[2]認為各篇之排序實際上是一種性格的分級。上卷包括了頭四篇，根據儒家價值觀分別以「孔門四科」[3]命名，代表了人性的最高準則。中卷（第五至十三篇）某種程度上亦是為人的垂範。下卷前半部分（第十四至二十四篇）是各種極端和偏激的性格，該卷後半部分（第二十五至三十六篇）顯示出奸詐與卑劣的秉性，或人類本性中最差的一面。除少數例外，這種分析大體不錯。明顯的例外是賢媛第十九、術解第二十以及巧藝第二十一，似乎應在中卷而非下卷上半部。

　　不難想像，這部作品時間跨度這樣長，人物這樣眾多、品類又雜，還包括這樣多的細節，決不會全憑個人經歷出自某一人之手。擔任編創《世說新語》者，取材必來源於方方面面，有自身記憶，有聽自傳聞，也有從所讀的書籍中摘引。第三章裡將詳細討論《世說新語》編纂方法和取材來源，這裡僅建立一個概念：《世說新語》並非一部原創作品。

　　然而《世說新語》又是何人負責編寫？這個問題將以第二章全章來討論。

2　饒宗頤：《序》，見楊勇《世說新語校箋》，香港：大眾書局，1969年版，頁1。

3　《論語》卷1，《四部備要》本，冊2，頁11a—11b。

二、《世說新語》的性質

人們也許會問：劉義慶編撰《世說新語》時，究竟懷有何種目的？是想作為補充的歷史材料，還是打算編成參與清談者的啟蒙手冊？抑想為讀者提供善惡的實例，從而達到道德教育的作用？每一說法旗下均有支持者，下面作一討論。

A. 歷史資料

首先，是將《世說新語》事件當作歷史事實。唐歷史學家劉知幾（661—721）把它當作歷史來評論。他說：

> 晉世雜書，諒非一族。若《語林》、《世說》、《幽明錄》、《搜神記》之徒，其所載或詼諧小辯，或鬼神怪物。其事非聖，楊雄所不觀；其言亂神，宣尼所不語。皇朝新撰晉史，多采以為書。[4]

另一卷中又說：

> 又自魏晉以降，著述多門，《語林》、《笑林》、《世說》、《俗說》，皆喜載調謔小辯，嗤鄙異聞，雖為有識所譏，頗為無知所說。而斯風一扇，國史多同。[5]

從這些引文可以瞭解，《世說新語》的材料曾被認為是史實，唐代編修正史時編入史書，其中可能包括《晉書》和《南史》。而劉峻注文不止一次指出《世說新語》不實之處。本章後面討論劉峻評注，將舉出例證。以《世說新語》當作補充史料，顯然存在潛在的紕漏，但無論如何，因《世說新語》的編撰如前述，是採取前人各書，素材的可信度取決於其來源。換言之，若一則條目取自某歷史書籍，它的準確程度就等同於書源準確度；若條目取自《語林》或《郭子》，或其他未自稱為史書的作品，或取自某同代人的記憶，那就或多或少會出現失實。讀過早期的晉史片斷，會覺得劉知幾批評唐史常

4　《史通通釋》卷5，《四部備要》本，冊2，頁2a。

5　同上書，卷8，冊4，頁9a—9b。

從《世說新語》中取材之說並不公允，因為《晉書》、《南史》的編撰者可能只是使用了與《世說新語》相同的書源，即早期的晉朝史籍，並非真從《世說》內摘取素材。他本身作為一位史官，能接觸到這些舊史籍；令人詫異的是，他對所詬病的《世說新語》的內容並不理解，他看不起的雞毛瑣事及機智應對，正是《世說新語》取自古籍時特有的角度所在。簡言之，若用《世說新語》進行歷史研究，哪怕當作旁證，我們必須記取一點：《世說》的可信度並不是一致的，而是因其所據的原書而異的。

B. 清談資料

其次，也許大多數《世說新語》研究者仍然認為它是參加清談聚會者或將要參加者的隨身寶典。一個想成為「名士」的年輕人，為了被接納入當時的文人圈，必須熟悉前人清談技巧的範例。《世說新語》恰恰對這個領域提供一部包羅萬象的百科全書。它把條目分類，使所需條目檢索起來更為方便。故時人稱之為「言談之林藪」[6]或「談助之書」[7]。川勝義雄認為《語林》為《世說新語》前驅，論證它是為滿足當時趨時尚的貴家公子對這類語錄集的特殊需要而創造的[8]。馬瑟也說它「於言談應對可助一臂之力」[9]。

但人所皆知，「清談」的鼎盛到晉末業已消退，到劉義慶時代究竟還有多少作為？信手翻檢《宋書》，仍可查到不少有關「清談」的參考資料，其中有一批擅長「玄談」（清談之轉化語）士人的傳記，如王景文（卷85）、謝瞻（卷56）、王惠（卷58）、張敷（卷

6　饒宗頤：《序》。
7　楊勇：《世說新語校箋》，頁4。
8　川勝義雄：《世說新語の編纂をめぐって》，見《東方學報》卷41，1970年，頁219。
9　Mather, Richard B., "Introduction," in Liu I-ch'ing, *Shih-shuo Hsin-yü: A New Account of Tales of the World*, trans. R.B.Mather, Minneapolis, University of Minnesota Press, 1976, p.14.

62）、顏延之（卷73）、羊欣（卷62）等。與此同時，「玄學」首次得到了官方承認，它連同文學和歷史成了三大科目，為它另建了書院，加上傳統儒學的講授，被稱為「四書館」。這樣的關注，於所謂清談的「黃金時代」所未見。何尚之被任命主持「玄學」，其傳記中有這樣的記載：

> 乃以尚之為（丹陽）尹，立宅南郭外，置玄學，聚生徒。東海徐秀，盧江何曇、黃回，潁川荀子華，太原孫宗昌、王延秀，魯郡孔惠宣，並慕道來遊，謂之南學。[10]

這裡提到的生徒必定是當時知名學者，由姓氏籍貫還可看出都出自「名門」。因此，「清談」經過了最富創造性時期之後，似乎出現一個鞏固時期：學者開始檢點業已消逝的思想精華，設法系統地梳理，以傳承後世。《世說新語》就在這一時期應運而生。

C. 品評人物之範本

第三，饒宗頤、楊勇兩人也持這種觀點，即《世說新語》是按照儒家傳統出發的著作。饒宗頤說：

> 《世說》之書，首揭四科，原本儒術，中卷自「方正」至「豪爽」瑾瑜在握，德音可懷。下卷之上，類指偏激之流；下卷之下，則陳險徼細行。清濁有體，良莠昈分，譬諸草木，既區以別。[11]

簡言之，他將《世說新語》看成人品和行為舉止的分類手冊。楊勇同樣也說：

> 《世說》，談助之書也，故《隋志》收入子部小說家類，與《燕丹子》、《雜語》、《要用語對》、《辯林》同列。雖然，又不當以小道目之，尤非街談巷議道聽塗說者之所道也。書以孔門四科居首，而附以輕詆、排調之篇，獎善退惡，用旨

---

10 《宋書》卷66，北京：中華書局，1974年版，頁1734。

11 饒宗頤：《序》。

分明。[12]

因此他們的觀點是，撰寫《世說新語》一書旨在教化人心。記述品行端方舉止得體的人物事例，讓閱者受到薰陶，以便仿效；而記入品質惡劣、行為不端之人物事例，以令人產生警惕之心而遠避。

筆者之見，原書名使人聯想到，《世說》首先是一本歷經歲月淘選的精言妙語摘錄，它必定是為參與、或希望參與「清談」聚會者所編纂的百科全書式參考資料。由於「清談」始自「品評人物」或「清議」[13]，《世說新語》必然也是對人物品性洞幽燭微的研究。

若想找出某書作者執筆時腦中的想法，最佳莫過於看他本人如何稱呼此書。筆者意見是，原書取名《世說》，可釋成「世代之說」。古漢語中的「世」意為「時代」、「年代」，來自最早的含義「世」、三十年為一世。佛教傳入後方有「世界」一詞，即使這時，「世」也只表示「時與空」[14]。只是接近現代，「世界」開始有了純屬空間的含義。略早於《世說新語》之時，郭頒收錄魏晉時的言論編著了《魏晉世語》，常簡稱《世語》。可能劉義慶要使自己作品有別于郭頒之作，故稱《世說》。但不論如何，《世說新語》實質上是本言論集，書中的軼聞瑣事無非作為言談的陪襯或背景。

《世說新語》面世前，已存在過許多品類繁多的言談集，如《語林》、《郭子》之屬。義慶編寫時為了改進，可能不採用以時代分先後的作法，率先引入條目分組、冠以描述性題頭的做法[15]。他也可能受到劉劭《人物志》的影響，以後還會論及。人物品評本是「清

12　楊勇：《世說新語校箋》。

13　唐長孺：《清談與清議》，見《魏晉南北朝史論叢》，北京：三聯書店，1955年版，頁289—297。

14　《楞嚴經》卷4：「世為遷流，界為方位。於今當知，東西南北，東南，西南，東北，西北，上下為界，過去、未來、現在為世。」《大正新修大藏經》本，東京：大正一切經刊行會，1929—1934。

15　由於《世說》的原據各書均已佚失，不知它們是否和《世說》一樣是分類且有篇名的。

談」不可或缺的部分，《世說新語》編撰人就把言論分篇，選用人物各種性格特徵作為篇名。

　　義慶以前的時代，品評人物性格有實用的目的。東漢時期，品評不經過官方進行。一些言論領袖或居於廟堂，或處於民間，任何人只要得到其中某人的褒揚，或曾得到過某人好評，都會一夜成名[16]。後來在魏朝，通過委任這類領袖人物當「大中正」和「中正」，改由官方執掌評議。大中正或中正分屬於州、郡二級，其職責是為士人的才德下評語，通常以八個字概括，分列九等之內，供除授官職時的參考，這就是「九品官人」的制度[17]。但即使早在晉代，這種制度的作用已開始喪失，因為「大中正」、「中正」都為豪門世家所把持，若與之毫無瓜葛，絕難躋身於高等[18]。迨至劉宋王朝，此種狀況仍然不改。雖可見到個別情況：有人受到「清議」的貶損[19]，看似制度仍在運作，但在同時，宋朝皇帝多次降敕寬宥遭清議玷污聲譽者，表明此項制度已名存實亡，形同虛設。

　　因此，可以說到了劉義慶的時代，人物評議和分品等已全都喪失其實用價值，成為一門技藝。而這種摹寫人物、突出性格的技巧，卻能使人們增長有關人情的知識，加強觀察敏銳度，為成功塑造人物個性提供必備的條件，這一點由唐代傳奇故事在技巧上的提高可以看出；這種手法又極大地影響了後代的小說、話本和戲劇。

三、《世說新語》的歷史和沿革

　　汪藻、神田和前朝各種書目，都曾討論《世說新語》正文的歷

16　《世說新語》德行·4。

17　《三國志·魏志》卷22，《四部備要》本，冊2，頁4a。注引自《緯略》。

18　王伊同：《五朝門第》，南京：金陵大學中國文化研究所，1943年版，頁29。

19　同上書，頁32—33。

史和沿革。楊勇將這些早期文獻的資料整合，在他題為《〈世說新語〉書名、卷帙、版本考》[20]的文章中，作了更完備更系統的描述。以下的簡述主要來自楊勇，也加入了筆者的一些見解。

人們所知的《世說新語》最早版本，是劉宋王朝的陳扶本和梁朝的激東卿本，兩者都見於汪藻的《世說敘錄》。汪藻的《敘錄》是藏於日本的前田氏（Maeda）本的一部分。顯然《世說新語》書成之後，很快有許多抄本，梁朝（502—557）時已極為風行。這從梁朝至少有兩種注本、兩種刻意模仿的仿本，略可見一斑。注者有劉峻及敬胤，仿作則是沈約《俗說》及殷芸《小說》。

A. 書名

《世說新語》早期僅名為《世說》，最早提及該書者一概稱此簡名。編寫於初唐年間的《隋志》和《南史‧劉義慶傳》內亦是這樣稱呼；作注者劉峻、敬胤亦不例外。劉峻（462—521）生於梁朝，而敬胤，汪藻按照他和宋、齊的人物如周顒（卒於485）、江淹（444—505）來往推斷，猜測他也生活在宋、齊時代。《南史》卷49中有王敬胤其人，惜無具傳記價值的資料，無助於澄清注書者身份。近人又有史敬胤之說，甚有可取，將在討論注者時一併提出。上述四方面的來源構成此書的四種最早參考資料，應是最為可信者。初唐或以前編制的類書，也無例外地稱之為《世說》[21]。

接下來的早期書名《世說新書》，依汪藻之見，始自梁代顧野王（519—581）。他說：

> 李氏本《世說新書》上中下三卷，三十六篇，顧野王撰。

楊勇推測顧本是當時新面世的版本，外觀與義慶原八卷本及附有劉峻注的十卷本大不相同。他進而推斷，新版中劉峻注釋分佈於正

---

20 楊勇：《〈世說新語〉書名、卷帙、版本考》，見《東方研究》卷8，第1
　　期（1970），頁276—288。

21 古田敬一：《類書等所引〈世說新語〉について》，見《廣島大學文學部
　　紀要》，卷3，1953年，頁154。

文間，自此出現一種新的版式，人稱「世說之新書」，故《世說》又被稱為《世說新書》。唐代大部分時期，兩個書名同時使用。最早存世文字，即保存於日本的唐手稿殘卷，以《世說新書》為名，但不是顧野王氏的三卷本版式。因此可看出，《新書》一名不僅限於三卷本，也用於十卷本，其存在時間和注文分散置於文字中的做法一樣長久。

最早在書目中採用現書名《世說新語》的著作，是唐代歷史學家劉知幾的《史通》，不過書中有一次稱《世說新語》，五次仍稱為《世說》。顯然，某段時期中三個書名交替使用。到汪藻（1079—1154）寫《世說敘錄》和黃伯思（1079—1118）寫《東觀餘論》之時，新書名已牢固地確立。汪藻說：

> 按：晁氏諸本皆作《世說新語》，今以《世說新語》為正。[22]

黃伯思說：

> 不知何人改為《新語》，蓋近世所傳。然相沿已久，不能復證矣。[23]

如果生於1079年的黃伯思也不知道何人更改了書名，以致猜測是一款新版，那改名一事必定發生於黃伯思前至少百年。由此估計，新書名得到流傳並取代先前兩個版本，約在五代（907—960）時。

余嘉錫提出另外一說[24]，近來得到國內一些學者支持，即《世說新語》本為原書名，某些書中稱為《世說》，僅因省略之故。

B. 分卷

另一樁公案就是《世說新語》的分卷。如前所述，《隋書》和《南史》的最早記載稱：

---

22 汪藻：《世說敘錄》，見劉義慶《世說新語》，北京：中華書局，1962年版，冊4，頁1a。

23 黃伯思：《東觀餘論》，《津逮秘書》本，冊2，頁12b。

24 余嘉錫：《四庫提要辨證》，北京，中華書局，1980年版，卷3，頁1018—1019。

《世說》，八卷，宋臨川王劉義慶撰。

《世說》，十卷，梁朝劉孝標（峻）注，有《俗說》一卷，亡。——《隋書》，卷34，頁1011。

所著《世說》十卷。——《南史》，卷13，頁360。

粗看時，兩則記載似乎互相矛盾，但如果設想《南史》所指不是義慶原本，而是當時更流行的版本，例如已編入劉峻注的十卷本，問題便不難解決。因《隋書》、《南史》均編於唐朝，八卷本及十卷本正同時盛行。此外，按唐代殘卷標為卷六的抄本判斷，它也是種十卷本。其後到宋代，汪藻《世說敘錄》所載大多數版本，也是十卷本；當時無論中國或日本書目，卷數皆同此。

看來十卷本至少有兩種不同版本，汪藻在標有「十卷」文字下注明：「錢、晏、黃、王本並十卷而篇第不同。」汪氏援引王仲至的話說：

第十卷無門類，事又多重出，注稱敬胤，審非義慶所為，當自它書附此。《世說》其止於九篇乎？……則此卷為後人附益無疑，今姑存之，以為「考異」，載之《敘錄》。而定以九卷為正，用錢文僖本分為十卷。

由此可見某個十卷刻本內，含有作偽的第十卷；其他刻本與該偽刻本前九卷內容一樣，只是分為十卷而已。

早在梁朝，三卷本已存在，由汪藻有關李氏本之引文（見前文）中可見。李本不僅亡佚，且在其他各處均未見提及，不像汪提到的其他版本。這三卷本與現三卷本是否有某種干連，尚無法推斷。所知的其他三卷本，除上述及今本外僅有一種，就是汪藻《敘錄》所載的晁氏本：

三卷：晁氏本以「德行」至「文學」為上卷，「方正」至「豪爽」為中卷，「容止」至「仇隙」為下卷。又李本云，凡稱《世說新書》者，皆分卷為三。——《世說新語》，中華書局版，冊4，頁1a—1b。

汪藻稱，晁氏字文元。由此找到其名為晁迥，太平興國年（976—983）進士。

往後則有紹興八年（1138）的董弅刻本，跋內有大量對考證有用的資料：

> 右《世說》三十六篇，世所傳厘為十卷。或作四十五篇，而末卷但重出前九卷中所載。余家舊藏，蓋得之於王原叔家。後得晏元獻公手自校本，盡去重複，其注亦小加剪裁，最為善本。——《世說新語》，《四部叢刊》本，冊3，頁53a。

由這則跋語可瞭解到：

1.這些可在今本見到的同樣的三十六篇，即使遲至董弅的時代，亦是一種通行版本，分為十卷。

2.當時另有一種四十五篇的版本，但末卷盡皆重複。

3.董本正文以王原叔（洙，997—1057）為底本，校以晏元獻（殊，991—1055）本。

前兩點汪藻在《敘錄》中已作定論，第三點值得更多關注。

董弅跋中所提到他刻版所本的兩個抄本都是十卷本。汪藻《敘錄》在「十卷本」題頭下的注文為：「錢、晏、黃、王本並十卷而篇第不同。」因此可直接瞭解晏本是十卷本（此處的「王」，指王仲至，非王原叔）。汪藻在同一書中稍後摘引了一個劉本說：「王原叔家藏第十卷，但重出前九卷所載共四十五事耳。」若王原叔本有第十卷，顯然是十卷本。董弅新版還是三卷，表明董弅刻本不僅根據晏本、王本，還用了晁本，他從晁本吸取了三卷格式。此點較為可信，因汪藻《敘錄》所述晁本的分卷，恰恰與董刻的新版式相符。此外晁迥早於董弅一個多世紀，其版本必定是十卷本，甚至較晏殊本和王著本更早，因為晁迥中進士時，晏、王二人尚未出生。

上述各種版本推測都是手抄本。董弅1138年將書付梓，產生首批刻印本，成為各種新式版本的鼻祖；藏於日本的前田氏（Maeda）本及20世紀五六十年代它在中國重印本，據說是根據董刻本重印

的[25]。但楊勇對此持異議，稱這是晚於汪藻之某人所刻的新版[26]。因楊勇見到前田本甚至未附董弅的題跋，且董弅與汪藻同時，也未把汪藻《敘錄》納入該版（若收入則無論如何會在跋中提起），楊勇的觀點可能接近事實。董刻本又成為五十年後陸遊（1125—1210）兩個刻本（1188與1189）及明代袁（褧）本（1535）的基礎，袁本後來重印，收入了《四部叢刊》。

對八卷本，汪藻僅列敘《隋志》和兩種《唐志》所記載的，可能他本人未見過八卷本。然而後人著作與書目中，仍載有八卷本。楊勇懷疑那些作者也未真正見到原書，這點可能有其道理，他們只是承襲了《隋志》和《唐志》的說法，其實未見過這個版本。

除十卷、三卷和八卷本外，汪藻在《敘錄》中還提到二卷、十一卷這類古怪版本。

現行《世說新語》正文分為三十六篇，由前引的董跋可知，有過四十五篇本，末卷大抵重複以前內容。汪藻進而提出三十八篇本，其第三十七篇篇名「直諫」，第三十八篇篇名「奸佞」；又有三十九篇本，其第三十八篇篇目為「邪譖」，另加一篇，名「奸佞」。全部所添入材料，看來毫無價值；汪藻對此評說：

> 按：二本於十卷後復出一卷，有「直諫」、「奸佞」、「邪譖」三門，皆正史中事而無注。——《世說新語》，中華書局本，冊4，頁2b。

因此，後面所加各篇無疑是偽作，也就是說現行的《世說新語》是足本。

25　殷芸初：《重印〈世說新語〉序》，見劉義慶《世說新語》，北京：中華書局，1962年版，冊Ⅰ，頁ia。

26　楊勇：《〈世說新語〉書名、卷帙、版本考》，頁284。

第二章
作者問題的商榷

《世說新語》在書目中最早的著錄，是在《隋書·經籍志》中：

> 《世說》[1]八卷　宋臨川王劉義慶撰

《隋志》是班固《漢書·藝文志》後唯一集大成的書目，《漢志》與《隋志》之間的書目，如梁阮孝緒的《七錄》，現在又都失傳了，所以《隋志》是漢以後唐以前書籍記錄的唯一根據。後世的書目均依據《隋志》，以劉義慶為《世說新語》的作者或撰者。

然而，20世紀20年代出版魯迅的《中國小說史略》卻提出疑問：

> 《宋書》言劉義慶才詞不多，而招聚文學之士，遠近必至，則諸書或成於眾手，未可知也。[2]

這裡所指的「諸書」是題名劉義慶的作品，包括《世說新

1　《世說新語》最初只稱《世說》，五代與宋之間才以《世說新語》出現。

2　魯迅：《中國小說史略》，香港：三聯書店，1958年版，頁44。

語》、《宣驗記》、《幽明錄》等。要判斷這個疑問是否有理，必須
察考一下史籍中所載劉義慶及他所招聚的文士的傳記資料。

　　有關劉義慶的傳記資料，兩個最主要來源當然是《宋書》及
《南史》中他的本傳，此外還參考了其他的有關典籍，首先做出一個
年表（見附表），使一些散亂的事實，隸屬於年代之下，條理自見。

　　《宋書》劉義慶傳中，並沒有義慶作《世說》之明文，原文太
長，茲不引述全文，關於他的著述、愛好文義及招聚文士各點，只如
此說：

> ……在州八年，為西土所安。撰《徐州先賢傳》十卷，奏上
> 之，又擬班固《典引》為《典敘》，以述皇代之美……為性簡
> 素，寡嗜欲，愛好文義，才詞雖不多，然足為宗室之表。受任
> 歷藩，無浮淫之過。唯晚節奉養沙門，頗致費損。少善騎乘，
> 及長以世路艱難，不復跨馬。招聚文學之士，近遠必至：太尉
> 袁淑，文冠當時，義慶為江州，請為衛軍諮議參軍，其餘吳郡
> 陸展，東海何長瑜、鮑照等，並為辭章之美，引為佐史國臣。
> 太祖與義慶書，常加意斟酌。[3]

　　《南史‧劉義慶傳》幾乎是全錄《宋書》的，僅在最後一段，
亦即上文所引的一段，略加增改，今錄於下，以便比較：

> 性簡素，寡嗜欲，愛好文義，文辭雖不多，足為宗室之表，歷
> 任無浮淫之過，唯晚節奉養沙門，頗致費損。少善騎乘，及長
> 不復跨馬。招聚才學之士，遠近必至：太尉袁淑，文冠當時，
> 義慶在江州，請為衛軍諮議，其餘吳郡陸展，東海何長瑜、鮑
> 照等，並有辭章之美，引為佐史國臣，所著《世說》十卷，撰
> 《集林》二百卷，並行於世。文帝每與義慶書，常加意斟酌。[4]

　　也就是說，除《宋書》所提的《徐州先賢傳》及《典敘》以
外，《南史》又加多了兩種劉義慶的作品：《世說》和《集林》。如

3　《宋書》卷51，頁1477。

4　《南史》卷12，北京：中華書局，1975年版，頁359—360。

果我們認定沈約作《宋書》時不提《世說》是因為他不認為《世說》是劉義慶的作品，那麼這兩種不一致的說法，我們應該採取哪一種呢？《宋書》作者是齊梁之間人沈約（441—513），列傳成書年代約為齊永明五年至六年（487—488），《南史》是唐李延壽（唐初人）和他的父親李大師所作，其書於唐顯慶四年（659）經唐政府批准流傳，因此比《宋書》晚出約一百七十年。沈約開始寫《宋書》的時候，距劉義慶的卒年只有四十三年，他的說法似乎比較可信。然而沈約在《宋書·劉義慶傳》中沒有提到《世說》這一點，是否可以作為他認為《世說》不是劉義慶所撰的證明呢？寫傳記的人往往只採取他認為比較重要的事件，《世說》、《集林》，以至於《隋志》中著錄為劉義慶的作品，如《宣驗記》、《幽明錄》等，在沈約作為史家的眼光中，也許是認為無關重要的，所以一概不提，也是很有可能的。因此，除非還有其他的證據，單憑這一點，並不足以推翻劉義慶是《世說》作者的說法。

沈約雖然沒有把《世說》包括在劉義慶的作品裡面，但和他同時代的劉峻（孝標，462—521），也就是為《世說》作注的人，卻表示他認為劉義慶是負責撰集《世說》的人。在劉峻的注文中，他往往指出《世說》的錯誤，大多數情形之下，他都說：「《世說》此言妄矣！」或「《世說》謬矣！」但有一條注中，他卻指名義慶，前此似乎未被學者注意，注文如下：

> 葛令之清英，江君之茂識，必不背聖人之正典，習蠻夷之穢行。康王之言，所輕多矣！——假譎第二十七·10。

康王者，正是劉義慶的諡號。很明顯地，劉峻認為《世說》的這個錯誤，應該由劉義慶負責。

誠然，單憑這條注文，如果沒有其他的旁證，也還不能肯定劉義慶是《世說》的作者，我想進一步在劉義慶及他所招聚的四個文士的生平與著述中探究以下兩個問題：

（甲）劉義慶是否是《世說》的唯一編撰者？

（乙）和他有關的四個文士之中，根據他們背景、興趣、作品的風格及時間的可能性，是否有某一個特別與《世說》的編撰吻合，因此最可能是《世說》的主要編撰者？

我認為（甲）的答案是否定的，基於以下原因：（一）《南史》的引文中說明作《世說》的人就是撰《集林》的人，如果我們假定這個人是劉義慶的話，那麼《隋書》中著錄為他的作品內，完全可信的是以下這些：

《世說》	8卷
《集林》	200卷
《徐州先賢傳》	9卷
《劉義慶集》	8卷
共計	225卷

《隋志》著錄為劉義慶撰著的其他作品尚有：

《宣驗記》	30卷＊
《幽明錄》	20卷
《江左名士錄》	1卷
共計	51卷

＊不同版本的《隋志》所記《宣驗記》的卷數不同，仁壽本作十三卷，《四部備要》本作三十卷，今從《四部備要》本。

又：《隋志》云《小說》亦為劉義慶所作，但所有其他的書目皆曰殷芸所作，可能是《隋志》之誤，故今不將《小說》列入劉義慶的作品中。

以上觀之，劉義慶全部作品總數有225至276卷之多。我們知道他四十一歲就死了，也就是說他實際上只活了四十年。如果我們假定他十八歲以前尚未開始寫作，那就先要減去十八年，他創作年數就只剩下二十二年。要完成225至276卷的作品，他必須每年平均寫十至十四五卷，對於一個多產而又專門從事寫作的作家來說，當然不是不可能的事，但是我們知道劉義慶是「才辭不多」的，而且這些年，他做著侍中、尚書左僕射、丹陽尹、荊州及江州等地方重鎮的長官，職務一定很忙碌，沒有別人的協助，是無法完成這麼些作品的。

（二）從劉義慶的傳記看來，他不愧為一個「忠」臣，宋文帝

也極器重他，這可從文帝給他的書信中看出。另外，從他有關黃初妻的奏疏中顯示，他又是一個極重視孝行的人，他覺得僅僅刻板地執行現行關於孝的法律條文是不夠的，還要更進一步到經書中去探究該條文背後的真正意義所在，可說是真「孝」，傳記又說他留心撫物，是一個負責的長官。同時對下屬和他們的家屬也很關心，每年派人送餉給他們的親老，也就是做到了「仁」。除了晚年以外，他不奢侈，而且極為廉潔。當時地方官送往迎來時總有一筆重禮，習以為常，然而他卻一概不受。總之，他的思想行為似乎是完全符合儒家的基本德行，如忠、孝、仁、廉等。而我們察看《世說》時，會發現《世說》雖然表面也服膺儒術，如開首四章以孔門四科德行、言語、政事、文學為題，但實際上它同樣地宣揚道家一些思想，如自然、無為、清心寡欲、放達等等，而且似乎宣揚得更有力。因此我們從他的本傳中所得的印象和《世說》的精神，似乎不完全吻合。當然，我國不少文人學士是以儒術為基本，而又接受了道家和佛家的某些思想的。

劉義慶對佛教顯然發生了很大的興趣，他的傳記提到他晚年為了奉養沙門而致費損，下文我們還要證明他與當時的一些高僧關係也相當密切。他對於佛教的興趣，不限於學術性，對於佛教的民俗也非常留心，從他的傳記中，我們知道他很相信徵祥和佛教的神跡：如太白星犯左執法，白虹貫城，野麕入府等。《隋志》著錄為劉義慶的作品中有《宣驗記》和《幽明錄》，前者記錄與佛教有關的靈驗事蹟，後者收集了一些帶有道家色彩的神怪故事，但是《世說》中涉及佛家和道家的地方，除了極少數例外，都屬於哲學問題的討論，而並沒有反映劉義慶對超自然事物的信仰，總而言之，《世說》的編撰者對當時流行的各種思想抱著兼蓄並容的宗旨，而對超自然的事物也採取一種理性的態度。這也許是不止一人擔任過編撰的緣故。

儘管我們懷疑劉義慶是獨力編撰《世說》的，但這不是說我們相信他與《世說》全無關係。我們是否可以設想他是首先想到要編纂這樣一本集子的人，並且利用了他所能支配的人力財力來實現這個構

想，監督了它的進行，直至完成為止。中國歷史上不乏同樣的例子。在劉義慶以前，有淮南王劉安（前179—前122）的《淮南子》，其實是他的門客所寫，劉義慶以後不過六十年有梁元帝，在《金樓子》裡他為自己編了一個書目，每項下面注明是他自己著的，或是任命他人作的[5]。在沒有即帝位以前，梁元帝也是一個諸王，他的經歷和劉義慶頗為相似，譬如，像義慶一樣，他做過丹陽尹，但也同樣做過州刺史及監過數州軍事。因此在類似的情形下，義慶也很可能令他的掾屬協助他完成他的文學計畫。反正這些掾屬並沒有一定的職責。《隋書・百官志》說：

> 諸王公參佐等官，仍為清濁，或有選司補用，亦有府牒即授者。不拘年限，去留隨意。在府之日，唯賓遊宴賞，時復修參，更無餘事。[6]

這雖然是說梁陳時代，但劉宋時期，當也不至相差太遠。所以劉義慶的掾屬的主要工作，也許就是編撰各書，可惜劉義慶沒有像梁元帝一樣留下那麼清楚的記錄，否則也可以省了後世的人為《世說》的作者而絞盡腦汁了。但事實既然如此，我們只能說：從現有的資料來看，我們認為《世說》是由一個小集團合力編撰的，而劉義慶則是這個集團的中心，如同今日的總編輯。這個集團的成員是袁淑、陸展、何長瑜和鮑照，而《世說》表面以儒家姿態出現，也許正可以說是為了要取得劉義慶的認可。

如果我們斷定劉義慶是《世說》的總編輯，然則他的生平有沒有什麼事蹟促使他編這本書呢？他是否具備創造這麼一本書所需要的先決條件呢？例如家庭背景、天賦、教育、興趣、有無充分時間從事編書等等。以下是根據他的年表中所收集的事項而做的一個分期考察，企圖為以上的問題找到答案。

5　蕭繹：《金樓子》，卷5，《叢書集成》本，頁79—86。

6　《隋書》卷26，北京：中華書局，1973年版，頁741。

一、家庭背景，教育與興趣

史家一向把劉宋王室寫成一個由軍人出身，進而成為軍閥的暴發戶家庭。開國的第一個皇帝宋武帝劉裕（356—422）的本紀內就不止一次提到他貧賤的出身：

> 高祖（武帝廟號）位微於朝，眾無一旅，奮臂草萊之中，倡大義以復皇祚。[7]

> 高祖名微位薄，盛流皆不與相知，唯謐交焉。[8]

並且從《宋書》別的地方，我們也知道他不通「文義」，也就是現在所謂文學和學術修養不佳：

> 高祖少事戎旅，不經涉學，及為宰相，頗慕風流，時或言論，人皆依違之，不敢難也。[9]

> 高祖登庸之始，文筆皆是記室參軍滕演，北征廣固，悉委長史王誕；自此後至於受命，表策文誥，皆亮辭也。[10]

和劉宋對峙的北魏的國史《魏書》，甚至把他寫得更為不堪：

> 裕家本寒微，住在京口，恆以賣履為業。意氣楚剌，僅識文字，樗蒲傾產，為時賤薄。[11]

劉裕以劉牢之的參軍出身，在征盧循的戰役裡嶄露頭角，起初劉裕也加入了陰謀篡位的桓氏陣營，但當桓玄終於廢晉帝以自立時，劉裕卻抓住這個機會和一些同志起兵討桓氏。殲滅桓氏之後，他的名聲頓升百倍。繼而他又北伐燕、羌，相繼克服了洛陽和長安，南方平定了盧循，使他的威望更為煊赫。北伐的時候，他的子侄有些跟隨在軍中，有些則留守建康及其他地方重鎮。義慶當時曾隨軍到長安。等到劉裕正式即帝位的時候，他實際上早已是真正的統治者了。或者有

7　《宋書》卷1，頁9。

8　同上書，頁10。

9　同上書，卷64，頁1696。

10　同上書，卷43，頁1337。

11　《魏書》卷97，北京：中華書局，1974年版，頁2129。

鑒於東漢、魏、晉各前朝之滅亡都由於政權和軍權的旁落，所以劉裕決定把權力分配給自己的子侄，冀望緩急之際，他們能作帝室的外援。因此他的子侄，都自幼擔任方鎮，並且加將軍，監督數州的軍事。例如：

劉義欣（侄）　二十歲即任後將軍。

劉義慶（侄）　從高祖北伐，十五歲北伐歸來時即為輔國將軍，北青州刺史。

劉義符（長子）　十歲即為兗州刺史，十一歲為豫州刺史，尋轉徐、兗二州刺史，同年高祖北伐，為中軍將軍，監太尉留府事。

劉義真（次子）　十二歲隨高祖北伐，留守長安，同年行都督雍、梁、秦三州，司州之河東、平陽、河北三郡諸軍事，安西將軍，領護西戎校尉，雍州刺史。

劉義隆（三子）　年四歲，高祖使諮議參軍劉粹輔隆鎮京城，九歲時高祖使隆行冠軍將軍留守彭城，晉朝加授使持節，監徐、兗、青、冀四州諸軍事，徐州刺史。

劉義康（四子）　年十二，宋台除督豫、司、雍、并四州諸軍事，冠軍將軍，豫州刺史。

劉義恭（五子）　年十二，監南豫、豫、司、雍、秦、并六州諸軍事，冠軍將軍，南豫州刺史。

劉義宣（六子）　年十二，拜左將軍，鎮石頭。

劉義季（七子）　年十四為征虜將軍，十八歲時遷使持節，都督南徐州諸軍事、右將軍，南徐州刺史。

從他們幼小的年紀看來，當時這些劉氏子侄無疑只能是掛名擔任這些職位，實際的職務必定是由精明能幹的下屬擔任，但顯然劉裕是有意要他們在這種環境下接受訓練和吸收經驗，以期他們成年時能獨當一面。然而劉裕雖然很重視政治和軍事上的訓練，但他也絕不會忽略了他們文學方面的教育，對於傳統的經史，他們必定要學習，而諸子的著述和前人的詩文一定也在他們流覽之列，因為這種學術修養

是當時的名士，也就是執權的階級所必具的修養，他們既然是未來的統治者，這種修養當然也是不可或缺的了。

　　何況，劉氏並非完全如史家所描寫的那樣是一個暴發戶。《宋書・武帝紀》甚至說他是漢皇室的後裔，但是《魏書・島夷傳》卻否定這種說法：

> 島夷劉裕，字德輿，晉陵丹徒人也，其先不知所出，自云本彭城人，或云本姓項，改為劉氏，然亦莫可尋也。故其與叢亭、安上諸劉了無宗次。[12]

　　當然，很多新興的家族，都喜歡把自己的先人附會到名門的族譜上去，如果沒有充分的證據，我們還是存疑為是。但是對我們來說，劉氏的十幾代祖宗是否與漢皇室有關係可能並不那麼重要，重要的是他的近祖是些什麼人。我們只回溯到他的曾祖，曾祖混是最早南渡定居在晉陵郡丹徒縣的人，他官至武原令，他的祖父靖官位更高，至東安太守。可能到了他父親的時代，家道中落了，因為他父親只做到郡功曹，《魏書》說劉裕好賭，這可能是使他的家境更窮困的原因。雖然我們可以說《魏書》可能有偏見，不完全可靠，但是在《宋書》裡面也可以找到劉裕賭博的記載[13]。但無論怎麼說，劉氏不能算是從當時社會的最底層來的，只可以說他們的家世是一個中低級官僚家族。

　　劉裕和他的少弟道規雖然都是出身軍旅，（道規出身為桓弘的征虜中兵參軍），但是他的中弟道憐，也就是義慶的生父，卻是國子學生，謝琰為徐州，命為從事史。這顯示他起碼受過一些正式教育，並且是文官出身，儘管後來歷任顯要的軍職，那完全是賴他的兄長的庇蔭而已。他的兒子劉義慶必然也讀過詩書，接受了當時士大夫所必修的課程。

　　劉氏一家更是著名愛好文義的，《文心雕龍》說：「自宋武愛

12　《魏書》卷97，頁2129。

13　《宋書》卷64，頁1696。

文，文帝彬雅，秉文之德，孝武多才，英采雲構　。」聶崇岐的《補宋書藝文志》就載有劉氏一家數人的文集，第一代的三弟兄都有作品著作：

劉裕（武帝）	《皇帝兵法》	一卷（子部　兵家類）
	《武帝集》	二十卷（集部　別集類）
劉道憐	《劉道憐集》	十卷　錄　一卷（集部　別集類）
劉道規	《劉道規集》	四卷　錄　一卷（集部　別集類）

第二代包括劉義慶在內共有六人有作品著錄：

劉義欣	《劉義欣集》	十卷　　（集部　別集類）
劉義宗	《劉義宗集》	十二卷　　（集部　別集類）
	《賦集》	五十卷　　（集部　總集類）
劉義隆（文帝）	《文帝集》	十卷　　（集部　別集類）
劉義恭	《要記》	五卷　　（史部　舊事類）
	《劉義恭集》	十五卷　錄　一卷（集部　別集類）
劉義季	《劉義季集》	十卷　錄　一卷（集部　別集類）

上文我們已經提到劉義慶愛好文義，他的弟弟義宗，《宋書》也說他：「愛士樂施，兼好文籍，世以此稱之。」[14]同時他的《賦集》和義慶的《集林》一樣，同屬文學總集，而且同樣是篇幅頗巨的作品。

《宋書·文帝紀》描寫宋文帝劉義隆：「博涉經史，善隸書。」[15]雖然他的文集和其他各人一樣，已經失傳了，但在嚴可均輯的《全宋文》中，還保存了不少他的文章。他的文筆流暢，對當時漸漸盛行的四六、對偶等格律卻很少遵守。在他給兄弟們的書信中，友愛之情躍於紙上。而且他和義慶一樣，喜歡聚集一些文人在他的周圍，如《宋書·何尚之傳》說：「尚之雅好文義，從容賞會，甚為太祖所知。」[16]（太祖是文帝的廟號。文帝是義慶的從弟）。又《宋

14　《宋書》卷51，頁1468。

15　同上書，卷5，頁71。

16　同上書，卷66，頁1733。

書‧王僧達傳》說：「蘇寶者，名寶生，本寒門，有文義之美。元嘉中立國子學，為毛詩助教，為太祖所知，官至南台侍御史，江寧令。」[17]

另一個從弟義真，雖然沒有文集傳世，但也是「聰明愛文義，而輕動無德業。與陳郡謝靈運、琅琊顏延之、慧琳道人並周旋異常」[18]。這三個人都是當時文藝界的頂尖人物。

還有一個從弟義恭「涉獵文義」[19]，撰有《要記》，記錄從西漢到晉太元中的事物[20]。聶崇岐的《補宋書藝文志》列入史部舊事類。從這本書的題目及聶氏的分類來看，它可能和《世說》是類似的書，但它的重點可能放在「事」上，而《世說》的重點放在「言」上。

綜合上面各種引證，我們無疑可以說劉氏的第二代頗有飽讀詩書者，並且他們交往的人，很多都是當時文學界名流，如謝靈運、顏延之、何長瑜、鮑照、袁淑、何尚之等。況且，他們自己本身也是作家。史書告訴我們義慶的愛好文義，在這些人中間是「宗室之表」，因此他一定不止是一個平庸的作家了。

二、天賦

然則我們怎麼解釋他的本傳中「才詞不多」的說法呢？

首先，我們可以解釋這句話的意思是：義慶不是一個多產的文學創作家。我們所能見到的他的作品，大多數是從別的書籍中輯錄出來的。《世說》、《集林》、《宣驗記》、《幽明錄》都屬於這一類。只有《典敘》、《徐州先賢傳》和他的文集毫無疑問是他自己的創作。這樣說來，形容他「才詞不多」的確可算是恰當的。

其次，我們一定要記得是誰對他作這樣的斷語，以及他採取什

17　同上書，卷75，頁1958。

18　《宋書》卷61，頁1635。

19　同上書，頁1640。

20　同上書，頁1649。

麼樣的判斷標準。《宋書》的作者是沈約，他是史家、詩人，但是最重要的是，他還是文學理論家。他提倡文學作品要合乎嚴格的聲韻規律。他和朋友共同創始的永明體，便是這種理論的實踐。

自從賦的出現，中國文學發展了一些新的技巧，譬如：

使用典故使用對仗

華麗的詞藻，常常流於誇飾

經過魏晉，又加上了著意於聲律的應用。沈約是《四聲譜》的作者，他把當時中國語言的聲音分為四類，後來又提出了詩歌的四聲八病。蕭統在《文選序》中為不採入某些作品所舉的理由，正可以借來解釋為什麼沈約認為劉義慶「才詞不多」：

> 蓋乃事美一時　，語流千載，概見墳籍，旁出子史，若斯之流，
> 又亦繁博。雖傳之簡牘，而事異篇章，今之所集，亦所不取。[21]

換言之，沈約和蕭統（都是梁朝人）是以純文學的眼光出發的，對他們來說，不是純文學就不是文學。

那麼，以這種標準來看，義慶的作品會得到什麼評價呢？想來一定不會很高。我們所能見到的劉義慶的作品，可分三類：

（甲）簡短的故事、軼事等　包括《世說新語》、《宣驗記》、《幽明錄》等。這一類的風格簡練，加插很多對話，因此所含口語成分頗多，很少有採用四六和對偶的現象。

（乙）奏議　他的本傳中所保存的奏議屬於這一類。風格比較典雅，大多數採用四六、對偶和典故。但由於是為實際需要而寫的，所以語言還算平實，沒有太多雕飾。

（丙）三篇賦的片斷　這是嚴可均從《藝文類聚》中輯錄出來的，這些片斷具有當時認為是好文章的各種特性：華麗的詞句、四六的句型、工整的對偶和典故的應用。

因此，我們如果以沈約的標準來衡量義慶的作品，只有（丙）類可以及格。由於這一類作品在義慶現存的作品中佔的比例非常低，

21　《文選》卷首，《四部備要》本，頁3b。

我們可以臆斷在沈約之時，它的比例必定也是同樣的低。也許這就是沈約說義慶「才詞不多」的原因了。但這一點並不能用來否定義慶是《世說新語》的作者，因為這只證明了義慶對文學的貢獻，不是以一個創作者的身份，而是以一個編輯者的身份。

三、有無充分時間從事編書

接著我們就要看一看義慶作為一個軍政長官的生活，是否能容許他同時又做一個編輯者。

義慶生命中最早的十三年我們應該可以從略討論，因此我們只從他十四歲那年開始。那年他隨伯父劉裕北伐長安，此時他應該結識了一位很重要的人物——《郭子》的作者郭澄之。《郭子》是和《世說新語》極類似的一本書，《世說》後來大量地吸收了《郭子》的內容（下章將討論到這個問題）。據《晉書·文苑傳》中郭氏的本傳云，郭澄之以劉裕掾屬的身份，也參加了這次北伐。其中更記載了一段插曲，說因郭氏吟了「南登灞陵岸，回首望長安」兩句詩，使劉裕決計不再繼續西征[22]。義慶當時尚在弱冠，他可能對郭氏相當欽佩，並且讀過他的作品《郭子》，可能還抄錄了一本。

從長安回來這一段時期，也就是從十五歲到十八歲，他任豫州刺史，鎮壽陽。這時期他可能還只是掛名刺史，好像其他類似的情形一樣[23]，因此他可能有很多時間來從事文學活動。因為已經認識了郭澄之，又讀過他的書，義慶可能在這個時候就想到要自己編一本集子，並且開始為它閱讀和做筆記。但是在這個年紀他可能還不能真正訂下一個具體的計畫。

從421年到431年的十一年內，義慶在首都建康。起先他做的是

22　《宋書》卷92，頁2406。

23　這類安排的一個典型例子見《宋書》卷5頁71：「盧循之難，上年四歲，高祖使諮議參軍劉粹輔上鎮京城。」很明顯地，一切軍事及政治上的事務都是由劉粹來處理，而不是由四歲的宋文帝。

侍中，這個官位一般是給名門貴族子弟的，職責包括侍從皇帝、掌管袍服車輦以及隨時與皇帝對問的親信官員，所以不是一個很忙碌的職位。退朝以後他就自由了，也就是說這個時期他也有相當的餘暇來從事文學活動。事實上，被任命為侍中正表示他在學術與文學上的成就已被當局重視，因為自東漢以來，這個官位又常是「以博學之士為之」的。

元嘉元年（424）他的從弟義隆即位為宋文帝，他的生活因而也起了變化。這一年內他接連換了幾個職位，因此每個職位的任期就不可能很長。首先是散騎常侍兼秘書監。秘書監的位置對本題有重大的關係，可惜為時甚為短暫，接著他轉換了兩次官職，所以使我們難以臆測他做秘書監到底做了多久。我們只能說該年他一共擔任過三組職位，這樣每組平均應該是四個月。在這大約四個月的時間裡，義慶可能僅僅有時間做到：

‧對秘書的藏書做一番巡視，還可能對他自己感興趣的部門比較仔細地流覽了一下。

‧將他喜歡的書令人抄一份。

‧瞭解哪些書是必具的，對日後他自己收藏圖書頗有幫助。

以上各點不僅對《世說新語》的編撰有重大的意義，就是對其他署名為他所撰的書，如《幽明錄》、《宣驗記》和《集林》，都同等的重要。

他的下一個職位是度支尚書，是管理財政的重要官職，公務必然很繁忙。但不久他又被遷調了。這次是任丹陽尹，以後九年他一直都做著丹陽尹。

丹陽郡是首都建康所在地，做這裡的地方官必定是一件極吃力的事，因為政績如何，上至皇帝，下至廷臣，以及王公貴戚等，無不一目瞭然。從元嘉六年（429）起，除任丹陽尹外，又給他加上了尚書左僕射的重任。當時尚書令相當於丞相，綜理萬機，而他的左、右二僕射中又以左僕射為高，也就是全國除了皇帝、丞相以外的第三高

位。義慶基本上是一個謙虛的人，對於接受這個高官，一定懷著很大的戒懼。更有甚者，當時的政局很複雜。實際上，從劉宋建國以來，就不斷醞釀著陰謀。文帝所以能登位，正由於徐羨之和傅亮二人陰謀廢了他的兩個兄長，但三年以後，徐、傅二人均以謀反被誅。在義慶加尚書左僕射的同年，文帝的弟弟荊州刺史義康被調回京都來主持國政。《宋書》說：「自是內外眾務，一斷之義康。」[24]漸漸義康的權勢日隆，甚至有凌駕文帝之勢，於是有帝黨和相黨的形成，兩派的成員不斷傾軋，使形勢更加嚴峻。這個時候義慶身為義康的左僕射，所處的地位必定是異常尷尬的。一邊是皇帝，從文帝給義慶的書信及後來任命他為荊州刺史來看，又是非常看重義慶的。但是另一方面是丞相，是義慶的頂頭上司，而兩人又都是他的從弟。那時義慶一定已經能感覺到一些危險的暗流在衝擊著。為了避免被捲入即將來臨的一場政治鬥爭而被毀滅，他於元嘉八年（431）請求外調。文帝起先想說服他留在原職，義慶堅持不肯，終於先解了僕射之職。

從他開始做丹陽尹（424）至他解尚書僕射那年（431），這個時期裡，他顯然需要把全副精神和時間放在他的職務及應付政治環境上，沒有什麼時間來從事文學活動了。

次年，元嘉九年（432）他被派為荊州刺史。這時他已三十歲，應該已經到達成熟期，並且生活有了一定的目標，其中一個目標應該便是文學書籍的編撰。

正如義慶本傳所說，荊州在當時的經濟、軍事地位僅次京都建康，是個極重要的大州。作為荊州刺史責任重大，他的生活必定很繁忙。不但州郡有很多公務待理，更何況義慶又加了平西將軍，都督七州的軍事。他要負責整個軍區的軍事活動：什麼地方需要支援，他須負責調兵前去接應[25]，《宋書·劉道濟傳》中就有這樣一個實例：

---

24 《宋書》卷68，頁1790。

25 有關都督的職權可參看嚴耕望的《魏晉南朝都督與都督區》，《中研院歷史語言研究所集刊》卷27，頁49—105。

是月，平西將軍臨川王義慶，以揚武將軍、巴東太守周籍之，
即本號督巴西、梓潼、宕渠、遂寧、巴郡五郡諸軍事、巴西
梓潼二郡太守，率平西參軍費淡、龍驤將軍羅猛二千人援成
都……涪蜀皆平。[26]

這個時期裡，義慶雖然公務倥傯，但似乎還有時間從事寫作。
他的本傳把《徐州先賢傳》九卷和《典敘》繫於此時，從謝靈運傳附
何長瑜傳中我們知道，義慶聚集文士，也是從本時期始。何氏與陸展
都是這個時期成為他的僚屬的：

臨川王義慶招集文士，長瑜自國侍郎至平西記室參軍，嘗於江
陵寄書與宗人何勗，以韻語序義慶州府僚佐云：「陸展染鬢
髮，欲以媚側室，青青不解久，星星行復出。」如此五、六
句，而輕薄少年遂演而廣之，凡厥人士，並為題目，皆加劇言
苦句，其文流行。[27]

這樣看起來，從這個時期，義慶開始了一系列的文學計畫。有
些，如《徐州先賢傳》和《典敘》，由他親自完成，因為這些作品和
他的家族有直接關係，後者是他的祖先的事蹟，而前者則是與他同州
的名人傳記。其他有一部分，如《世說新語》、《宣驗記》、《幽明
錄》和《集林》，他大概只訂下了方針，拿出他的筆記及藏書作為素
材。至於他是否嚴密地控制著編撰過程，以及編好之後，他是否曾仔
細審閱，才以自己的名字問世，這卻是我們無法揣測的事了。這些作
品似乎合成一個完整的體系，每一本都有不同的範圍與目標，彼此沒
有重複，沒有抵觸。《世說新語》搜羅了有趣的對話和人物品評的例
子，是幫助高級知識份子參加清談的工具書，也是調劑生活的趣味讀
物。《幽明錄》收集了佛教以外有關鬼神世界的故事和傳說，而《宣
驗記》卻是為佛教徒而編的同類書籍。最後，《集林》顧名思義是收
集所有的文集的，也就是截止於當時的文學作品總匯，規模最為宏

26　《宋書》卷45，頁1384。
27　同上書，卷67，頁1774。

大。

當然，這麼偉大的一個文學計畫是不能一蹴而成的。義慶在荊州總共的時間是差兩個月七年（432—439），但是他不能一到荊州就開始這項工作，因為他首先總要把工作環境弄熟悉了，等他對刺史和都督的工作感到駕輕就熟時，才能顧及文學活動。我們可以料想，他在元嘉十二年（435）協助平定涪蜀之前，是無暇從事編撰工作的。恰巧義慶的本傳中首次提到他的文學活動也正是這個時候：即緊接記述義慶元嘉十二年舉薦虞存等人的奏疏，就提到他作《徐州先賢傳》和《典敘》。如果我們假定義慶元嘉十二年才開始他的編撰工作，那麼到他元嘉十六年（439）離開荊州的時候，工作才只進行了三、四年，可能沒有完全完成。

義慶於元嘉十六年（439）從荊州轉到江州，據我們所知，有兩個文人是他當時的幕僚：鮑照和袁淑。這時何長瑜已因寫了諷刺義慶幕僚的韻語而被流放到廣州，因為根據何長瑜的傳，此事在荊州的江陵發生。可能鮑照被請為國侍郎正是補他的缺，鮑照的《通世子自解啟》云：「自奉清塵，於茲六祀。」[28]根據吳丕績的《鮑照年譜》，這封信是劉義慶薨後鮑照寫給他的兒子的[29]。義慶薨於元嘉二十一年（444），所以我們知道鮑照約於元嘉十六年開始參義慶僚佐，也正是義慶從荊州轉到江州的那年。陸展是否曾隨義慶至江州則不詳，除了上文所引劉義慶傳及何長瑜傳二節提到陸展以外，在《宋書》中我們只找到一處言及陸展的地方，即何尚之傳云陸展因任臧質長史而被株連的事實。但是他何時起任臧質長史則沒有記載[30]，故對我們決定陸展與劉氏的賓主關係的時間毫無幫助。

雖然江州被認為是荊揚二州以外最重要的一州[31]，但對義慶來

---

28 鮑照：《鮑氏集》，卷9，《四部備要》本，頁5a。

29 吳丕績：《鮑照年譜》，上海：商務印書館，1940年版，頁22。

30 《宋書》卷66，頁1737。

31 嚴耕望：《魏晉南朝都督與都督區》，見《中研院歷史語言研究所集刊》

說，這個環境似乎比較輕鬆一點。在這個時期他做過一些比較有趣的活動。

　　鮑照的文集透露了一些本時期內義慶的生活細節，鮑氏的《從登香爐峰》吳丕績認為是此時期的作品。廬山的香爐峰在江州的尋陽。他更進一步認為詩中的魯侯意指義慶[32]。如果他的判斷是正確的話，我們知道義慶曾經登廬山，廬山此時已是佛教勝地，元興元年（402）高僧慧遠曾在這裡創立了白蓮社，不少俗家文士也與其事。慧遠（334—416）雖然已死，但他死後有很多名僧相繼住在廬山。義慶可能來得及見到慧安（元嘉中卒），也許是在這個時期，他開始對佛教發生興趣。

　　此外，值得注意的一點是：鮑照不但將他比作忠於皇室的魯侯，並且稱他為「詞宗」，顯然把他說成文學界的領袖。

　　從鮑氏的另一篇作品《凌煙樓銘》的原注中，我們知道該樓是義慶所起的[33]。值得請當時有名的文人鮑照寫銘文的凌煙樓，必定是一座相當可觀的建築物。

　　義慶在江州總共十六個月（元嘉十六年四月至十七年十月），在這比較輕鬆的環境裡，義慶和他的屬下一定有更多的時間繼續他們在荊州開始了的文學編撰工作。根據袁淑和鮑照兩人的文章風格，我想作一個冒險的揣測：鮑照是一個純文學的作家，因此負責編撰《集林》的可能性較多；而袁淑有時是一個幽默家，作過一些輕鬆諷刺的小品，可能接替了何長瑜編撰《世說新語》的工作。

　　這個時期內，還有兩件事可能對義慶的感情生活，或者甚至對他整個人生觀，都有很大的影響，那就是他的哥哥義欣和他的弟弟義融相繼於元嘉十六年和十八年去世。二人均尚在英年（都是三十餘歲），史書上雖沒有關於他們兄弟特別友愛的記載，但兄弟二人於兩

　　卷27，1966年，頁49—105。

32　吳丕績：《鮑照年譜》，頁15—16。

33　鮑照：《鮑氏集》，卷9，《四部備要》本。

年時間似乎意外的死去，對劉義慶的思想，不能不留一點痕跡。這兩件事可能令他覺得人生無常，因而使他更容易接受佛教思想的影響。

　　義慶被從江州調到南兗州任刺史，鎮廣陵，並且都督六州軍事。這裡，鮑照的詩又提供了一些細節。吳丕績將下面幾首詩繫於本時期：〈上尋陽還都道中〉、〈還都道中〉、〈還都至三山望石頭城〉。這些詩題告訴我們兩件事情：1.鮑照曾隨義慶到南兗州；2.義慶到廣陵（今揚州）上任去的時候，曾路過京都建康（今南京），大概是為了對文帝述職或者接受新的訓令。這可能是八年多前他離京赴荊州後第一次回到建康。他從荊州轉江州時曾否回京我們找不到記錄。如果那時他曾回京述職那也是順理成章的事。

　　〈上尋陽還都道上〉頗引起研究鮑照的學者一番爭論。大家都知道江州刺史鎮尋陽（今江西九江），因此尋陽就是從江州到京都的旅程的起點，然則「上」字在這裡是什麼意思呢？有些學者認為「上」是「上任」的意思，這首詩是鮑照隨義慶從荊州到江州的尋陽上任時寫的；有些學者認為是鮑照做臨海王參軍時寫的，而那時他從荊州回京經過江州的尋陽，兩種說法前人都駁斥過[34]。我則贊同吳丕績把這首詩繫於此時。「上尋陽」一詞的解釋，關鍵可能在於當時江州刺史不鎮尋陽而鎮豫章（今江西南昌）。江州自西晉建立以來，時而鎮尋陽，時而改鎮豫章，如此反覆數次[35]。所以很可能在義慶為江州刺史時，或者在他離開江州之前，江州刺史恰巧鎮豫章。這一點在《宋書》劉義康的傳中可以找到旁證：

> 改授都督江州諸軍事、江州刺史……出鎮豫章。[36]

　　義康正是元嘉十七年（440）繼義慶為江州刺史的，在《宋書》中又沒有關於這次人事的更換同時改鎮的記錄，因此我們可以假定在移交時義慶本來鎮豫章。尋陽在豫章之北，又在豫章和建康之間。所

34　吳丕績：《鮑照年譜》，頁19—20。

35　《宋書》卷36，頁1036。

36　同上書，卷68，頁1792。

以義慶一行人要北「上」至尋陽，然後再往京都建康去。這樣鮑照詩題中「上尋陽」和「還都道上」就不衝突了。

在沒有進到義慶的下一個時期以前，我們必須指出義慶被調到南兗州並非循例調遣，而關乎京中一場政海風波。前面說過當時朝中有帝黨和相黨之爭。元嘉十七年（440）文帝終於決定採取行動，他秘密將義康的左右手劉湛處死，並將所有義康的黨羽監禁起來。如此一來義康只有上表遜位，而被貶到江州去，因此義慶則勢必要改鎮。這件事的發生，對義慶個人的安全感好像起到了相當大的打擊，義康雖親為兄弟，貴為宰輔，也不能倖免，何況其餘？他一定深深感到居高位者朝不保夕的心情和命運變幻無常的痛苦，這使他需要尋找一個精神的避難所。佛教也許恰好滿足了他這種需要，因此從這時起，我們可以見到他突然轉向佛教的傾向。

這樣一來，義慶在下一個時期內和僧人來往密切便不足為怪了。本時期始自元嘉十七年（440）他為南兗州刺史，終於元嘉二十一年（444）年他薨於京師。他的傳記只籠統地說他晚年奉養沙門，頗致費損。至於細節我們尚要到梁朝僧人慧皎所撰《高僧傳》中去尋找。

在《高僧傳》中我們找到四條有關義慶與僧侶交往的文字。另外，在《宋書》王僧達（義慶婿）傳中也找到一條。以上各條都是關於本時期的事，是以我們相信只是在這最後的幾年內，他才沉迷在佛教中。

茲先錄《高僧傳》中的四條如下：

（一）時又傳有天竺沙門僧伽達多、僧伽羅多哆等，並禪學深明，來游宋境，達多……元嘉十八年夏受臨川康王請於廣陵結居，後終於建業。[37]

（二）（淮南）中寺復有曇冏者，與成同學齊名，為宋臨川康

37　慧皎：《高僧傳》，卷3，海山仙館本。

王義慶所重焉。[38]

（三）宋元嘉二十年，臨川康王義慶攜（道冏）往廣陵，終於彼也。[39]

（四）釋道儒，姓石，渤海人，寓居廣陵，少懷清信，慕樂出家，遇宋臨川王義慶鎮南兗，儒以事聞之，王贊成厥志，為啟度出家。[40]

《宋書‧王僧達傳》中一條如下：

（五）太祖聞僧達早慧……妻以臨川王義慶女……年未二十，以為始興王濬後軍參軍，遷太子舍人……性好鷹犬，與閭里少年相馳逐……義慶聞如此，令周旋沙門慧觀造而觀之。[41]

以上所引各段中，（一）與（三）很清楚地屬於本時期，文中之僧人與義慶的關係也很明白，一個是義慶請到廣陵來結居的，一個是義慶攜往廣陵的，因此他一定奉養著他們，或者連同他們的徒眾也由他奉養，蓋當時名僧大都有極多徒眾跟隨著。在（二）裡面的中寺，《高僧傳》目錄冠以「淮南」二字，《宋書‧州郡志》南兗州有淮南郡：「元嘉八年文帝始割江淮間為境，治廣陵。」[42]故義慶一定是做南兗州刺史鎮廣陵時認識曇冏，並且敬重他的。可能曇冏也是由他奉養的。在（四）中，義慶成全了廣陵居民石生出家的志願，因此很可能也奉養了他。文中也明白地表示這件事是發生在義慶南兗州刺史任中。

至於（五），雖然沒有說明日期，但我們若將《宋書‧王僧達傳》與《高僧傳》中慧觀的傳同時參看的話，就可擬出一個約略的日期。義慶和慧觀相識，可能早在元嘉初，慧觀的傳記說：

---

38 同上書，卷7，頁16b。
39 同上書，卷12，頁14a。
40 同上書，卷13，頁29a。
41 《宋書》卷75，頁1951。
42 同上書，卷35，頁1053。

> 元嘉初，三月上巳，車駕臨曲水宴會，命觀與諸朝士賦詩，觀
> 即坐先獻。[43]

我們已經知道直到元嘉八年，義慶也在建康，如果他以前不認
識慧觀的話，這次宴會兩人一定見了面，因為義慶很可能是當時與宴
的朝士之一。因此後來義慶聽說他的女婿的行為有問題時，才會請老
友慧觀去代他觀察一下。慧觀是京都道場寺僧人，所以王僧達這時一
定也在京都，也就是他任太子舍人的時候。他的本傳說當時他年未滿
二十，然而那時他已娶了義慶的女兒，這表示他也不至於太年幼，
總之不能小於十六七歲。王僧達卒於大明二年（459），享年三十二
歲，那麼義慶請慧觀看他的女婿一事，應在元嘉十九年（442）王僧
達二十歲之前，而慧觀的傳記說他卒於元嘉中：元嘉總共有三十年，
故元嘉中可說是元嘉十年至二十年之間，將兩人的日期參合起來看，
此事約略於元嘉十七或十八年發生。此時義慶在廣陵。

總結以上所說，我們知道本時期義慶與一個京都的僧人和四個
廣陵的僧人有來往，而後四人的生活費用，可能都是由義慶負擔。
本來四五個僧人的生活費用，照理不至於令作傳的人說他「頗致費
損」。但是當時的和尚和歐洲中世紀的僧侶一樣，不但生活奢侈，而
且積財巨萬[44]，因此奉養他們的人，不僅要維持他們及他們徒眾的生
活，還要供給他們大量的金錢及物資（如：絹、帛、粟、麥之類），
至於建造寺廟鑄造佛像，所費就更多了。

元嘉二十年，義慶在廣陵病了，由於一些不吉祥的徵兆，他請
求調回京都，這顯示他對那些徵兆非常迷信。也就是這種迷信的心
態，促使他編撰《幽明錄》這本集中國迷信故事、傳說大成的書。
二十一年，他薨於京都建康。

以上我們綜述了義慶的一生，以及他的生平對他的編撰工作的

43　慧皎：《高僧傳》，卷7。

44　《宋書‧王僧達傳》（卷75，頁1954）中有一個例子可以說明僧人富有的
　　程度：王僧達劫沙門竺法瑤，得數百萬。

可能影響，可以總結如下：我們相信義慶早年遇見郭澄之之後，就有了編撰一本像《世說新語》這樣的集子的計畫。在他少年時代，官職比較清閒時，就為這個計畫收集材料及做準備工作。秘書監一職對他的幫助尤大，不過一直到他做荊州刺史的後期，他才擁有人力、財力和時間來實現這個計畫。這個時期義慶的創作力頗為旺盛，據我們所知，他至少寫了《徐州先賢傳》和《典敘》。何長瑜和陸展是他在荊州時的掾屬，他們協助義慶編撰《世說新語》。何長瑜被放廣州之後，陸展可能獨力繼續，後來鮑照和袁淑在江州也參與了這個工作。《世說》可能在江州就完成了，於是又開始一本新書——《集林》——的編撰。義慶轉南兗州時，至少鮑照仍跟隨著他。由於《集林》的篇幅巨大（200卷），所以可能在江州還未完成，它的編撰工作在南兗州仍繼續著。《宣驗記》和《幽明錄》大概也是那時期的作品，因為它們反映了義慶對佛教與其他超自然事物的沉迷。

　　總而言之，義慶具備了編撰《世說新語》的物質和精神條件，《世說》基本上是他的精神產兒，儘管他有何、陸、袁、鮑諸人在實際工作上的協助。以現代的說法，他應是總編輯，而其他各人只是助理編輯而已。

四、關於其他的可能

　　然而，其他四人之中，有沒有一個人對《世說新語》有決定性的貢獻，相當於一個主編呢？我們也不能不分別探討一下。

（一）袁淑

　　四人之中只有袁淑有較長的傳記在《宋書》中。但可惜對我們所關心的這個時期卻語焉不詳。對袁淑的教育和興趣，《宋書》說：

> 不為章句之學，而博學多通，好屬文，辭采遒豔，縱橫有才辯。[45]

45　《宋書》卷70，頁1835。

這段描述和《世說》的假想編撰人再吻合不過了。尤其是：首先，他不注重儒家的思想，並對各種學術思想抱開明的態度，恰與《世說》的精神吻合。其次，他的辯才和《世說》中所描寫的雄辯家非常相似。

更有進者，袁淑的父親袁豹是謝安的外孫，他的伯父又娶了謝玄的女兒，因此《世說》中的人物，一定有很多是他幼年所親見，至少也是他常聽父親和伯父談及的，對描述東晉末年的人物，他可以提供極佳的第一手材料。《宋書》說袁豹：

> 豹善言雅俗，每商較古今，兼以誦詠，聽者忘疲。[46]

他簡直是一些出入《世說》的清談家的典範。

可惜的是，袁淑和義慶合作的時間不長，他的本傳說：

> 衛軍臨川王義慶雅好文章，請為諮議參軍。頃之，遷司徒左西屬。[47]

「頃之」到底是多久，非常難說，查遍《宋書》，再也找不到其他線索。不過他做義慶的諮議參軍是在江州，因為義慶是元嘉十六年（439）到江州的時候才改封衛將軍的，而司徒左西屬應在京都建康，江州離建康一千四百里之遙[48]，總不至於少於一年半載就把他調回。

張溥在他所編的《漢魏六朝百三名家集》中的《袁陽源（淑，字陽源）集序》裡說：

> 陽源排諧集，文皆調笑，其於藝苑，亦博簺之類也。[49]

可是令人驚奇的是：這位滑稽大師面臨太子弒君父、鬧政變之際，卻是朝中唯一敢抗言的人，弄得太子再三忍耐之餘終於殺掉他，因此他竟做到了一個典型儒家所標榜的忠臣烈士。以下是他所作的滑

46　同上書，卷52，頁1500。

47　同上書，卷70，頁1835。

48　同上書，卷36，頁1088。

49　袁淑：《袁陽源集》，見《漢魏六朝百三名家集》，掃葉山房本，卷首。

稽文字的一篇：

雞九錫文

維神雀元年，歲在辛酉，八月巳酉朔，十三日丁酉。帝顓頊遣
征西大將軍下雄公王鳳，西中郎將白門侯扁鵲，諮爾浚雞山
子，維君天姿英茂，乘機晨明，雖風雨之如晦，抗不已之奇
聲，今以君為使持節，金西蠻校尉，西河太守，以揚州之會稽
封君為會稽公，以前浚雞山子為湯沐邑，君其祇承予命，使西
海之水如帶，浚雞之山如礪，國以永存，爰及苗裔。[50]

很明顯地，這是一篇遊戲文章，在蕭穆的語氣，冠冕堂皇的文
章裡，卻處處帶一個「雞」字，例如辛酉的酉是十二生肖中的雞年；
浚雞山的「雞」，會稽的「稽」和「雞」同音；以及用鳳、扁雀、雉
等來陪襯等等，這類玩世不恭的小品文，在他的文集中還有幾篇，它
們的基本精神和《世說新語·排調》篇中的片段頗為一致。

看過袁淑的作品及他《宋書》本傳中的資料，我們的結論是：
由於他對《世說新語》中出現的人物親見親聞，天性又滑稽，而且寫
過滑稽文字，他對《世說》的編撰一定有極大的貢獻。但是由於他和
義慶合作的時間很短，所以不可能是《世說新語》的唯一編撰人。

（二）陸展

《宋書》沒有為陸展作傳，提及他的地方共有三處：

1.劉義慶傳。（上文已引）

2.何長瑜傳。（上文已引）

3.何尚之傳，其文如下：

丞相南郡王義宣、車騎將軍臧質反，義宣司馬竺超民、臧質長
史陸展兄弟並應從誅。[51]

從以上的點滴中我們可以知道的是：陸展是吳郡人，可能是吳

---

50 袁淑：《袁陽源集》，頁3b—4a。

51 《宋書》卷66，頁1737。

郡豪族陸氏的一員，因文才而被義慶在荊州時羅致為掾屬。我們不知他何時離開義慶，也不知他何時開始成為臧質的長史，只知道他孝建二年因臧質謀反株連及他和他的兄弟。我們同樣找不到他曾領導《世說新語》的編撰的跡象。

（三）何長瑜

我們所知的一切有關何長瑜的生平事蹟，都是得自《宋書·謝靈運傳》中所附的何長瑜傳：

> 靈運既東還、與族弟惠連、東海何長瑜、潁川荀雍、泰山羊璿之，以文章賞會，共為山澤之游，時人謂之四友。惠連幼有才悟，而輕薄不為父方明所知。靈運去永嘉還始寧，時方明為會稽郡。靈運嘗自始寧至會稽造方明，過視惠連，大相知賞。時長瑜教惠連讀書，亦在郡內，靈運又以為絕倫，謂方明曰：「阿連才悟如此，而尊作常兒遇之。何長瑜當今仲宣，而飴以下客之食。尊既不能禮賢，宜以長瑜還靈運。」靈運載之而去。……長瑜文才之美，亞于惠連，雍、璿之不及也。臨川王義慶招集文士，長瑜自國侍郎至平西記室參軍。曾于江陵寄書與宗人何勗，以韻語序義慶州府僚佐云：「陸展染鬢髮，欲以媚側室，青青不解久，星星行復出。」如此者五六句，而輕薄少年遂演而廣之，凡厥人士，並為題目，皆加劇言苦句，其文流行。義慶大怒，白太祖除為廣州所統曾城令。及義慶薨，朝士詣第敘哀，何勗謂袁淑曰：「長瑜便可還也。」淑曰：「國新喪宗英，未宜便以遠人為念。」廬陵王紹鎮尋陽，以長瑜為南中郎行參軍，掌書記之任。行至板橋，遇暴風溺死。[52]

日人川勝義雄在關於《世說新語の編纂をめぐって》一文中提出何長瑜為《世說新語》主編的假設[53]，他主要的論證有二：

第一，上文所引的韻語與《世說新語》中所載一些頗相似，尤

52　《宋書》卷67，頁1774—1775。

53　見《東方學報》卷41，1970年，頁217—234。

其是排調篇所載，更為近似。第二，更重要的是：詩人謝靈運是被劉
宋王朝加以謀反罪名而處死的，但他不但在《世說新語》裡出現了，
而且文中對謝有表同情與懷好意的傾向。因此，無論《世說新語》的
編者是誰，此人必是謝靈運的知己——而何長瑜正是這麼個人。他認
為何與謝同是出身貴族，因而持有同樣的觀點，而這些觀點又常與
《世說》中的觀點相同，與出身軍旅的劉氏家族的觀點都是大異其趣
的。

　　對於第一點我很同意。我覺得在《世說新語》中還有比川勝文
中所舉的例子更類似何長瑜所作的韻語，如：

> 閣道中，有大牛，
>
> 何矯鞅：裴楷鞦；
>
> 王濟剔嬲不得休。

「大牛」指的是當時極有位望的山濤。這首韻語和何長瑜所作
同樣富有刻薄的諷刺性，很可能何氏在編纂這一類材料時，引起他作
同類風格的韻語的動機。我們可以斷言：他應該確曾參加《世說新
語》的編纂工作。

　　川勝氏的第二點論證卻是似是而非的。如果何長瑜是《世說新
語》的主要編輯負責人，而《世說》果真是偏謝反劉的作品，那正
如美國馬瑟所提出，當時的政府怎能容許這樣一本顛覆性的作品問
世[54]？更何況讓它冠以宗室重臣劉義慶的名字呢？劉宋王朝對謝靈運
的態度可以說是極端寬容的。皇室從來不曾認為他能對他們的政權構
成一種威脅，否則他們早已把他除掉。他們之所以最後決定除掉他，
僅是因為他一而再、再而三地藐視政府和法律，忍無可忍，才這樣做
的。（王謝家族的子弟，似乎都有這種恃才傲物的脾氣，義慶的女婿
王僧達是這樣自取滅亡的另一個例子）。然而劉宋王朝雖因他的行為
太過狂妄不檢而處決了他，但是似乎並無意要將一切與他有關的事物

54　Mather, Richard B., trans. *Shih-shuo Hsin-yü: A New Account of Tales of the World*, p.18.

都禁止通行，義慶本人對謝氏的文才可能還是非常欽佩的。況且《世說》中收入一則有關謝靈運的文字，就算是把他寫得再好，也不能證明編者就是謝氏的黨人。別的編輯者也可能會收入這樣的一則，義慶不僅可能知道，而且可能已得到他的同意。

　　因此我們沒有決定性的證據來支援何長瑜是《世說新語》主編人的說法。

（四）鮑照

　　《宋書・劉義慶傳》中附有鮑照簡短的傳記如下：

> 鮑照字明遠，文詞贍逸，嘗為古樂府，文甚遒麗。元嘉中，河濟俱清，當時以為美瑞，照為《河清頌》，其序甚工。（其文略）世祖以照為中書舍人，上好文章，自謂物莫能及。照悟其旨，為文多鄙言累句，當時咸謂照才盡，實不然也。臨海王子頊為荊州，照為前軍參軍，掌書記之任。子頊敗，為亂兵所殺。[55]

　　《南史・劉義慶傳》中卻多一段記載：

> 照始嘗謁義慶，未見知，欲貢詩言志。人止之曰：「卿位尚卑，不可輕忤大王。」照勃然曰：「千載上有英才異士沉沒而不聞者，安可數哉？大丈夫豈可遂蘊智能，使蘭艾不辨，終日碌碌，與燕雀相隨乎？」於是奏詩，義慶奇之。

　　然而兩處均無與《世說新語》有關的線索。我們唯有檢視他的文集，看看他現存的作品中有無與《世說》風格類似的。

　　義慶傳中所提及的四個文人中，只有鮑照一個人的作品保存得最多，足以在風格上作一比較。我們所能看到的《鮑氏集》，據說只保存了鮑照全部作品的十分之一，除了《河清頌序》是屬於典雅的「廊廟體」之外，其他都是抒情的詩文。與《世說》的敘述和議論風格適得其反。他的作品氣氛嚴肅而憂鬱，與《世說》的輕鬆氣氛也頗

55　《宋書》卷51，頁1977—1980。

有出入。他的作品的主題，不出自古以來抒情文學的傳統範圍；與古樂府詩以及曹植和其他建安七子常用的主題往往一樣。《世說新語》常用的主題：如哲學問題和人物品評在鮑照的作品中卻找不到。鮑照的文章風格是隱晦的、典麗的，而《世說》的風格是明快的、自然的。由於以上這些無法統一的異點，我們大概可以放心在討論《世說新語》編者的可能人選中把鮑照淘汰。

總結以上，我們沒法找到證據證明袁、陸、何、鮑四人中任何一人是編輯《世說新語》的主要負責人，但袁淑和何長瑜的背景和興趣似乎與《世說》比較一致。所以我們應該依然接受傳統的說法，承認劉義慶為《世說新語》的主編，但另一方面也不抹殺袁淑、何長瑜對《世說新語》的貢獻。

五、大約的成書時間

在討論完作者問題之後，有一個很重要的相關問題就是：根據劉義慶和他的四個文學之士的生平能否找出《世說》大約的成書時間？我們說過劉義慶在荊州的時候開始招集文士，大約要在元嘉十年（433）巴蜀的亂平以後才能有時間顧及文學活動，這時他的掾屬有陸展和何長瑜，因此我們可以用元嘉十年（433）做一個起年。但是在江州他公務更輕鬆，這時他仍有鮑照和袁淑做他的掾屬，所以編纂的工作一定還在繼續進行，那是在元嘉十七年（440）他改督南兗州以前。因此，我們可以用元嘉十七年（440）作個止年。元嘉十七年（440）以後由於親故凋零，他的興趣逐漸轉向佛教，這樣我們就可以說《世說》大約成書的時間是在元嘉十年（433）到元嘉十七年（440）之間。

附：劉義慶年譜

西元	年號	年齡	事蹟
403	晉安帝 元興二年	1	義慶生。 荊州刺史桓玄代晉稱帝。（《宋書》卷1）

404	元興三年	2	劉裕起兵討桓玄。(《宋書》卷1) 高祖克京城,進平京邑。道憐常留家侍慰太后。(《宋書》卷51) 按:《高祖本紀》曰:「三年二月己丑朔,乙卯,高祖托以游獵,與無忌等收集義徒,凡同謀何無忌……高祖弟道憐……等二十七人。」道憐疑為道規之誤。參見下文道規與孟昶、劉毅破桓弘及上條所引道憐傳,當知參與戰爭者乃道規而非道憐。或道憐僅具空名於義士之列,然此二十七人中竟無道規之名,亦不合情理。大將軍武陵王稱制,道憐除散騎員外郎,尋遷建威將軍,南彭城內史。(《宋書》卷51)
406	義熙二年	4	道憐以義勳封新興縣五等侯。(《宋書》卷51)
408	義熙四年	6	道憐為并州刺史,義昌太守,將軍、內史如故,猶戍石頭。(《宋書》卷51) 道憐以破索虜功封新渝縣侯。(《宋書》卷51)
409	義熙五年	7	道憐隨高祖征廣固,常為軍鋒。(《宋書》卷51)
412	義熙八年	10	八年閏月道規薨於京師,時年四十三,追贈侍中、司徒,加班劍二十人,諡曰烈武公。道規無子,以長沙景王第二子義慶為嗣。(《宋書》卷51) 《范泰傳》云:「初司徒道規無子,養太祖,及薨,以兄道憐第二子義慶為嗣。」(《宋書》卷60)
413	義熙九年	11	道憐以廣固功改封竟陵縣公,食邑千戶,減先封戶邑之半以賜次子義宗。(《宋書》卷51) 按:此為義慶於前一年已入嗣道規之旁證,蓋道憐長子義欣,次子義慶。
415	義熙十一年	13	義慶年十三襲封南郡公,除給事,不拜。(《宋書》卷51) 高祖討司馬休之,道憐監留府事,甲仗百人入殿,江陵平,以都督荊、襄、益、秦、寧、梁、雍七州諸軍事,驃騎將軍,開府儀同三司,領護南蠻校尉,荊州刺史,持節,常侍如故。道憐素無才能,言音甚楚,舉止施為,多諸鄙拙,高祖雖遣將軍佐輔之,而貪縱過甚,畜聚財貨,常若不足,去鎮之日,府庫為之空虛。(《宋書》卷51)
416	義熙十二年	14	義慶從高祖伐長安。(《宋書》卷51)
417	義熙十三年	15	義慶還拜輔國將軍,北青州刺史,未之任,徙督豫州諸軍事,豫州刺史,復督淮北諸軍事,豫州刺史,將軍並如故。(《宋書》卷51) 義熙十三年,豫州刺史劉義慶鎮壽陽。(《宋書》卷36)

420	宋武帝 永初元年	18	永初元年，義慶襲封臨川王，徵為侍中。(《宋書》卷51) 高祖受命，賜道規大司馬，追封臨川王，食邑如故。(《宋書》卷51)
424	宋文帝 元嘉元年	22	元嘉元年義慶轉散騎常侍，秘書監，徙度支尚書，遷丹陽尹加輔國將軍，常侍並如故。(《宋書》卷51) 徐羨之、傅亮等密謀廢少帝，則次第應在義真，以義真輕誂，不任主社稷，因其與少帝不協，乃奏廢之。徙新安郡。尋又遣使殺義真於徙所，時年十八。(《宋書》卷61) 徐羨之等先廢義真，然後廢帝，遣使殺義真於新安，殺帝於吳縣。(《宋書》卷43) 少帝廢，百官備法駕奉迎宜都王義隆入奉皇統。(《宋書》卷5) 太祖即位，何尚之出為臨川內史。(《宋書》卷26)
428	元嘉五年	26	靈運既東歸，與族弟惠連、東海何長瑜、潁川荀雍、泰山羊璿之，以文章賞會，時人謂之四友。謂方明曰：「何長瑜，當今仲宣，宜以長瑜還靈運。」載之而去。(《宋書》卷67)
429	元嘉六年	27	義慶加尚書左僕射。(《宋書》卷5、51) 司徒王弘表義康入輔，自是內外眾務，一斷之於義康，義康素無術學，闇於大體，自謂兄弟至親，不復存君臣形跡，率心逕行，曾無猜防。尚書僕射殷景仁，為太祖所寵，與太子詹事劉湛素善，而意好晚衰。湛常欲因宰輔之權傾之，景仁為太祖所保持，義康屢言不見用，湛愈憤。南陽劉斌，湛之宗也，有涉俗才用，為義康所知，而斌等既為義康所寵，又咸權盡在宰相，常欲傾移朝廷，使神器有歸，遂結為朋黨，伺察省禁，若有精忠奉國，不與己同者，必構造怨釁，加以罪黜。(《宋書》卷68)
431	元嘉八年	29	太白星犯右執法，義慶懼有災禍，乞求外鎮，太祖詔譬之，義慶固求解僕射，乃許之。加中書令，進號前將軍，常侍，尹如故。(《宋書》卷51)

432	元嘉九年	30	義慶出為使持節，都督荊、雍、益、寧、梁、南北秦七州諸軍事，平西將軍，荊州刺史。(《宋書》卷51) 何偃除中軍參軍，臨川王義慶平西府主簿。(《宋書》卷59) 臨川王義慶招集文士，長瑜自國侍郎至平西記室參軍。嘗於江陵寄書與宗人何勗，以韻語序義慶州府僚佐云：「陸展染鬢髮，欲以媚側室，青青不解久，星星行復出。」如此者五六句，而輕薄少年遂演而廣之，凡厥人士，並為題目，皆加劇言苦句，其文流行，義慶大怒，白太祖除為廣州所統曾城令。(《宋書》卷67) 臨川王義慶鎮江陵，申恬為平西中兵參軍，河東太守。(《宋書》卷65)
433	元嘉十年	31	是月平西將軍臨川王義慶以揚武將軍、巴東太守周籍之即本號督巴西、梓潼二郡太守，率平西將軍費淡、龍驤將軍羅猛二千人援成都，涪蜀皆平。(《宋書》卷45) 太祖詔謝靈運於廣州行棄市刑，時元嘉十年，年四十九。(《宋書》卷67)
435	元嘉十二年	33	普使內外群官舉士，義慶上表，舉庾實，龔祈、師覺。義慶留心撫物，州統內官長親老，不隨在官舍者，年聽遣五吏餉家。在州八年，為西土所安。撰《徐州先賢傳》十卷，奏上之。又擬班固《典引》為《典敘》，以述皇代之美。(《宋書》卷51) 元嘉十二年，衡陽湘鄉醴泉出縣庭，荊州刺史臨川王義慶以聞。(《宋書》卷29) 先是義慶在任，值巴蜀亂擾，師旅應接，府庫空虛。(《宋書》卷61)
437	元嘉十四年	35	元嘉十四年，白燕集荊州府門，刺史臨川王義慶以聞。(《宋書》卷29)

| 439 | 元嘉十六年 | 37 | 義慶改授散騎常侍，都督江州、豫州之西陽、晉熙、新蔡三郡諸軍事，衛將軍，江州刺史，持節如故。
太尉袁淑，文冠當時，義慶在江州，請為衛軍諮議參軍，其餘吳郡陸展，東海何長瑜、鮑照等，並為辭章之美，引為佐史國臣。（《宋書》卷51）
張暢為臨川王義慶衛軍從事中郎。（《宋書》卷59）
按：當在本年或以後。
劉義欣卒，年三十六。（《宋書》卷51）
按：義欣，義慶長兄也。
鮑照始嘗謁義慶，未見知，欲貢詩言志，……於是奏詩，義慶奇之，賜帛二十匹，尋為國侍郎。（《南史》卷13）
按：鮑照《通世子自解侍郎啟》曰：「自奉清塵，於茲六祀。」乃義慶薨後照上其子燁者。然則義慶卒於元嘉二十一年，假定照於本年開始追隨義慶，恰為六年。何長瑜已於義慶在荊州時被貶為曾城令。陸展亦為義慶荊州時僚佐，但不知曾隨義慶到江州否？何尚之云：「丞相南郡王義宣、車騎將軍臧質反，義宣司馬竺超民、臧質長史陸展兄弟，並應從誅」。（《宋書》卷66）則展後曾為臧質長史，然不知起自何時，無可稽考。
又：鮑照集中有《從登香爐峰》詩，黃晦聞注云：「此篇蓋先生從義慶登香爐峰作也。辭宗謂當時文學之士，視屈宋為盛。歌頌義慶，比之魯侯，其時義慶以江州刺史，都督南兗……」（按：應作「江州、豫州之西陽、晉熙、新蔡三郡諸軍事」。）若魯侯之保有鳧繹也。……考《宋書·文帝紀》，義慶自今歲四月詔鎮江州，至明年十月改督南兗，其間相距，十有九月，先生從登廬山，當在此十數月中。又有《凌煙樓銘》，原注云：「宋臨川王起。」序中有「東臨吳甸，西眺楚關」之語，則此樓起於江州，作此銘亦在此時。（吳丕績《鮑照年譜》） |

| 440 | 元嘉十七年 | 38 | 十七年十月義慶即本號都督南兗、徐、兗、青、冀、幽六州諸軍事，南兗州刺史。（《宋書》卷51）
十七年十月乃收劉湛付廷尉，伏誅。……義康上表遜位，改授都督江州諸軍事，江州刺史……出鎮豫章。（《宋書》卷68）
義慶為南兗州刺史，鮑照隨焉還京都、省家，道出京口，從拜陵，登京峴。有上尋陽還都道中，還都道中還都至三山望石頭城，還都口號，行京口竹里，從拜陵登京峴等詩。（吳丕績《鮑照年譜》）
淮南中寺復有曇罔者，與成同學齊名，為宋臨川康王義慶所重焉。（《高僧傳》卷7）
按：寺在淮南，以地理推測，應在義慶為南兗州刺史時。蓋《宋書·州郡志》曰：「淮南郡，文帝八年始割江淮間為境，治廣陵。」義慶為南兗州即鎮廣陵。
釋道儒，姓石，渤海人，寓居廣陵，少懷清信，慕樂出家，遇宋臨川王義慶鎮南兗，儒以事聞之，王贊成厥志，為啟度出家。（《高僧傳》卷13）
元嘉十七年十月尋陽弘農祐幾湖芙蓉連理，臨川王義慶以聞。（《宋書》卷29）
按：此為義慶改督南兗之前事。 |
| 441 | 元嘉十八年 | 39 | 義慶加開府儀同三司。（《宋書》卷5、51）
太祖聞僧達早慧，……妻以臨川王義慶女，……年未二十，以為始興王濬後軍參軍，遷太子舍人，性好鷹犬，與閭里少年相馳逐，又躬自屠牛，義慶聞如此，令周旋沙門慧觀造而觀之，深相讚美。（《宋書》卷75）
按：慧觀為京都道場寺沙門，義慶在廣陵，不能親自觀察僧達而請慧觀代為觀之，足見僧達彼時在建康，亦即為太子舍人時，《宋書》言其年未二十，僧達卒於大明二年（458），年三十六，假定該年僧達十九歲，當元嘉十八年。又：《高僧傳》卷7言慧觀卒於元嘉中，可解作元嘉十與二十年之間，故慧觀往造僧達亦必在元嘉二十年之前。
天竺沙門僧伽達多元嘉十八年夏受臨川康王請於廣陵結居。（《高僧傳》卷3）
劉義融卒。（《宋書》卷51）義融，義慶弟。
元嘉十八年五月甘露降丹陽秣陵衛將軍臨川王義慶園，揚州刺史始興王濬以聞。（《宋書》卷28）
六月，甘露降廣陵，南兗州刺史臨川王義慶以聞。（《宋書》卷28） |

442	元嘉十九年	40	五月，山陽張休宗獲白麞，南兗州刺史臨川王義慶以獻。（《宋書》卷28） 九月，廣陵肥如石梁澗中石鐘九口，南兗州刺史臨川王義慶以獻。（《宋書》卷29）
443	元嘉二十年	41	義慶在廣陵，有疾，而白虹貫城，野麞入府，心甚惡之。固請求還，太祖許解州，以本號還朝。（《宋書》卷51） 按：本傳雖未注月月，然義慶薨於元嘉二十一年正月戊午，而同月辛酉以其弟太子詹事劉義宗繼為南兗州刺史，可見解州至死時間甚短，當在元嘉二十年尾。 七月盱眙考城縣柞樹二株連理，南兗州刺史臨川王劉義慶以聞。（《宋書》卷29） 按：義慶解州必在本年七月以後。 宋元嘉二十年，臨川康王義慶攜道冏往廣陵，終於彼也。（《高僧傳》卷12） 按：此必為義慶有疾之前。
444	元嘉二十一年	42	義慶薨於京邑，時年四十二，追贈侍中、司空，諡曰康王。（《宋書》卷51） 二十一年正月戊午，衛將軍臨川王義慶薨。（《宋書》卷5）及義慶薨，朝士詣第敘哀。何勖謂袁淑曰：「長瑜便可還也。」淑曰：「國新喪宗英，未宜便以遠人為念。」（《宋書》卷67） 按：鮑照集有《通世子自解侍郎啟》及《重與世子啟》，題中雖未指明臨川王世子，然吳丕績曰：「集中《野鵝賦》序有臨川世子等語可證。」故此二篇為義慶死後，照上其世子之書啟。 又：《臨川王服竟歸田里》一詩，吳氏引繆彥威《鮑照年譜》云：「臨川王薨，明遠服三月之喪，服竟還鄉，此詩應作於元嘉二十一年。」（吳丕績《鮑照年譜》）

第三章
書源及編纂方式與成書經過

　　第一章我曾說過，《世說新語》並非一部原創作品，它由各種來源的材料編撰而成。這一章我打算確認其中一些來源，並驗證這些材料組合進入《世說新語》的方式。

一、若干早期模型

　　考察《世說》的模型，在追溯與它有直接關聯的《語林》和《郭子》前，必須指出一些更間接卻有同樣價值的來源。

　　以簡潔形式記敘短小對話和軼事，並不始於《世說新語》或其本源各書。這種文體最早的例子是《論語》。事實上，劉義慶是要模仿《論語》的，從他頭四篇所選的篇名，《德行》、《言語》、《政事》、《文學》，就能看得一清二楚。這是所謂的「孔門四科」，是孔子教誨八個傑出弟子的概括。漢代劉向亦用此文體撰寫《說苑》、《新序》。後者從《左傳》、《國語》及其他先漢著作中，擷取故事編寫而成，特別風趣。曾鞏（1019—1083）在為《新序》所寫的序中說：

蓋向之序此書，於今為最近古，雖不能無失，然遠至舜禹，而次及於周秦以來，古人之嘉言善行，亦往往而在也，要在慎取之而已。

該書兩個方面與《世說新語》相同：第一，都是廣泛從前人著作中搜錄資料；第二，兩書條目都按若干篇名排列，《新序》的一些篇目是《雜事》、《節士》、《善謀》等。以下試舉二例，說明它與《世說新語》在主題、風格上的相似：

紂為鹿台，七年而成，其大三里，高千尺，臨望雲雨。作炮烙之刑，戮無辜，奪民力。冤暴施於百姓，慘毒加於大臣，天下叛之，願臣文王。及周師至，令不行於左右。悲乎！當是時，求為匹夫而不可得也，紂自取之也。——《新序》卷7，《四部叢刊》本，頁1b。

趙襄子飲酒五日五夜，不廢酒，謂侍者曰：「我誠邦士也。夫飲酒五日五夜矣，而殊不病。」優莫曰：「君勉之，不及紂王二日耳。紂七日七夜，今君五日。」襄子懼，謂優莫曰：「然則吾亡乎？」優莫曰：「不亡。」襄子曰：「不及紂二日矣，不亡何待？」優莫曰：「桀紂之亡遇湯武，今天下盡桀也，而君紂也，桀紂並世，焉能相亡，然亦殆矣。」——《新序》卷7，《四部叢刊》本，頁3a。

此處將夏桀與商紂當作暴君典型，以商湯和周武則為明君榜樣。依照傳統宮廷小丑可諷喻君王。因職責所在，少有因逆耳忠言受到懲罰。他們的話一般只能當作插科打諢，不可認真。

至於魏晉時期的著作，饒宗頤指出《世說新語》得益於當時記載的對話和傳記著作，後者對人物個性分類品評；如曹丕的《士品》、戴逵（勝）的《竹林七賢論》。

自文學風格的觀點來看，《世說新語》是在特殊文體（筆記小說體）發展中的一種過渡，它有著隨意揮灑、短小精悍的特性，同時又能表達深邃的思想，將人物和事件描繪得栩栩如生。這種體裁進一

步又分為兩種亞文體：

　　1.雜記與語錄。

　　2.完整的小品故事。

　　第一類的最早例子必須再回到《論語》。據《漢書·藝文志》，《論語》是孔子同弟子及其他同代人的對話，由弟子們筆錄成集。其中不少篇章，似為隻字不差的記錄。因此和其他經典相較，《論語》從對話中吸取了大量口頭詞。同樣，因其為筆記體，必須語言精練，言簡意賅就成為這種文體不可或缺的風格。劉向《新序》和《說苑》是他為了編寫書目《七略》整理古籍時所作的筆記，是筆記體的代表。

　　第二類可舉《漢武帝故事》和《漢武帝內傳》為例，兩書均題為班固所撰，但宋目錄學家晁功武（1105—1180）援引唐朝張柬之（625—706）之說，言《漢武帝故事》係王儉（452—489）偽託。魯迅認為《漢武帝內傳》成書可能更晚[1]。兩者都講述了漢代武帝的生活，均包含了他會見西王母的神話傳說。

　　魏晉時期，這種文體的作品，不論數量還是品種都多如雨後春筍。其中《西京雜記》的風格與內容和《世說新語》很是接近。書中都是短小條目，內容包含了西漢時期從名流到平民的各種秘辛雜事。對書中人物常介紹其姓氏、表字、籍貫，這種作法在《世說新語》及原據書《語林》和《郭子》中亦常採用。書的作者亦不詳。葛洪（284-363）在跋中稱它是劉歆作《漢書》注的一部分，然而目錄學者對此說法存疑：《隋志》中未提出作者，《唐志》則直截了當說葛洪是作者，可能相信葛是偽作人。在那時，被稱為「志怪小說」的一類作品，風格一如《世說新語》，內容則大相逕庭；它們有可能是劉義慶的另外兩部著作《幽明錄》和《宣驗記》直接師承的作品。

　　《世說新語》問世後，它的成功引起人們競相模仿，記錄人的言談、逸事的書（相對鬼神而言）汗牛充棟，自成一格。魯迅稱為

1　魯迅：《中國小說史略》，頁20—21。

「記人小說」，也有文學史家稱之為「清談小說」[2]。梁代沈約與殷芸奉敕分別編纂了《俗說》和《小說》，雖兩書今均佚亡，但從魯迅的《古小說鉤沉》中的殘篇片段，可看出它們以《世說新語》為圭臬，一些條目乾脆取自於它。

二、《世說新語》的原據

　　早在宋朝，高似孫（1184年進士）在其《緯略》中已指出劉義慶從其他來源搜集素材的事實：

　　　宋臨川王義慶，採擷漢晉以來佳事佳話為《世說新語》。[3]

　　但他未詳細解釋劉義慶所選擇的是何種性質的來源。

　　馬國翰（1832年進士）在其為裴啟集殘卷所作《語林》（362卷）之序中說：

　　　劉義慶作《世說新語》取之甚多。[4]

　　因而馬國翰是確認《世說新語》一個取材來源的第一人。

　　魯迅在其《中國小說史略》中進一步指出，《世說新語》不僅偶爾和《語林》相同，而且和另一本類似風格的《郭子》雷同，該書由郭澄之（東晉劉宋之交人）撰。他說：

　　　然《世說》文字，間或與裴郭二家書所記相同，殆亦猶《幽明
　　　錄》、《宣驗記》然，乃纂緝舊文，非由自造。[5]

　　為了驗證魯迅這一假定是否確然，筆者設法盡可能尋找這兩本佚書的殘文，將其與《世說新語》比較。然而我沒有自己去挑出這些殘文片斷，而是接受了馬國翰在《玉函山房叢書》[6]、魯迅在《古小

2　例如復旦大學中文系古典文學組（編）《中國文學史》，北京：中華書局，
　　1958年版，卷1，頁211-214。
3　高似孫：《緯略》，卷9，見《叢書集成》本。
4　馬國翰為《語林》所作序言，《玉函山房叢書》本。
5　魯迅：《中國小說史略》，頁44。
6　《語林》，《玉函山房叢書》本。《郭子》，《玉函山房叢書》本。

說鉤沉》[7]中對此書先前作過的工作。馬氏在《語林》和《郭子》殘文輯本的序言中只是說，他從「諸書所引」中挑出殘文，每條殘文後均提供了出處。魯迅的選輯未附序言，似乎沒有見到馬國翰的輯本，至少他沒有提到馬的輯本。他的殘文之後同樣注明出處。兩書的殘文來源主要出自類書。

魯迅從裴啟《語林》中搜集了最多殘文，共180條，馬氏則搜集了151條。一比較，發現除一條外，馬國翰的條目，與魯迅並無差別；兩者綜合起來實為來自《語林》存世的181條。再以此與《世說新語》作比較，可分為以下四類情況：

（甲）殘文實質上與《世說新語》雷同，些微的出入僅由於人名或職銜表達方式的不同，有兩條明說是《世說》引《語林》的。

（乙）殘文與《世說新語》所描述是同一件事，僅語言略有差異，如詞語選擇、詳略程度不盡相同等。

（丙）殘文以不同的小故事與《世說新語》同樣描述某人同一性格，或某事件的同一視點。

（丁）殘文與《世說新語》未發現有任何關連之處。

發現有62條屬於（甲）類，9條屬於（乙）類，14條屬（丙）類，96條屬（丁）類（見表二）。

下面每類各舉一例，加上我的評論。

（甲）類

> 石崇廁常有十餘婢侍列，皆佳麗藻飾，置甲煎沉香，無不畢備；又與新衣，客多羞不能著。王敦為將軍，年少，往，脫故衣，著新衣，氣色傲然。群婢謂曰：「此客必能作賊。」——《語林》，見魯迅《古小說鉤沉》，頁16。

> 石崇廁常有十餘婢侍列，皆麗服藻飾。置甲煎粉、沉香汁之屬，無不畢備。又與新衣，客多羞不能如廁。王大將軍往，

脫故衣，著新衣，氣色傲然。群婢相謂曰：「此客必能作賊。」——《世說新語》，汰侈第三十・2。

石崇是西晉幾個超級豪富之一，他的父親在西晉建立時有大功，因此石崇家族在新王朝享受著絕對特權。據說他在荊州刺史任上，因搶掠商販斂財致富。「甲煎」是一種香料，以草藥與香花果燒灰製成。果然如故事中所言，王敦日後終成為東晉權勢顯赫的軍閥，試圖推翻晉室。

兩則故事的雷同已無庸置疑。《世說新語》的編撰人必定是全盤照搬地抄自《語林》，只增刪變動了幾處用詞。筆者認為，這種改動對兩個版本並無實質影響。《世說新語》有則條目，包含了從《語林》中援引的兩段話，內容如下：

庾道季（和）詫謝公（安）曰：「裴郎云：『謝安謂裴郎乃可不惡，何得為復飲酒？』裴郎又云：『謝安目支道林如九方皋之相馬，略其玄黃，取其俊逸。』」謝公云：「都無此二語，裴自為此辭耳！」庾意甚或不以為好，因陳東亭（王珣）《經酒壚下賦》。讀畢，都不下賞裁，直云：「君乃復作裴氏學！」於是《語林》遂廢。今時有者，無復謝語。——《世說新語》，輕詆第二十六・24。

庾和是庾亮兒子，後者是晉成帝之舅，時為大臣，饒有權勢。當時裴啟的《語林》在庾和這類貴家公子中十分流行。但謝安是當代名士之領袖，對裴氏之作頗為輕慢，也可能部分因為其中有王珣的作品，而王是他的侄女婿，已離異，他們之間有著家族的嫌隙。

（乙）類

劉靈字伯倫，飲酒一石，到醒復飲五斗。其妻責之，靈曰：「卿可致酒五斗，一味當斷之。」妻如其言。靈呪曰：「天生劉靈，以酒為名，一飲一石，五斗解醒，婦人之言，慎莫可聽。」於是復飲，頹然而醉。——《語林》，見魯迅《古小說鉤沉》，頁10。

> 劉伶病酒，渴甚，從婦求酒。婦捐酒毀器，涕泣諫曰：「君飲太過，非養生之道，必宜斷之！」伶曰：「甚善。我不能自禁，唯當祝鬼神，自誓斷之耳。便可具酒肉。」婦曰：「敬聞命。」供酒肉於神前，請伶祝誓。伶跪而祝曰：「天生劉伶，以酒為名，一飲一斛，五斗解酲。婦人之言，慎不可聽！」便引酒進肉，隗然已醉矣。——《世說新語》，任誕第二十三·3。

劉伶是「竹林七賢」之一，因其放任荒誕而聞名。

上例以及本類其他條目的情況中，編撰人看來僅根據《語林》的事實，進行徹底改寫，如上例就作了不少渲染，不過故事梗概保持未變，脈絡更為清晰。

（丙）類

> 陸士衡（機）為河北都督，已被間構，內懷憂懣；聞眾軍警角鼓吹，謂其司馬孫椽曰：「我今聞此，不如華亭鶴唳。」——《語林》，見魯迅《古小說鉤沉》，頁17。

> 陸平原（機）沙橋敗，為盧志所譖，被誅。臨刑歎曰：「欲聞華亭鶴唳，可復得乎？」——《世說新語》，尤悔第三十三·3。

陸機及弟陸雲都是吳國名士。吳為晉所破後，兄弟共赴洛陽謀求官職。初時陸機受到成都王器重和信任，但長史盧志多次進讒，最後成都王懷疑陸機謀反，將其殺害。

此故事在以上兩個版本中，雖陸機說話內容與時間不同，但表達的情緒是一致的，懷念兄弟兩人在故土吳國度過的逍遙時光，悔恨北上追名逐利。這一類中，儘管故事立意相同，但兩者間找不出有確定的脈絡可循。

《語林》殘篇和《世說新語》內文比較後的結果，綜合於表二中。

其中（甲）類與（乙）類代表《語林》的條目能查出與《世說

新語》有關聯之處。兩類總數共71項，佔輯錄進入《世說新語》的
《語林》殘篇的39.22%。

表二　《語林》殘篇被編入《世說新語》的篇目分析

類別	項目數	所佔百分比（%）
（甲）	62	34.25
（乙）	9	4.97
上兩項小記	71	39.22
（丙）	14	7.73
（丁）	96	53.04
上兩項小記	110	60.77
總計	181	99.99

　　因為我們尚不清楚這種《語林》殘篇佔全書多大比例，所以如
果總數可拿來比較的話，我們難以知道這些百分數有幾分真實。不過
就現有數字來評判，《語林》無疑是《世說新語》的一個重要來源。
因此，必須對作品及作者找出更多的資料依據。

　　劉峻在《世說新語》輕詆第二十六・24 的注中，摘引了東晉史
書《續晉陽秋》的一段，其中說：

　　晉隆和（362）中，河東裴啟撰漢、魏以來迄於今時，言語應對
　　之可稱者，謂之《語林》。時人多好其事，文遂流行。後說太
　　傅事不實，而有人於謝座，敘其黃公酒壚，司徒王珣為之賦，
　　謝公加以與王不平，乃云：「君遂復作裴郎學。」自是眾咸鄙
　　其事矣。──《世說新語》，輕詆第二十六・24，注3。

　　也許有人懷疑謝安是否真有這麼大影響力，能令一本廣為流行
的書銷聲匿跡、悄然而止，為此，劉峻另舉一例，以說明謝安當時對
輿論的強大影響力，並歸結說：「謝相一言，挫成美於千載。」

　　另外，由《世說新語》文學第四・90 我們知道：

　　裴郎作《語林》，始出，大為遠近所傳。時流年少，無不傳
　　寫，各有一通。載王東亭（珣）作《經王公酒壚下賦》，甚有
　　才情。

　　注：《裴氏家傳》曰：裴榮字榮期，河東人。父稚，豐城令。
　　榮期少有風姿才氣，好論古今人物。撰寫《語林》數卷，號曰
　　《裴子》。

　　以上引文中值得注意的是，裴啟是河東人，檢索汪藻《世說新
語人名譜》時發現裴啟極可能是河東望族裴氏的遠支。這一事實有兩
方面的意義：一，因他是望族成員，享有某種既得特權，就為他的書
進入當時的時尚青年中開方便之門；二，因他是裴氏的旁系分支，若
在最高層的謝氏家族中有人（特別是謝安那種有威望的人）貶損他，
他的名聲頃刻間就被毀，他的書就會被人忘得一乾二淨，塵封千年
（唐代修《隋志》時書必已佚亡，因《語林》未載入《隋志》）。其
次，《語林》輯錄了漢魏時期至裴啟所處的時代（東晉）的各種嘉言
懿行以及充滿智慧的言談。劉義慶及其幕僚無疑會以《語林》當《世
說新語》的藍本。如第一章中所見，《世說新語》亦收集了從漢到東
晉時期內各種妙言雋語、遺聞軼事和人物描述，不過劉義慶及其幕僚
生活在劉宋王朝，書中收集材料的最後時期已延至宋初。

　　我為《郭子》也重複了對《語林》作的同樣過程，魯迅收集了
它的殘文84條，但懷疑其中一條被《太平御覽》錯誤納入《郭子》。
他指出那一條殘文實際來自郭璞的《萍贊》[8]。鑒於這個已被證實的
錯誤，我們認為魯迅從《郭子》中只摘引了83條。馬國翰選本內有
74條，除2條外其餘與魯迅一模一樣，其中一條魯迅的選本中也有，
引文更為完整，另一條全然不在魯迅選本中。這也可以視為魯迅沒有
見過馬國翰書的明證。簡言之，把這條加上魯迅的83條，《郭子》殘
文總計84條，將這些殘文與《世說新語》正文逐一比較，可看出《世
說新語》由《郭子》殘文摘入的比例，甚至比從《語林》摘引的比例
更高。

　　表三表示了逐項比較的結果。表中使用的分類準則亦如表二。

8　魯迅：《古小說鉤沉》，頁51。

表三　《郭子》殘篇被編入《世說新語》的篇目分析

類別	項目數	所佔百分比（%）
（甲）	70	83.33
（乙）	6	7.14
上兩項小記	76	90.47
（丙）	1	1.19
（丁）	7	8.33
上兩項小記	8	9.52
總計	84	99.99

因此從表三可以總結，《郭子》殘文條目收入《世說新語》的，超過90%，其中通篇搬來的，佔80%。

（甲）類

> 梁國楊氏子，年九歲，甚聰慧，孔君平詣其父，父不在，乃呼兒出。為設果，有楊梅，孔指示兒曰：「此貴君家果。」兒應聲答曰：「未聞孔雀是夫子家禽。」——《郭子》，見魯迅《古小說鈎沉》，頁48。

楊梅的「楊」與小孩的姓氏「楊」是同一個字，故孔君平說是小孩的「家果」。同樣，孔雀的「孔」和孔夫子（孔丘）的「孔」，也和孔君平的姓相同。此則文字和《世說新語》中的出入微不足道。將《世說新語》之條目列出以比較其相似程度：

> 梁國楊氏子，年九歲，甚聰慧，孔君平詣其父，父不在，乃呼兒出。為設果，果有楊梅，孔指以示兒曰：「此是君家果！」兒應聲答曰：「未聞孔雀是夫子家禽！」——《世說新語》，言語第二·43。

這類條目中，《世說新語》摘自《郭子》的比摘自《語林》的照搬程度更徹底。歸入該類的條目，數量特別多，84條中有70條，佔83.33%。

（乙）類

> 王武子（濟），衛玠之舅也，語人曰：「昨與吾外甥並坐，炯

然若明珠之在我側，朗然來映人。」後卒，人謂之看殺。——
《郭子》，見魯迅《古小說鈎沉》，頁40。

驃騎王武子是衛玠之舅，俊爽有風姿，見玠，歎曰：「珠玉在
側，覺我形穢。」——《世說新語》，容止第十四・14。

有6則條目歸於該類，佔7.14%。

（丙）類

此類只置入1條。不過摘自《郭子》殘篇的條目過於簡短，還可
能有錯舛和漏字，很難說是否與《世說新語》彼此確有關連：

王丞相未令不看事——《郭子》，見魯迅《古小說鈎沉》，頁
43。

王丞相末年，略不復省事……——《世說新語》，政事第三・
15。

（丁）類

《郭子》殘文84條中，（只有7條未在《世說新語》中出現。

同樣地，我也盡可能設法找出有關《郭子》及其作者郭澄之的
情況。我從《晉書》卷92《文苑》中找出郭澄之傳，轉錄如下：

郭澄之字仲靜，太原陽曲人也。少有才思，機敏兼人。調補尚
書郎，出為南康相。值盧循作逆，流離僅得還都。劉裕引為相
國參軍，從裕北伐。既克長安，裕意更欲西伐，集僚屬議之，
多不同。次部澄之，澄之不答，西向誦王粲詩曰：「南登霸陵
岸，回首望長安。」裕便意定，謂澄之曰：「當與卿共登霸陵
岸耳。」因還。澄之位至裕相國從事中郎，封南豐侯，卒於
官。所著文集行於世。[9]

《隋志》集部中載，《郭澄之集》十卷，梁時仍存世，但編纂
《隋志》時已亡佚。雖然其傳記中未提到《郭子》，但《隋志》子部
小說類中已收入，據說有三卷。《新唐書・藝文志》中還載入了賈泉

9　《晉書》卷92，北京：中華書局，1974年版，頁2406。

的注，正文與注文均載於鄭樵（1104—1162）的《通志》中，故可推想當時仍存世。但到清代，《郭子》已經亡佚，馬國翰只能從各種類書中摘引殘文，為的是在某種程度上保存其書。

奇怪的是，劉義慶及其幕僚雖從《郭子》廣為摘引，卻不像對《語林》和裴啟那樣，一次也未提到《郭子》和它的作者。這也許可以這樣解釋：郭澄之僅僅是劉氏家族一名門客，加上前已說過，澄之出身寒微，所以在義慶眼中並無裴啟那樣的分量。

除前述魯迅和馬國翰提出的兩處來源外，我還作了一番努力，去尋找另一些素材來源。劉峻嘗從歷史著作中，尤其是唐人正式修《晉史》前已有的晉朝歷史中，擷取一些與《世說新語》軼事十分相近的片段，我於是循此作進一步探索；日人大矢根文次郎已經挑出與正文關聯緊密的劉峻引文51則，見《關於〈世說〉的原據及其截取改修》文中，並作了一番探討，但大矢根只檢出劉峻在注文中摘引這些史書的事例，沒有進一步尋求劉峻未指出的條目。不可否認，大多數來源業已散佚，然而還可做從類書挑出的殘文片斷的工作。從我們努力的結果來看，雖未必能得出任何肯定結論，但殘卷今日尚在，這種工作還是不能不做的。

湯球編了兩本舊晉書的輯本，即《九家舊晉書輯本》和《晉陽秋輯本》。前者的內容有：

臧榮緒	《晉書》
王隱	《晉書》
虞預	《晉書》
朱鳳	《晉書》
謝靈運	《晉書》
蕭子雲	《晉書》
蕭子顯	《晉史草》
沈約	《晉書》
何法盛	《晉中興書》、《晉諸公別傳》

後者，《晉陽秋輯本》，所包括的殘篇有：

孫盛	《晉陽秋》
檀道鸞	《續晉陽秋》

　　兩個輯本均收入《叢書集成》。

　　對這些散卷文字，我也仔細和《世說新語》正文作了比較。發現雖許多軼事相同，卻並不佔殘卷總數有多大份額（殘卷文字6卷，每卷85頁左右）。在這種情況下，計算百分比例已無多大價值。殘文中有28則與《世說新語》的幾乎完全相同，可歸入（甲）類。36則歸於（乙）類，11則歸於（丙）類。這足以說明這些舊史也是《世說》文字的來源，只是我們無法判斷採取了多少而已。

　　另外，《西京雜記》常被認為是晉朝葛洪所作，內有兩宗舊事與《世說新語》兩條目相同，似可歸入（乙）類。然而《西京雜記》和《世說新語》可能都同樣本於《史記》和《漢書》（參見劉峻注評）。

　　其實我在研究中，常發現同一則軼聞各有差異地重現於兩三本書中。這明顯是因為古人還沒有版權的意識所造成的。可能在發明印刷術前，不論何種類型書籍都是稀有之珍，每目書的抄本十分有限。藏書者從前人著作中選擇心愛的材料，加上自己的材料，或加上不同人的著述，使同代人可以見到這些材料，這是可理解的。以下是同時出現在《語林》、《郭子》、《世說新語》的一則軼事：

> 滿奮，字武秋，體羸，惡風，侍坐晉武帝，屢顧看雲母幌，武帝笑之。或云：「北窗琉璃屏風，實密似疏。」奮有難色，答曰：「臣若吳牛[10]，見月而喘。」或曰是吳質侍魏明帝坐。——《語林》，見魯迅《古小說鉤沉》，頁11。

> 滿奮，字武秋，高平人，體羸，惡風。在武帝坐，北窗作琉璃扉，實密似疏，奮有難色，對曰：「臣若吳牛，見月而喘。」——《郭子》，見魯迅《古小說鉤沉》，頁41。

> 滿奮畏風，在晉武帝坐，北窗作琉璃屏，實密似疏，奮有難色。帝笑之。奮答曰：「臣猶吳牛，見月而喘。」——《世說新語》，言語第二·20。

10　劉峻注中說吳牛畏熱，見月疑為太陽而喘。

在此打算提出兩則疑問：（一）《世說新語》的編撰人選材時，是簡單將合自己口味的一概收入，還是選擇前事先釐定了某種準則？（二）為什麼《世說新語》本身流傳一千五百餘年至今，而它所據各書卻早已失傳？

關於第一個《世說》準則的問題，前面援引大矢根的文章中，他所表達的觀點可歸納為：

（1）設法盡量從多種視角描繪一個人；

（2）不收入涉及超自然事物的傳說，即有關鬼魅神怪之類——這些另在他們所編的《幽明錄》和《宣驗記》兩書收錄；

（3）希圖廣泛揭示多種多樣的人物個性和行為特徵；

（4）必須能引起讀者興味；

（5）採用的語言應簡潔感人。

這些準則是從作品反推出來的，卻無法證實當年是否有意為之。然而，對筆者來說，他所提出的幾點是合情合理的。

至於提出原據各書失傳而《世說新語》一直存世這個疑問，可以說這種情況並非絕無僅有的。許多例子表明，後世綜合性較強的作品，會取代先前的零散小作品。范曄的《後漢書》和慧皎的《高僧傳》也可提供這種例證。范曄《後漢書》他本人的傳記寫道：

> 不得志，乃刪眾家後漢書為一家之作。[11]

慧皎在《高僧傳》序言中也說：

> 凡十科所敘，刪集一處，故述而無作。俾夫披覽於一本之內可兼諸要。[12]

可見二書都是汲取前人在自己努力的方向已經作出的成果，集其大成，加上自己的觀點來增刪，就成為自己的著述了。這種作法，雖說不上是創作，但保留了前人的精華，使其不至泯滅，甚至更廣泛地流傳，正是其價值所在。

11　《宋書》卷69，頁1820。

12　慧皎：《高僧傳》，冊Ⅰ，頁3b—4a。

同樣，《世說新語》 吸收了《語林》、《郭子》之精品，加入晉朝各種史籍和多種傳記作品中的素材（自劉峻注可看清這一事實，注中可見《世說新語》不少軼事與所引各種傳記作品密切有關）。而且它是按照一項周詳的計畫組織材料，不單有價值的軼事、語錄和人物品性可從同一書找到，且查閱時可循相應章節較為快捷地找到。這一特點，對希望在某命題或某場合下即刻得到靈感的「清談」者極其有用。所以，因其搜羅完備，查閱方便，大得使用者的鍾愛，而源書最後也就歸於亡佚。而劉義慶作為當代文壇首領的優越地位，肯定有助於該書的風行於世。

三、注文的研究

A. 劉峻注

劉峻所作注文，不但名氣最大而且保存完整。除了極個別例外，今本全部是劉峻所注。

學者對劉峻的注釋，一向讚譽甚高。首先因為它對於澄清《世說新語》許多條目的準確含意大有裨益。某些逸事若不加注釋，會變得費解或不知所云。試看：

> 謝夫人教兒，問太傅（安）：「那得初不見君教兒？」答曰：「我常自教兒。」——《世說新語》，德行第一·36。

單看內文，人們只能從字面推測謝安說話含意。但劉峻的注文引出一則掌故：

> 太尉劉子真，清潔有志操，行己有禮。而二子不才，並瀆貨致罪，子真坐免官。客曰：「子奚不訓導之？」子真曰：「吾之行事，是其耳目所聞見，而不放效，豈嚴訓所變邪？」安石之旨，同子真之意也。

謝安回答妻子時，必定知曉劉子真之典故，也明白妻子同樣熟悉該典故。多言累贅，也缺乏風度。劉義慶與同代人必定同樣熟悉該典故，不必如平時另加注釋於後。但到了劉峻的時代，時間間隔過

久，自然會感到若不加入典故闡明，當時讀者不會明白這則故事意義
所在。另一例也說明劉峻注有助於對《世說新語》的理解，見輕詆
二十六‧33，如下：

> 桓南郡（玄）每見人不快，輒嗔云：「君得哀家梨，當復不烝
> 食不？」
>
> 注：舊語：秣陵有哀仲家梨甚美，大如升，入口消釋。言愚人
> 不別味，得好梨烝食之也。

原來只有劣等梨才加糖蒸吃，以掩蓋劣等梨的滋味。

張舜徽援引了更多例子[13]。而劉峻注文對理解《世說新語》的最
大貢獻，乃是細細考校出活躍於書中數百人物的身份。凡正文提及人
物，每以不同方式表示，忽而用表字，忽而是職銜，有時稱諱號等，
一人而有兩三種方法表示，十分普遍；若不經劉峻細細注明，讀者就
會矇頭轉向，閱讀的樂趣全然喪失。

另外，劉峻注釋因援引的著作種類繁多而格外寶貴，據說劉峻
引書總數達四百餘冊[14]，其中多已亡佚不存。故對魏晉時期的佚書來
說，乃是無價之寶。宋代士人高似孫（淳熙年進士，1184）在《緯
略》中說：

> 義慶，宋臨川王，選漢至晉可稱之事及言談者，撰寫成《世說
> 新語》……的為注書之法，非虛譽也。[15]

葉德輝（1864—1927）進一步將劉注比附經典的裴松之注《三
國志》、李善注《文選》、酈道元《水經注》[16]。

劉注另一不凡之處，在於對《世說新語》文字內容十分苛責，

13　張舜徽：《〈世說〉注釋例》，見其《廣校讎略》，北京：中華書局，
　　1963年版，頁197—198。

14　大矢根文次郎：《世說の原據とその截取改修について》，《東洋文學研
　　究》卷9（1961），頁36。

15　高似孫：《緯略》，卷9，頁133—139。

16　葉德輝：《〈世說新語〉引用書目》，見思賢講社本《世說新語》。

有十餘例表明他對《世說新語》所說另有見解，有些據事實而發表的異議，語言溫和，有些則表示不能苟同，用詞激烈，且常憑猜測而言。關於第一類的例證，見言語第二‧47：

> 陶公疾篤，都無獻替之言，朝士大夫以為恨。仁祖（謝尚）聞之曰：「時無豎刁，故不貽陶公話言。」時賢以為德音。
>
> 注：（節略）按王隱《晉書》載侃臨終表曰：「臣少長孤寒，始願有限，過蒙先朝歷世異恩。臣年垂八十，位極人臣，啟手啟足，當復何恨！但以餘寇未誅，山陵未復，所以憤慨兼懷，唯此而已！猶冀犬馬之齒，尚可少延，欲為陛下北吞石虎，西誅李雄。勢遂不振，良圖永息。臨書振腕，涕泗橫流。伏願遴選代人，使必得良才，足以奉宣王猷，遵成志業。則雖死之日，猶生之年。」有表若此，非無獻替。

陶侃為東晉時一軍閥，其死前短期內，權勢威隆，人咸以為將自謀繼替者。古時齊桓公問管仲，豎刁可否接替為齊相，管仲不同意。後來豎刁果如管仲所料，使齊國陷於混亂。在此例中，劉峻從早於《世說新語》的王隱《晉書》摘引一段文字，證明《世說新語》此說不實。假譎二十七‧7 是另一個這類例子：

> 王右軍（羲之）年減十歲時，大將軍甚愛之，恆置帳中眠。大將軍嘗先出，右軍猶未起。須臾，錢鳳入，屏人論事，都忘右軍在帳中。便言逆節之謀，右軍覺，既聞所論，知無活理，乃剔吐污頭面被褥，詐孰眠。敦論事造半，方意右軍未起，相與大驚曰：「不得不除之！」及開帳，乃見吐唾從橫，信其實孰眠，於是得全。于時稱其有智。
>
> 注：按諸書皆云王允之事，而此言羲之，疑謬。

王羲之（或王允之）為王敦堂兄之子，按中國習俗與王敦為叔侄之親，故常在其左右。錢鳳為王敦心腹，助其篡晉之謀。該例中，劉峻據其他各書資料作了批評。雖未舉出「諸書」之名，但從《太平御覽》所援用《晉中興書》文字可得證實：

> 王允之字淵猷，年在總角，從伯敦深智之。嘗夜飲，允之辭醉
> 先眠。時敦將謀作逆，因允之醉別臥，夜中與錢鳳計議。允之
> 已醒，悉聞其語，恐或疑，便於眠處大吐，衣面並污。鳳既
> 出，敦果照視，見其眠吐中，以為大醉，不復疑之。——《太
> 平御覽》，頁431。

就血緣關係而言，羲之和允之與王敦一樣親近。羲之祖父王正和允之祖父王會是手足兄弟[17]。但有證據表明允之父王舒與王敦關係更為密切。王舒少時，多次謝絕地方與中央委任而投奔王敦，當時敦任荊州太守；後於東晉時，王舒因王敦舉薦而除授要職。因此這則故事中年青人更像是王允之，《世說新語》可能有誤。

《世說新語》中產生這類錯誤不只一處，自然使人想到編書者沒有仔細核對事實，只是憑自己或他人對書中或聽過的事件的記憶。

第二類情況，劉峻對《世說新語》正文所提的異議，不是對事實的質疑，而是根據劉峻本人觀點認為事情應該如何，純屬主觀性的批評。如輕詆第二十六·4：

> 庾公（亮）權重，足傾王公（導）。庾在石頭，王在冶城坐，
> 大風揚塵，王以扇拂塵曰：「元規（庾亮的字）塵污人。」
>
> 注：王公雅量通濟，庾亮之在武昌，傳其應下[18]，（王）公以識
> 度裁之，嚚言自息。豈或回貳有扇塵之事乎？

劉峻此處提到的傳言，可從《世說新語》雅量第六·13見到：

> 有往來者云：庾公（亮）有東下意。或謂王公（導）：「可潛
> 稍嚴，以備不虞。」王公曰：「我與元規雖俱王臣，本懷布衣
> 之好。若其欲來，吾角巾徑還烏衣[19]，何所稍嚴。」

所謂往來者即在王庾之間挑撥的人。上述事件若簡單從字面上看，似乎《世說新語》兩條目之間互相矛盾。若王導講過假如庾亮東

17　汪藻：《〈世說〉敘錄》。
18　武昌位於建康（今南京）的長江上游。
19　「烏衣」是建康（今南京）東南面一條巷名，昔日王氏家族住處。

來建康代他為相，他會歡迎的話，為什麼又說「元規塵污人」？實際上，當時形勢相當複雜。雖然王導當朝為相，但在國中並無絕對威權，他的用權，主要在各派系間求得微妙的平衡；庾亮屬強勢派，庾本人身為國舅，精明勤懇，權勢正在上升，而王導的優勢則在削弱，部分由於年齡，部分因堂兄王敦叛亂的牽連。王導無疑正以庾亮權力增長為患，但是表面卻必須與之維持友好關係。也許由於這種藏而不露的矛盾，王導表露出對庾亮截然不同的兩種態度。若有人在場，且此人回去在庾亮面前會將他所說一一複述，他就給人留下一種相互信任相互理解的印象；只有心腹在場時，王導就把持不住而流露真實情感。筆者以為這完全可信，也符合人之常情。而從劉峻簡單生硬的觀點看來，這一點卻難於接受，從他對另一則故事（尤悔第三十三·5）的評注，可進一步體察出他的態度：

> 王平子（澄）始下[20]，丞相（王導）語大將軍（王敦）：「不可復使羌人[21]東行」。平子面似羌。

> 注：按王澄自為王敦所害，丞相名德，豈應有斯言也。

此事在正史《晉書》中之記載如下：

> 時王敦為江州，鎮豫章。澄過詣敦。澄夙有盛名，出於敦右，士庶莫不傾慕之。兼勇力絕人，素為敦所憚。澄猶以舊意侮敦，敦益忿怒，請澄入宿，陰欲殺之。——《晉書》，卷43，頁1241。

而兩人的鉤心鬥角比引文描述的個人意氣上的矛盾更深，還牽涉政治上的妒忌。王澄是清談領袖王衍的幼弟，衍曾在西晉覆亡前夕，負責全國政事。王衍與晉懷帝都在永嘉之亂（307—312）被殺，江北全部淪於外族政權之手。王敦與王導早期過江，扶持琅琊王成為東晉開國皇帝。王導、王敦一開始就得到琅琊王的信任，權傾江南。聽到王澄從荊州東下建康的消息，王氏兄弟自然會有害怕聲名顯

20　當時王澄為荊州刺史，荊州在長江上游，建康西面。

21　為當時佔據中國西部、西北的民族。

赫的王衍之弟王澄取代他們成為江南權勢最盛之人的擔心。

　　不少書中記載，如王隱《晉書》[22]，裴啟《語林》[23]，以及《世說新語》，都把王敦寫成下令殺王澄之人，但此人是否同堂兄弟兼親密盟友王導商量過，王導是否如對周顗[24]那樣，對殺王澄雖不正面同意，卻給予默許，我們卻未找到相應的記載。不過從王導對周顗一事不置可否的默然，以及他是個看權力高於一切、講現實的政治家來判斷，不能完全排除這種可能性。劉峻的看法純然是表面化的，似乎未意識到或不想深究，在彬彬有禮的外表下，一直有著許多複雜的感情相互碰撞。王導雖大體是個正面人物，但並不是說他不存在其他念頭，這些念頭一不提防就會冒出來。

　　關於劉峻看待歷史人物非白即黑的觀點，可再舉一例，如文學第四·1：

> 鄭玄在馬融門下，三年不得相見（馬融），高足弟子傳授而已。嘗算渾天（數字）不合，諸弟子莫能解。或言玄能者，融召令算，一轉（栻）便決，眾咸駭服。及玄業成辭歸，既而融有「禮樂（指文化）皆東」之歎，恐玄擅名而心忌焉。玄亦疑有追，乃坐橋下，在水上據屐。融果轉式（決定是否）追之，告左右曰：「玄在土下水上而據木，此必死矣。」遂罷追，玄竟以得免。
> 注：馬融海內大儒，被服仁義。鄭玄名列門人，親傳其業，何猜忌而行鴆毒乎？委巷之言，賊夫人之子。

　　馬融為當世名儒，門下弟子數千，某些弟子未得到他親自授業，也未足奇。人死後，埋葬狀況正是「土下水上而據木（棺木）」。

22　王隱：《晉書》，見湯球《九家舊晉書輯本》，《叢書集成》本。

23　魯迅：《古小說鈎沉》，頁19。

24　《世說新語》尤悔第三十三·6，王敦問王導是否要殺周顗，王導默然不語，於是王敦殺死周顗。

　　劉峻在此再次推測，作為大儒的馬融，不會心生妒忌。此事是否實際發生，師徒關係是否惡化到這地步，並無實據，但現代學者劉盼遂寫道：

> 案劉敬叔（約390—470）《異苑·九》亦載此事，而說尤奇離。考鄭群注書，累引前儒，而不引季長（馬融），獨於《小戴月令》注云：「今俗人云周公作月令，未通於古。疏云，俗人謂馬融之徒，皆云月令周公所作。」觀鄭玄慤於師門之情，則臨川（劉義慶）之言，固非無因也。[25]

　　《異苑》為劉宋王朝劉敬叔撰，敬叔不僅與義慶同時，還較其年長很多[26]。這指明兩人可能從同一早期來源中取用這則故事，而該書現已亡佚。書中主要含有鬼神玄怪傳聞，作為資料來源價值不大。而劉盼遂後來所談更值得注意。若孔穎達的《疏》可信，鄭玄有意怠慢師長，兩人間必存在嫌隙。縱使如此，也不能當作二人相妒之證，更何況因妒而導致馬融真要殺害鄭玄。這點自然促使人們質疑此事，但卻也不能在無根據的情況之下對其全盤否定。

　　有少數的例證表明劉峻對《世說新語》的挑剔並不公允，因弄錯的正是他本人。現舉惑溺第三十五·5為例：

> 韓壽美姿容，賈充辟以為掾。充每聚會，賈女於青瑣中看，見壽，悅之，恆懷存想，發於吟詠。後婢往壽家，具述如此，並言女光麗。壽聞之心動，遂請婢潛修音問，及期往宿。壽蹻捷絕人，逾牆而入，家中莫知。自是充覺女盛自拂拭，說暢有異於常。後會諸吏，聞壽有奇香之氣，是外國所貢，一著人則歷月不歇。充計武帝唯賜己及陳騫，餘家無此香，疑壽與女通，而垣牆重密，門閤急峻，何由得爾？乃托言有盜，令人修牆。

25　楊勇：《世說新語校箋》，頁148，注8。

26　胡震亨：《劉敬叔傳》，見劉敬叔《異苑》，《津逮秘書》本。根據此傳，敬叔在劉義慶叔劉裕起兵反桓時（404）與裕共事，義慶才兩歲。魯迅將劉敬叔的年代放在約390—470年間。

使反曰：「其餘無異，唯東北角如有人跡，而牆高，非人所逾。」充乃取女左右婢考問，即以狀對。充秘之，以女妻壽。

注：晉諸公贊曰：「壽字德真，南陽赭陽人。曾祖暨，魏司空，有高行。」壽敦家風，性忠厚，豈有若斯之事？諸書無聞，唯見世說，自未可信。郭子謂與韓壽通者，乃是陳騫女，即以妻壽，未婚而女亡。壽因娶賈氏，故世因傳是充女。

此處所述，是少有的關於中國古時男女私情故事，自然干犯劉峻的禮教情感。但他對韓壽的辯護並不理直氣壯，只是援引幾句話，大意為韓之曾祖德高望重，進而推斷韓壽不會胡作非為。劉峻本人亦陷於矛盾中，以上錄的兩則注解，前一則講除《世說》外，未見他書，後一則卻講《郭子》有這個故事的另一版本。

《太平御覽》保存了原載於《郭子》的兩段文字，與以上故事頗有關聯：

賈公閭女悅韓壽，問婢識不，一婢云是其故主。女內懷存想。婢後往壽家說如此。壽乃令婢通意，女大喜，遂與通。——《太平御覽》，卷500。

陳騫以韓壽為掾，每會，聞壽有異香氣，是外國所貢，一著衣，歷日不歇，騫計武帝唯賜己及賈充，他家理無此香。嫌壽與己女通，考問左右，婢具以實對。騫以女妻壽。——《太平御覽》，卷981。

以上兩則引文，女名不同，但不論何女，與之私通者是韓壽無誤；更為重要的，《郭子》早於《世說新語》就已記入此則軼聞。質言之，劉峻頭腦中居統治地位的禮教觀使其犯下敘事不確之明顯失誤，而說除《世說》外無書記載這一故事。

劉峻注中的指責不當，另有一例，見規箴第十・21：

謝中郎（萬）在壽春敗，臨奔走，猶求玉帖鐙。太傅（謝安）在軍，前後初無損益之言。爾日猶云：「當今豈須煩此？」

注：按萬未死之前，安猶未仕。高臥東山，又何肯輕入軍旅

邪？《世說》此言，迂謬已甚。

謝安志在隱逸，故兄弟謝萬身居高位時，他仍為一介布衣。謝萬因抗擊異族入侵的壽春一戰失利而左遷，自此後，謝安決心出山。這次劉峻定錯無疑，因《世說新語》內恰有一條，明確提到謝安在謝萬軍中，簡傲二十四‧14：

> 謝萬北征，常用以嘯詠自高，未嘗撫慰眾士。謝公甚器愛萬，
> 而審其必敗，乃俱行……。

劉峻此錯最早由劉盼遂指出，他還摘引了《俗說》其他逸事作為旁證[27]。

儘管劉峻注偶然有這類錯誤，卻無損於它對解讀《世說新語》之貢獻。

B. 敬胤注

另一作注者為敬胤，如今有二十多頁敬胤注保存在汪藻《敘錄》中，而現代版本中可見到的敬注只有一處，即在尤悔第三十三‧4的注中。凡見到敬注，一定會有印象，即極為繁瑣且不切主題。劉注每介紹一人，只限於最關鍵的信息，如表字、籍貫和曾任最高職位。而敬注好似照搬小傳，祖孫數代之細事瑣節，該人平生諸般雞毛蒜皮，無不悉錄。再者多次未注出引文出處，故雖有史家關注之材料，其可靠性亦被質疑。敬胤一如劉峻，每每對《世說新語》正文大加撻伐。

敬胤無可信之傳記資料，然從他與宋、齊時周顒（卒於485）、江淹（444—505）等人過從，汪藻推測他曾生活在宋齊時代。山東大學徐傳武教授有文，對敬胤和他的注作了詳盡的考證[28]，在此不贅述。

27　楊勇：《世說新語校箋》，頁432，注4。
28　《文獻》，1986年第1期。

C. 「一本注」、「臣按」、「臣謂」

除上述公認的兩種注釋外，尚有極個別的注家，其注解迄今仍存。楊勇指出一家叫「一本注」的，該注只出現於文學第四‧7中，筆者認為這不算《世說新語》的另一家注，而是劉峻引顧愷之《晉文章志》另一版本的注。還有兩條注文出現在汰侈第三十‧6和惑溺第三十五‧3，引入注文用「臣按」、「臣謂」之類，似另為他人而非劉峻所作。徐傳武認為是劉峻的話[29]，然而劉峻通常不用此種語言，似為劉以後某人在奉敕刻版時，在劉注後面加的話。若此言非虛，加話必定不止兩處；其他所加必在宋朝刪節注解時一併全被刪除（參見下文）。

假謂第二十七‧9內有谷口所作注文，此名酷似日人姓氏タンニグチ（谷口）。人們會心生疑竇，是否在某個現代版本的演變過程中，曾用日本的版本作比較，故有意無意間混入了日本學者的注解？不過，中國宋代亦有谷口，名潘淳，號谷口小隱，與黃山谷唱和甚密。作注的谷口不知是否此人。

張舜徽在研究《世說新語》其他注家時，提出一個有趣的論點，即劉義慶曾為己書作注[30]。其假說來自《四部叢刊》本文學第四‧57注解的一段聲明，文字是：「諸本無僧意最後一句，意疑其闕。慶校眾本皆然。唯一書有之，故取以成其義。」好像慶是劉義慶的自稱，但此話不像義慶本人的評注。而楊勇發現前田版文字與之不同，不是「慶校眾本」而是「廣校眾本」。十分明顯，因兩字字形相近，《四部叢刊》版錯印了[31]。

四、佚文的問題

談到注解這一話題，必須指出經若干刪節後，有注文業已不翼

29　同上。

30　張舜徽：《〈世說新語〉注釋例》，見其《廣校讎略》，頁193。

31　楊勇：《世說新語校箋》，頁187，注2。

而飛；與此相關聯的是更為重要的問題，即《世說新語》的正文是否有些也在刪節中消失了？

質疑《世說新語》正文被刪者，論據有二：一是董弅跋中談及晏殊對《世說新語》的刪節；二是諸書（主要是唐宋時期的類書）中援引的《世說新語》殘篇，這些殘文今本《世說新語》中已不復得見。以下對此作一討論：

（甲）若細讀董弅跋文，會很快清楚董並未說過正文被刪節的話。前已見跋文主要部分，現再重複有關內容如下：

> 後得晏元獻公手自校本，盡去重複，其注亦小有翦裁，最為善本。

此處十分肯定地說，晏殊刪的是重複的文字。為了更好地理解董弅所說的重複，不妨再聽汪藻的說法：

> 世傳第十卷重出者，或存或否。劉本載《祖士少道右軍》、《王大將軍初尚主》兩節跋云：「王原叔家藏第十卷，但重出前九卷所載共四十五事耳。」

依他舉出的兩例，即《王大將軍》與《祖士少》來作判別，可見重複的四十五則軼事與汪藻《考異》的是同一回事，這點就不足怪了。

另外，將唐卷正文與今本的相應部分比較，雖字面小有出入，但未包含更多材料。即使考慮到殘卷在整部著作中僅佔很小比例，但我們仍然可以將它作為《世說新語》正文未受到大面積刪除的旁證。

但注解刪節卻是另一回事，將在後面討論。

（乙）葉德輝收集若干由諸書（如唐宋時期的類書）中摘引的《世說新語》殘篇刻印出版，作為光緒十七年（1891）思賢講舍本《世說新語》本的補遺。日人古田敬一進一步擴充葉氏收集的條目，刊印於《中國研究叢刊》系列，題為《世說新語的佚文》[32]。周密研

32　古田敬一：《世說新語佚文》，《中文研究叢刊》，廣島大學文學部，中國文學研究室，1955年。

究這些殘篇後，得出如下幾點：

（1）大部分殘卷涉及超自然現象，與《世說新語》總體作風不符。

（2）因傳抄錯誤，極少量殘文被錯誤歸入《世說新語》，其因源於《世說》與《世紀》（《帝王世紀》之簡稱）、《世語》（《魏晉世語》之簡稱）字面相似。有6則說是錄自《世說新語》，實際是摘自《世紀》，有17條摘自《世語》。

（3）有17條實際錄自《世說新語》注文，似類書並未區分引自正文或注釋。

（4）有些條目來自義慶其他著作，如《宣驗記》（1例）、《幽明錄》（5例）。魯迅指出類書常將由該兩書摘引的文字，統稱《世說》[33]。可能此類會更多，因兩者皆亡佚，僅可辨認有限的一些。

（5）某些業已辨識來自他書，如《語林》（5例），《俗說》（6例），《小說》（3例）。可能因其性質類似被錯誤歸入《世說新語》。

（6）一批條目錄自晉代各種史書、筆記，如臧榮緒《晉書》、何法盛《晉中興書》、孔氏《志怪》、孫盛《晉陽秋》、檀道鸞《續晉陽秋》等，這些都是劉峻常徵引的書。可能這些引文原屬劉注，但注文經過刪節，這些文字被削不復出現於今本中。

依上述見解，筆者可總結出此類殘文極少，甚至可以說沒有原屬《世說新語》正文而後被刪削者。因此，《世說新語》文字的完整性，經過世代傳承，總體上得到保持，或至少受到晏殊的恢復。現在可以見到的差異，似限於單個字眼的錯訛、缺失及有零星贅字，未發現大面積被刪除。

我們研究楊勇《校箋》中對唐殘卷與今本比較的結果，證實了董弅所說，晏殊僅對注文小加剪裁，研究結果歸納如次：

33　魯迅：《古小說鉤沉》，頁214。

（1）兩種版本均有錯字、佚字與贅字，可互校、補正。唐卷錯訛略多，然多屬零星字眼。

（2）唐卷常將互不相關條目拼湊一起。

（3）可從唐卷中觀察到對唐高宗之名「治」字的避諱。

（4）唐卷注解更細，由下可見：

第十·6	多78字
第十·26	多232字
第十一·1	多18字
第十一·6	多17字
第十二·2	多31字
第十二·3	附注多86字
第十二·4	多5字
第十二·7	多8字
第十三·1	多16字
第十三·8	唐殘卷正文一句共5字，今本正文無，但混入注中。另注多6字。
第十三·9	多19字
第十三·10	多13字

從唐殘卷中找到共多出約534字。之所以被刪，似因注解過長。被刪內容只是些細枝末節。另有兩例，刪節後行文更順，如規箴第十·6與夙惠第十二·2。

結束對注解的討論前，有本名為《世說舊注》的文集值得一提，該書由明學者楊慎（1488—1559）編纂。楊在序中說：

> 劉孝標注《世說》，多引奇篇奧帙，後劉須溪（辰翁，1231—1294）刪節之，可惜。孝標全本，予猶及見之，今摘其一二，以廣異聞。[34]

這則序言使人們萌生希望，即在所謂《世說舊注》中，恐可發現少量今本所無、晏殊刪去之內容，希望據此得出線索，瞭解晏殊所刪的材料性質，從而有助於確定晏殊刪節對劉注是否傷筋動骨。可惜排查後發現，楊慎收集的全部注文，董刻和前田本全有。

34　楊慎：《世說舊注》，《叢書集成》本。

　　然而這樣一來，事實更為清楚地顯現在我們面前，就是楊慎之時，董刻那種善本並非人人可得，那時大多數人所見，似乎是刪削不少注評後的劉辰翁改本。袁褧嘉靖十四年（1535）重印董本後，也許情況有所改觀。袁本後又被另一訛本，即王世貞《世說新語補》再次掩沒，王本由刪改後的《世說新語》和何良俊的《何氏語林》拼湊而成。錢曾（1629—1701）對劉辰翁本有段話稱：

> 宋本《世說》為三卷，由劉辰翁作注、出版、標點，吾曾評說詩至嚴浪滄而詩亡，論文至劉須溪（即劉辰翁）則文喪。此書經須溪淆亂卷帙，妄為批點，殆將喪斯文之一端也歟？[35]

　　他的評論說明劉須溪版本規格之低，從楊慎要另行抄出被劉刪去的注文、與同代人共同賞析，董刻本珍稀的程度也可見端倪。我們現代的學人實在應該為能見到《世說新語》全本而額首稱慶，我們現在的版本無論正文抑或注解，總體上都是保持完整的。

35　錢曾：《讀書敏求記》，《叢書集成》本。

第四章
《世說新語》反映的社會風尚

　　以往，學者們總是把《世說新語》中所反映的社會，當成連續而均一的。例如宇都宮清吉在其《世說新語之時代》[1]中，討論了《世說新語》中所反映的家庭生活，卻未對亞時期之間作進一步區分。實際上，《世說新語》所跨的時期很長（即使僅從東漢後期算起也長達三百餘年）[2]，在此期間，社會狀況與態勢經歷了若干重大變動，簡直由一個極端到了另一個極端，結果不得不被當成不同的社會，至少當成同一社會的不同階段來觀察，通過分散在《世說新語》中的軼聞瑣事，人們得以大致地追索這些發展。

　　迨至東漢末期，以所謂「名士」組成的階層開始出現。這些因德行聞名的人，其節操受到公眾認可和官方獎掖而被除授官職。他們

1　宇都宮清吉：《〈世說新語〉の時代》，見其《漢代社會經濟史研究》，東京：弘文堂，1955年版，頁482—494。

2　《世說新語》中常有東漢文士姓名出現，如陳寔、李膺，他們都出生於西元100年左右。通常認為東晉末年是《世說新語》收載之最末年份，為西元420年。

的成功，成為國中年輕文士的偶像。當時的政治體制也是鼓勵人培育道德，建立聲譽的：凡欲踏上仕途，第一步就是要被地方舉為「孝廉」，再呈報朝廷後任命官職。舉薦「孝廉」，正如其名稱所標示，主要根據被選者的德操。到了後來，孝道、禮儀、廉潔和儒家其他道德，不再是發自內心的天性，而是靠後天人為刻苦的培育。這樣一來，常有弊端產生，有時變得矯情虛偽。作為對這一風氣的逆反，也是對一向標榜崇儒的司馬氏陰謀篡魏的消極抗議，魏晉之交的士人，倡導從一切人為強制性的行為準則中解放出來。他們蓄意蔑視傳統的價值觀，有時專走極端，以舉止乖僻甚至怪異而驚世。稍早之時，曹魏朝廷中有些君臣好老莊之說，道家思想再度興行。這種傾向，除了主張不隨流俗外，還誕生了「清談」這種士人聚會的新型活動，以及士大夫普遍服散之風。

西晉初年社會相對安寧繁榮，這使有些人積攢了令人咋舌的財富。世風日趨奢靡，尤其是富者炫富鬥富。高度發展的商業網絡，使奢侈品由遙遠的國度，如中東、東南亞等各國源源來華，物品林林總總，有玻璃器皿、玉石、珊瑚與其他寶石、象牙、香料等。這時期人們享受的揮霍、墮落的生活達到頂峰，在中國歷史上罕有其匹。

西晉末年，頹廢的貴族轉而崇尚虛無，傾心道教任誕自由、清靜無為等思想。魏晉之交開創出的「清談」，至此時士人已終日從事，樂此不疲。因為傾心投入，甚至達到怠忽職守的地步，後果則是整個社會道德的淪喪，陷入低谷，國事廢弛，趨於癱瘓。禍不單行，此時又值與中國北方、西北相鄰的異族入侵——其政治和軍事實力，堪與漢人一較高下，一旦漢人不能守土，就不失時機地侵城掠地，結果是北方疆土全為異族所據。

渡江南逃的臣民，在平東將軍駐地的基礎上，於建康建立東晉朝廷。自北方戰亂中逃生的人們，大部分因這種經歷而徹底警醒。東晉早期，政壇上和軍伍中很有幾個正面人物，如王導、庾亮、祖逖、陶侃等人。這些軍政首領生活簡樸，遠離腐化，之所以如此，除了自

甘清苦，也是當時所必需。他們雖也參加「清談」，看來並未妨礙政務。主要因了這些人的努力，晉祚又得以延長百年。這些能幹的領袖陸續亡故後，東晉王朝開始衰敗，道德再次淪亡，其嚴重程度比之西晉末年甚至有過之而無不及，促使帝國加速覆滅。

以上將《世說新語》所跨的時代，社會經歷的種種變化，作一概括。下文將對比較重要的社會風尚一一討論。

一、東漢重德操的社會及魏晉之逆反

如前所述，東漢「名士」以德操知名，並借此獲得社會和政治地位，故把「名節」看得格外重要。他們不僅躬身踐行儒家道德，亦相互警策，彼此考評。他們互相標榜，於下條可見：

> 周子居（乘）常云：「吾時不見黃叔度（憲），則鄙吝之心已復生矣。」——《世說新語》，德行第一・2。

> 李元禮（膺）常歎荀淑、鍾皓曰：「荀君清識難尚，鍾君至德可師。」——《世說新語》，德行第一・5。

以上兩條中的人物，周乘和黃憲都是汝南郡（今河南）人，都是當時名士。李膺是當時「名士」中掌門人，其讚譽對他人必定有激勵作用，令其德操更上一層。當時的士人都喜歡互相標榜，成為一種風氣，同樣，若同輩德行偶有疏誤，他人亦會嚴厲責備。

> 陳元方（紀）遭父喪，哭泣哀慟，軀體骨立。其母愍之，竊以錦被蒙上。郭林宗（泰）弔而見之，謂曰：「卿海內之俊才，四方是則，如何當喪，錦被蒙上？孔子曰：『衣夫錦也，食夫稻也。於汝安乎？』吾不取也！」奮衣而去。自後賓客絕百所日。——《世說新語》，規箴第十・3。

陳紀是當代最著名士人之一。他與弟陳諶、父陳寔一起被譽為「三君」。宰府令召都是一同前往，但也很少接受召請。這次因了郭泰的批評，陳紀名聲受損（至少一時受損），清楚表明那個社會中，輿論有何等重要作用。郭泰本人自然也是「名士」，而且是主持人物

品評的祭酒，所以他的話說出來份量很重。

這些「名士」秉持的德行是儒家道德，他們相互品評的標準亦很正統，百行孝為先，孝道是德之最高者，上面摘引這條清楚地表現了這點。守孝期間，孝子蓋了床錦被也當作不孝的行為，哪怕他本人對此並不知情。下面一條中，忠、孝兩者都是所談要旨：

> 陳仲弓（寔）為太丘長，時吏有詐稱母病求假，事敗收之，令吏殺焉。主簿請付獄考眾奸。仲弓曰：「欺君不忠，病母不孝，不忠不孝，其罪莫大。考求眾奸，豈復過此？」——《世說新語》，政事第三・1。

那倒楣小吏的惟一罪狀就是謊說母親生病。他並非真想讓母親病，卻夠條件被綁赴刑場。文士的清貧常被解讀為道德高尚，表明他清廉拒腐。下則條目正是從這個角度刻畫陳寔和荀淑的：

> 陳太丘（寔）詣荀朗陵（淑），貧儉無僕役，乃使元方（紀）將車，季方（諶）持杖後從，長文（群）尚小，載著車中。既至，荀使叔慈（靖）應門，慈明（爽）行酒，余六龍下食，文若亦小，坐著膝前。於時太史奏：「真人東行」。——《世說新語》，德行第一・6。

陳寔曾任太丘長，故有時人稱陳太丘，荀淑則曾為朗陵侯相，故呼為荀朗陵。元方、季方、長文是陳寔幾個兒子，而叔慈、慈明是荀淑兒子中的兩個，文若是孫子。荀淑的八子人稱「八龍」。

漢室傾覆，賴以立國的儒學亦遭到懷疑。此外，自昔日漢武帝罷黜百家、獨尊儒術以來，三百餘年中，除習儒外，很少其他學說的講授和研習。西漢時期，學界竭盡全力恢復被秦朝毀損的經典，逐字逐句作冗長而繁瑣的詮釋。迨至東漢時期，循原有思路進行已至山窮水盡地步，須另闢蹊徑，於是將注意力轉為尋求文字背後隱含的意義，結果是釋義逐漸偏離原文，越來越多地表達自己的見解。這樣導致了「談辯」風的興起。例如，王弼注《易經》，不重字句解釋，專注於圖像的玄學意義。其著作催發了研究《周易》和黃老之說的熱

潮,促進了「清談」活動的產生。同時,哲學探討的命題,逐步由四書五經,轉為《老》、《莊》一類道家經典。

與學術領域上轉變的同時,是司馬氏在政壇上的興起。司馬氏表面上忠於曹魏王朝,卻一直在構築自己的權力基礎。由於朝野都有忠於舊王朝的人,這些人沒有政治和軍事手段,無法借此表達不同政見,於是採取學術分歧這種較為韜晦的形式。司馬氏世代習儒,祖上有不少知名儒士,故捍衛儒家的價值觀和行為準則。另一方面,異見份子卻對這些價值觀和規範破壞無遺,他們提倡沖決名教儀軌的束縛,對世俗的財富、名譽和高官厚祿一概視若糞土。

後世人稱「竹林七賢」[3]的一批名士就代表了這種風尚。下面《世說新語》的條目裡,這群人的領袖人物嵇康,顯示了異於凡俗的社會舉止:

> 鍾士季(會)有才理,先不識嵇康,鍾要於時賢俊之士,俱往尋康。康方大樹下鍛,向子期(秀)為佐鼓排。康揚槌不輟,傍若無人,移時不交一言。鍾起去,康曰:「何所聞而來?何所見而去?」鍾曰:「聞所聞而來,見所見而去。」──《世說新語》,簡傲第二十四‧3。

鍾會和兄鍾毓兩人都屬司馬一派,嵇康與魏室有親(嵇康尚長樂公主),他自然不情願結交鍾會。他不隱瞞自己的蔑視,蓄意無禮待之。

> 山公(濤)欲去選曹,欲舉嵇康,康與書告絕。──《世說新語》,棲逸第十八‧3。

山濤是「竹林」人士中的好友與「長者」,但山濤接受了司馬氏的任命,他想把嵇康也拉進這個圈子,而嵇康卻採取看來比較激烈的行動,和他斷絕交情。

嵇康是個自認的道家,他的行為舉止無疑來自道家崇尚精神自由、摒棄世俗得失的觀念。和他不投機的人,自然無話可說,不論此

3　嵇康等七人在世時並無「竹林七賢」的稱謂,不知何時這個稱謂才開始。

人何等顯要。相應地，對名利的鄙薄，促使他疏遠山濤這樣的人。不過嵇康的舉止僅是高傲與無禮，與之相比，阮籍的行為就很是驚世駭俗了：

> 阮籍遭母喪，在晉文王（司馬昭）坐，進酒肉。司隸何曾亦在坐，曰：「明公方以孝治天下，而阮籍以重喪，顯於公坐飲酒食肉，宜流之海外，以正風教。」文王曰：「嗣宗（阮籍）毀頓如此，君不能共憂之，何謂？且有疾而飲酒食肉，固喪禮也。」籍飲啖不輟，神色自若。——《世說新語》，任誕第二十三·2。

何曾不僅屬司馬氏一派，還和司馬昭一樣出身儒家門庭。他之詆毀阮籍，原因是阮籍公然藐視司馬氏打算頒行天下的行為準則，尤為重要的，他懷疑阮是個異見分子，他那種不守規矩、特立獨行是一種消極抵抗形式。

> 阮公鄰家婦有美色，當壚沽酒。阮與王安豐常從婦飲酒，阮醉，便眠其婦側。夫始殊疑之，伺察，終無他。——《世說新語》，任誕第二十三·8。

由該條可看出阮籍頭腦裡的禮教觀念。他認為「禮」是一個人的內在之物，未必要在外表顯露出來。按傳統觀念，他醉臥於有夫之婦身旁，有違禮數，犯下過失，但他心懷坦蕩，無不良企圖，其行止是合乎「禮」的。同樣，雖然在居母喪期間喝酒吃肉，但他內心因母親亡故痛苦莫名，以致形銷骨立，因此較之某些外表看來符合喪禮、內心並無感傷的人，他是更加孝順的兒子。阮籍的行為，猶如一息清新之風，穿透了令人窒息的虛偽社會。Donald Holzman在對阮籍的研究中，曾就阮的「反禮儀主義」撰寫了專門一章，對以上提及的這類駭俗之舉，作了詳細講解[4]。

另一些與嵇康、阮籍同時代的人，行為舉止比他們更為荒誕怪

---

4 Holzman, Donald, *Poetry and Politics: the Life and Works of Juan Chi, A.D. 210—265*，Cambridge: Cambridge University Press, 1975, Chapter 4.

異，也許正是缺少嵇、阮那種哲人風度吧。

> 劉伶嘗縱酒放達，或脫衣裸形在屋中，人見譏之，伶曰：「我以天地為棟宇，屋室為褌衣，諸君何為入我褌中？」——《世說新語》，任誕第二十三·6。

> 諸阮皆能飲酒，仲容（阮咸）至宗人間共集，不復用常杯斟酌，以大甕盛酒，圍坐相向大酌。時有群豬來飲，直接去上，便共飲之。——《世說新語》，任誕第二十三·12。

劉伶和阮咸（阮籍侄）都是「竹林七賢」中人。

下面一條，阮籍可能把這群人對禮教的共同態度，概括成一句話：

> 阮籍嫂嘗還家，籍見與別。或譏之，籍曰：「禮豈為我輩設也！」——《世說新語》，任誕第二十三·7。

這種對禮教的摧毀態度，與東漢「名士」嚴肅正經、不苟言笑的舉止截然相反，雖然兩者都同樣被稱為「名士」。竹林七賢之後，更有效尤者，如王澄所屬的八友。然而他們卻沒有七賢的理想，徒為怪異而怪異，失去了意義。

> 王平子、胡毋彥國諸人，皆以任放為達，或有裸體者。樂廣笑曰：「名教中自有樂地，何為乃爾也？」——《世說新語》，德行第一·23。

二、世紀末之跡象

隨著大漢帝國的覆滅，國人亦逐漸遠離健康、積極的生活。典型的「世紀末」頹廢生活方式已初露端倪：

> 何平叔（晏）有姿儀，面至白。魏明帝[5]（叡）疑其傅粉，正夏月，與熱湯餅。既啖，大汗出，以朱衣自拭，色轉皎然。——

---

5 楊勇認為應為曹丕，他根據其他類書所引「魏明帝」一致作「魏文帝」，同時劉峻注說：「且晏養於宮中，與帝相長……」曹丕才是和何晏一起長大的，所以是《世說》的錯誤。

《世說新語》，容止第十四・2。

　　注：《魏略》曰：「晏性自喜，動靜粉帛不去手，行步顧影。」按此言，則晏之妖麗，本資外飾。且晏養自宮中，與帝相長，豈復疑其行姿，待驗而明也。

　　由這則故事中可推斷出兩條，首先，何晏對外貌格外注重，這一習性並非他所特有，看來此後數十年中，是相當普遍的風尚。《世說新語・容止》篇中使用了形容女性美的字眼描寫男子漢：

　　王右軍（羲之）見杜弘治（乂），歎曰：「面如凝脂，眼如點漆，此神仙中人。」時人有稱王長史（濛）者，蔡公曰：「恨諸人不見杜弘治耳。」——《世說新語》，容止第十四・26。

　　「面如凝脂，眼如點漆」後來成為人們描述女性美的一句口頭禪。

　　其次，曹丕懷疑何晏敷粉，表明那時男子向臉頰上撲粉，並不罕見。《魏志・王粲傳》注，援引了《魏志》的注文引《魏略》一段話：

　　時天暑熱，（曹）植因呼常從取水自澡訖，敷粉。[6]

　　這種風尚一直延續到南朝。顏之推（531-593）在《顏氏家訓》中說：

　　梁鼎盛時，貴家子弟青年中，多不學無術，衣皆熏香，修面，敷粉於面。[7]

　　何晏還推廣服散以健身延壽的風氣，所服藥石名為「五石散」或「寒食散」，從巢元方的《諸病源候總論》中，可找出它們的作用，大致說，雖「寒食（散）」之療效極難控制，服散後導致痛苦萬分。需要冷服食，冷將息，還要到外邊去行散，使身體中的熱發散。實際上，服散之風從兩晉一直延續到南朝，《世說新語》下條對服藥

6　《三國志・魏志》卷21，《四部備要》本。

7　顏之推：《顏氏家訓》，卷3，《四部備要》本。

的起因說得十分明白：

> 何平叔（晏）云：「服五石散，非唯治病，亦覺神明開
> 朗。」——《世說新語》，言語第二‧14。

　　也就是說，服藥能給人一種精神豁然開朗的感覺。這種「神明
開朗」的感覺正是從事哲學探討如何晏一般人所希冀的，所以儘管有
附帶的痛苦，服藥還是在士大夫階層內甚為流行。迨至東晉末年，兩
個政治對手在服散上有相同的癖好。孝武帝（362—396）一味耽於
聲色，朝政一概交給兄弟會稽王司馬道子（364—402）。道子日益
專橫腐敗，迅速失去人心，尤其得不到各州刺史的支持。最後青、兗
二州刺史王恭（卒於398）起兵討伐道子，兩人遂成為死敵。

> 謝景重（重）女適王孝伯（恭）兒，二門公甚相愛美。謝為太
> 傅（司馬道子）長史，被彈；王即取作長史，帶晉陵郡。太傅
> 已構嫌孝伯，不欲使其得謝，還取作諮議，外示繁維，而實以
> 乖間之。及孝伯敗後，太傅繞東府城行散[8]，僚屬悉在南門要
> 望候拜，時謂謝曰：「王（阿）寧（恭）異謀，云是卿為其
> 計。」謝曾無懼色，斂笏對曰：「樂彥輔（廣）[9]有言：『豈以
> 五男易一女？』」太傅善其對，因舉酒勸之曰：「故自佳！故
> 自佳！」——《世說新語》，言語第二‧100。

> 王孝伯（恭）在京行散，至其弟王睹（爽）戶前，問：「古詩
> （十九首）中何句為最？」睹思未答。孝伯詠「『所遇無故
> 物，焉得不速老？』此句為佳。」——《世說新語》，文學第
> 四‧101。

　　王瑤推測王恭服藥石的原因，是敏銳地意識到人生苦短，諸詩

8　東府城是道子官邸。服散者服後須立即作長時間步行，稱作「行散」或「行
　藥」。

9　樂廣也曾有過和謝重類似的尷尬境遇，他女兒嫁給成都王，但他和兒子均在
　與成都王勾心鬥角的長沙王屬下，因此謝重借樂廣著名的機智應答，表明自
　己並無理由支持王恭。

句中他更愛這兩句，也基於同一理由[10]。他期望服藥得以永生，至少也可延壽。有諷刺意味的是，以上三條裡的主角，何晏、司馬道子和王恭均死於非命，何晏五十九歲時被司馬氏殺害，司馬道子三十九歲時由桓玄下令殺戮，王恭則死於司馬道子之手。三人中無一得享高壽，以證實服散之效益。

三、清談之風

曹魏王朝時，何晏與他所看重的王弼常與友人聚談《易經》、《老子》的玄學問題，這一活動原從東漢「談辯」演化而來，後稱「清談」。主題由儒家經典轉變為道家思想。清談活動延續到西晉，已十分風行，恐已臻至頂峰。有關「清談」的沿革和內容遍諸文字，其中以趙翼、湯用彤、牟潤孫及宮崎市定的著作最為重要[11]。另外，陳寅恪、唐長孺、周紹賢等，對該課題也有重要貢獻。近年有唐翼明用英語寫作的博士論文，曾用中文發表了兩篇文章[12]。本文僅限於研討「清談」的社會意義，因為對當時人們來說，「清談」不僅是一項哲學活動，且有其重要社會意義。凡被認可為「清談」高手者，不啻於被接納入出人頭地的精英圈，而國中大小官職均為該圈子所把持。有時登上官位全憑其善於言辭，應對得體，試看：

> 阮宣子（修）有令聞。太尉王夷甫（衍）見而問曰：「老、莊與聖教同異？」對曰：「將無同？」太尉善其言，辟之為掾。世謂「三語掾」。衛玠嘲之曰：「一言可辟，何假於三？」宣子曰：「苟是天下人望，亦可無言而辟，復何假一？」遂相與

10　王瑤：《中國文人生活》，上海：棠棣出版社，1951年版，頁1。

11　趙翼：《廿二史劄記》（中國學術名著），臺北：世界書局，1980年版，頁102—104。牟潤孫：《論魏晉以來之崇尚談辯及其影響》，香港：香港中文大學，1966年版。宮崎市定：《清談》，《史林》卷31（1946），頁1—17。

12　唐翼明：《從〈世說〉看魏晉清談之內容》（上、下），《東方雜誌》復刊第23卷（1990），第11期，頁33—42，第12期，頁31—39。

為友。[13]——《世說新語》，文學第四·18。

當時社會中，地位高低對士人職務升遷作用如此重要，可見「清談」的社會和政治意義不容低估。

因清談討論的主題玄之又玄，令不少人神往生活中玄遠之事，必定導致他們以不屑態度對待日常俗務：

> 王夷甫（衍）雅尚玄遠，常嫉其婦貪濁。口未嘗言「錢」字。
> 婦欲試之，令婢以錢繞床，不得行。夷甫晨起，見錢閡行，呼
> 婢曰：「舉卻阿堵物！」——《世說新語》，規箴第十·9。

王衍出身富貴家庭，自然不需要提到「錢」字；但他要管攝政事，若對國家經濟這類具體事務不聞不問，則是社會陷入病態的明顯徵兆。他兄弟王澄亦不屑世俗禮儀，下面一則故事有明白的表露：

> 王平子（澄）出為荊州，王太尉（衍）及時賢送者傾路。時庭
> 中有大樹，上有鵲巢，平子脫衣巾，徑上樹取鵲子，涼衣拘閡
> 樹枝，便復脫去。得鵲子還下弄，神色自若，傍若無人。——
> 《世說新語》，簡傲第二十四·6。

《晉書·王澄傳》中對他的隨便態度，提供了更進一步的證據：

> 澄既至鎮，日夜縱酒，不親庶事，雖寇戎軍務，亦不在懷。[14]

樂廣也是清談大家，與王衍齊名，而且仕途順遂，被稱為「宅心事外」[15]。王氏弟兄與樂廣同為士界領袖，言語舉止必為國中仿效。無怪當時不少精英，品行情操與辦事能力一落千丈，降到歷史最低水平。

人們熟知，顧炎武在《日知錄》中，曾譴責當時士大夫清談

13　《世說新語》混淆了這則故事的主人公。據《晉書》載，文中阮修應是
　　阮瞻，而王衍應是王戎。王戎時為司徒，可隨意任命掾吏。阮修是阮籍之
　　侄，阮瞻則是竹林七賢之一阮咸的長子。

14　《晉書》卷43，頁1240。

15　同上書，頁1244。

誤國[16]。其實早在東晉，人們已有此議，鄧燦《晉紀》中的卞壼（281—328）就是其中之一：

> 初，咸和（326—334）中，貴游子弟能談嘲者，慕王平子、謝幼輿等為達。壼屬色於朝曰：「悖傷禮教，罪莫斯甚，中朝[17]傾覆，實由於此！」欲奏治之。王導、庾亮不從，乃止。[18]

明本《世說新語》刊刻者袁褧（活動於1535），卻為「清談」士人辯護，他說：

> 因歎昔人論司馬氏之祚亡於清談，斯言也無乃過甚矣乎？竹林之儔希慕沂樂；蘭亭之集，詠歌堯風；陶荊州（侃）之勤敏，謝東山（安）之恬鎮；解莊易則輔嗣（王弼）、平叔（何晏）擅其宗，析梵言，則道林（支遁）、法深（竺道潛）領其乘。或詞冷而趣遠，或事瑣而意奧，風旨各殊，人有興托。王茂弘（導）、祖士稚（逖）之流，才通氣峻，心翼王室，又斑斑載諸冊簡。是可非之者哉？詩不云乎，「濟濟多士，（周）文王以寧」。余以琅琊王（晉元帝）之渡江，諸賢弘贊之力為多，非強說也。[19]

袁褧的論點是，「清談」高手與治國才俊，兩者不必互相抵觸，盡可聚於一身。這一論點應該是合理的，試看王導、庾亮、桓溫、謝安諸人就足以證明。不過，若從某人慨談玄學時頭頭是道、條理分明、思路清晰，據以推斷他定是領導有方或擅於治國，就相當危險。東晉每當領導群倫的老臣賢相離世、出現真空之際，就是新領軍人物選出之時。若以清談能力來定奪，如謝安，處事為人稱道，而殷浩則乏善可陳，且失誤頻頻，結果客觀上助長桓溫權力擴張。正是桓溫之子桓玄後來陰謀篡位，險些葬送東晉王朝的基礎。

---

16 顧炎武：《日知錄》，卷13，《四部備要》本。

17 「中朝」一詞是東晉和南朝人所用，指西晉時期。

18 《世說新語》賞譽第八・54注文。

19 袁褧：《刻〈世說新語〉序》，見劉義慶《世說新語》，《四部叢刊》本。

袁褧另一個論點是「清談」促進玄學與文學進步，他舉例為證：「竹林七賢」在玄學上、王羲之及友人在文學上的成就，王弼、何晏對道家思想、及支道林、僧法深對佛學的貢獻等。這些當然完全有理。所以他認為施政者應有周文王相容並蓄，濟濟多士的氣度。

東晉時期，中土士人接受並學習佛教精義者越來越多，相應地，「清談」之議題因佛學哲理問題的加入而更為豐富，結果出現一種新的社會現象：來自異邦或社會底層的僧人，因擅長「清談」被接納進入精英圈。於是在這種罕有情況下，由於學問的同好而沖決了社會樊籬。僧支遁（道林）、法深、高坐和尚、康僧淵，都成為王導、庾亮、劉惔、殷浩等顯貴廷臣的座上客。佛教僧人在中國的社會地位因此而牢固建立，持續了若干世紀。

四、奢侈與節儉的兩極

魏晉時人們精神低下之另一面，是其窮奢侈欲和殘忍。歷史告訴我們，因東漢末以來的多年戰禍及天災的結束，經濟開始復甦，曹魏王朝伊始，豪門生活即已奢靡[20]。西晉時政治相對穩定，經濟增長在繼續。太康年間（280—290）被稱作歷史上繁榮盛世的「太康之治」。然而國家財富似最後落入少數貴族之手，其中不少富豪因極其奢侈，留下許多令人咋舌的奇談。王愷和石崇是富人集團中聲名最為狼藉的兩個。

> 石崇每要客宴集，常令美人行酒。客飲酒不盡者，使黃門交斬美人。王丞相（導）與大將軍（王敦）嘗共詣崇，丞相素不能飲，輒自勉強，至於沉醉。每至大將軍，因不飲以觀其變。已斬三人，顏色如故，尚不肯飲。丞相讓之，大將軍曰：「自殺伊家人，何預卿事？」——《世說新語》，汰侈第三十·1。
>
> 武帝嘗降王武子（濟）家，武子供饌，並用琉璃器。婢子百餘人，皆綾羅綺襦，以手擎飲食。烝犹肥美，異於常味。帝怪而

問之，答曰：「以人乳飲㹠。」帝甚不平，食未畢，便去。
王（愷）、石（崇）所未知作。——《世說新語》，汰侈第
三十·3。

以下再增添數則：

王君夫（愷）以粕糒澳釜，石季倫（崇）用蠟燭作炊。君夫作
紫絲布步障碧綾裡四十里，石崇作錦步障五十里以敵之。石以
椒為泥，王以赤石脂泥壁。——《世說新語》汰侈第三十·4。

石崇與王愷爭豪，並窮綺麗，以飾輿服。武帝，愷之甥也，每
助愷。嘗以一珊瑚樹高二尺許賜愷，枝柯扶疏，世罕其匹，愷
以示崇。崇視訖，以鐵如意擊之，應手而碎。愷既惋惜，又以
為疾己之寶，聲色甚厲。崇曰：「不足恨，今還卿。」乃命左
右悉取珊瑚樹，有三尺、四尺，條幹絕世，光彩溢目者六七
枚，如愷許比甚眾。愷惘然自失。——《世說新語》汰侈第
三十·8。

《晉書》載石崇在荊州刺史任上，常劫奪邊遠地方客商，這就
是他巨額財富積斂之道。這些贓物中想必有自南海帶回的珊瑚。石崇
是石苞之子，石苞是司馬昭篡位倚重的得力將領[21]。如上條提及，王
愷是武帝之舅。要滿足他們的龐大開銷，品級最高的官員薪俸都不敷
用。東晉祖逖，雖是抗擊外族侵略的英雄，也心安理得地幹類似的勾
當：

祖車騎（逖）過江時，公私儉薄，無好服玩。王（導）、庾
（亮）諸公共就祖，忽見裝袍重疊，珍飾盈列，諸公怪而問
之，祖曰：「昨夜忽南塘一出。」祖於時恆自使健兒鼓行劫
鈔，在事之人，亦容而不問。——《世說新語》，任誕第
二十三·23。

那些國事在身的「在事之人」，指王導、庾亮等政要。江南朝
廷甫一穩定，戰戰兢兢生怕北方入侵，又因朝廷經濟拮据，難以籌措

21　《晉書》卷33，頁1006。

軍餉，此時此刻，當政者自不會嚴肅質問倚為干城的將軍。

　　然而，像祖逖的不遵法度，在東晉初期可能僅是例外。從江北流落到南方的士大夫階級，多數拋棄了龐大的家產，他們要重新積攢。小朝廷因僅有江南一帶的賦稅，收入不免銳減。更有甚者，建立東晉王朝以來，各地叛亂頻仍，最著者有杜弢（311）、王敦（322）、蘇峻（327）率領的作亂，大傷國家元氣。故東晉大臣多不像西晉那樣奢華，而以節儉著稱。

　　東晉開國之父王導是其中之一。他在資源極其匱乏的基礎上創業，對他而言，節儉不僅是項美德，而且乃是一種必需。他把節儉二字，同時用於治國和持家：

> 王丞相（導）儉節，帳下甘果盈溢不散，涉春爛敗，都督白之，公令舍去，曰：「慎不可令大郎[22]知。」──《世說新語》，儉嗇第二十九・7。

　　《晉書・王導傳》中也以這種筆調寫他的儉省：說他生活簡樸、寡欲。倉無宿糧，同時不著兩件絲質的衣服。書中又讚揚了他管理經濟的才能：

> 導善於因事，雖無日用之益，而歲計有餘。時帑藏空竭，庫中惟有練數千端[23]，鬻之不售，而國用不給，導患之，乃與朝賢俱制練布單衣，於是士人翕然競服之，練遂踴貴。乃令主者出賣，端至一金。[24]

　　另一重臣陶侃，與王導同時，更以勤儉聞名，他的作風恐在貧苦童年生活形成[25]，有則例子可茲說明：

> 陶公性檢屬，勤於事。作荊州時，敕船官悉鋸木屑，不限多少，咸不解其意。後正會，值積雪始晴，廳事前除雪後猶濕，

22　「大郎」指他鍾愛的長子王悅。

23　「端」為量度單位，一說等於兩丈，另一說等於六丈。

24　《晉書》卷65，頁1751。

25　《世說新語》賢媛第十九・19。

> 於是悉用木屑覆之，都無所妨。官用竹，皆令錄厚頭，積之如山。後桓宣武（溫）伐蜀，裝船，悉以作釘。又云：嘗發所在竹篙，有一官長連根取之，仍當足[26]，乃超兩級用之。——《世說新語》，政事第三·16。

陶侃可將貌似無用之物致用，該習性使他會讚賞有類似品質的他人：

> 蘇峻之亂，庾太尉南奔見陶公，陶公雅相賞重。陶性儉吝。及食，啖薤，庾因留白。陶問：「用此何為？」庾曰：「故可種。」於是大歎庾非唯風流，兼有治實。——《世說新語》，儉嗇第二十九·8。

雖則東晉最盛之時，高官大體少有奢侈惡行，但江左朝廷已漸露頹勢，後期某些權勢人物，如司馬道子及其兒子元顯，生活方式更為頹廢奢靡，《世說新語》卻未能反映王朝末期這一社會狀況。

五、一個營壘分明的階級體系之運作

自東漢起，演化出一個特殊的社會階層，其稱呼五花八門，或稱「高門」，或名「貴閥」，或叫「豪族」，均為數代出過顯宦的家族，階層中人不少是儒士，也有來自特殊地區的豪家氏族。與之對立的，是其餘的大眾，也包括中產階層，統稱「寒門」。本文討論的，是從《世說新語》可見到的、兩者對壘現象對當時民眾社會行為之影響。

首先觀察到的，是貴族階層的傲慢，凡不屬他們那個階層，概不與之交往。為了保持特權階層之非凡的地位，家庭成員擇友時必須慎之又慎，將地位相當作為必遵之規範。歷史上這種時期似乎很鮮見，此前與此後，社會地位高的人若屈尊與低層人交友，都會受到讚揚。《史記》記載的信陵君（？—前243）與侯生之交，僅是許多同類故事中一例。

26　撐船用的竹篙末端的鐵腳。

以下舉出這時期階級差別的一個極端例子：

> 王令（獻之）詣謝公（安），值習鑿齒已在坐，當並與榻[27]。
> 王徙倚不坐，公引之與對榻。去後語胡兒（謝朗）曰：「子
> 敬（王獻之）實自清立，但人為樂多矜咳，殊足損其自
> 然。」——《世說新語》，忿狷第三十一・6。

王獻之是著名書法家王羲之第七子，屬鼎鼎大名的琅琊王家，
故王獻之無法不高傲，即使習鑿齒並非平庸之輩。習才華出眾，以撰
寫史書聞名[28]，三十歲前即被桓溫任為荊州刺史從事。然而即使他在
原籍荊州家境富裕且廣有勢力，但《世說新語》言語第二・72注文
引何法盛《晉中興書》及正史《晉書》兩書，並未記載習的祖上在朝
出任高官，故習鑿齒應屬「寒門」出身。上述一事產生之際，據《晉
書・習鑿齒傳》應是他任桓溫副手、作為特使去都城，正在志得意滿
之時。他必然會去拜見謝安，而遇見時與謝安共理國事的王獻之。

有時某人出身貴冑，雖處困境，也會因過分高傲而拒絕低層人
士之助：

> 王修齡（胡之）嘗在東山，甚貧乏。陶胡奴（範）為烏程令，
> 送一船米遺之。卻不肯取，直答語：「王修齡若饑，自當就謝
> 仁祖（尚）索食，不須陶胡奴米。」——《世說新語》，方正
> 第五・52。

王修齡拒收贈米的原因，從他提到謝尚就會真相大白。陶範出
身寒微[29]，乃父陶侃因擅於用兵攀上權力之峰；王修齡是琅琊王氏，
父親是王導的堂兄弟。因此，縱然陶家當時既富且貴，陶氏仍屬門閥
低微者，相比之下，王修齡雖窮困潦倒，但王氏大族的倨傲仍令他拒
收陶範的接濟。他如果需要救濟，寧肯向與王氏齊名的陳郡謝族成員
索要。

27　從西域傳進來的椅子這時叫胡床，或簡稱為床或榻。

28　《世說新語》文學第四・80。

29　《晉書》卷66，頁1768。

　　保持「地位高貴」的另一策略，是只許本階層內的通婚。如王氏、謝氏、劉氏和郗氏之間，通婚比例很高。從《世說新語》下條，會明瞭當時人們如何小心翼翼地擇偶：

> 王文度（坦之）為桓公（溫）長史，桓為兒求王女，王許諮藍田（述）。既還，藍田愛念文度，雖長大，猶抱著膝上。文度因言桓求己女婚。藍田大怒，排文度下膝，曰：「惡見文度已復癡，畏桓溫面？兵！那可嫁女與之！」文度還報云：「下官家中先得婚處。」桓公曰：「吾知矣，此尊府君不肯耳。」後桓女遂嫁文度兒。——《世說新語》，方正第五·58。

　　王述和王坦之並不是（山東）琅琊王，而是（山西）太原王，也是世家；而桓溫一如陶侃，是行伍出身。桓溫之父桓彝原本卑賤，以軍功赫赫而擢升高位，最後守城抗禦孫恩叛軍而殉職，子桓溫因而獲得爵銜作為獎賞，並娶了公主。儘管如此，在王述眼中，桓溫還屬士兵階層，位居社會階梯最底層，故不樂意孫女下嫁階層低於自己的人。桓溫求婚之舉，無疑是企圖藉此提高自己的社會地位，他最後如願將女兒嫁給了坦之的兒子，不過婚事可能在王述死後、桓溫勢力強大到足以威震朝廷之時才完成的。

　　此時亦有人成功地獲得超越自身家庭的社會地位，有以下故事為證：

> 周浚作安東時，行獵，值暴雨，過汝南李氏。李氏富足，而男子不在。有女名絡秀，聞外有貴人，與一婢於內宰豬羊，作數十人飲食，事事精辦，不聞有人聲。密覘之，獨見一女子，狀貌非常，浚因求為妾。父兄不許，絡秀曰：「門戶殄瘁，何惜一女？若連姻貴族，將來或大益。」父兄從之。遂生伯仁（周顗）兄弟。絡秀語伯仁等：「我所以屈節為汝家作妾，門戶計耳。汝若不與吾家作親親者，吾亦不惜餘年！」伯仁等悉從命。由此李氏在世，得方幅齒遇。——《世說新語》，賢媛第十九·18。

劉峻的注文質疑本條的真實性。他援引《周氏譜》說李絡秀是周浚正妻，並非小妾。但據時人對家庭的社會地位的重視看來，此事就完全合乎情理。即使故事不真實，也反映了當時的風氣：要提升社會地位就得作重大犧牲。當時出身低微的女子成了貴家妾勝，其子女通常不認她娘家人為親戚。所以李氏對兒子們說，若他們不以她娘家人當親戚，她寧可死去。

到以後，有些貴族地位升到某一高度，連皇帝也要刮目相看了：

> （晉）孝武（帝）甚親敬王國寶、王雅。雅薦王珣於帝，帝欲見之。嘗夜與國寶、雅相對，帝微有酒色，令喚珣。垂至，已聞卒傳聲。國寶自知才出珣下，恐傾奪要寵，因曰：「王珣當今名流，陛下不宜有酒色見之，自可別詔召也。」帝然其言，心以為忠，遂不見珣。——《世說新語》，讒險第三十二·3。

王珣是王導之孫，亦有名望，靠自身實力成為桓溫幕僚。如果孝武帝略帶酒容接見王珣，就意味對他不尊重。看來貴為天子也不去開罪這種貴族家庭的成員。

但貴族家庭之間，也有新、老之分。最著名的兩個家族王氏和謝氏，相對來說謝氏是後起之秀。

> 謝萬在兄前，欲起索便器。於時阮思曠（裕）在坐曰：「新出門戶，篤而無禮。」——《世說新語》，簡傲第二十四·9。

楊勇在《世說新語校箋》中摘引了周一良《世說新語扎記》的一段，周談及雖王、謝兩家常相提並論，但王氏總自視高出謝氏一籌[30]，他援用了劉宋王朝時王家輕視謝家一些實例，其實就是在東晉，也能找出這種證據，如：

> 謝公（安）嘗與謝萬共出西，過吳郡，阿萬（謝萬）欲相與（安）共萃王恬許，太傅（謝安）云：「恐伊不必酬汝，意不足爾。」萬猶苦要，太傅堅不回，萬乃獨往。坐少時，王便

30　楊勇：《世說新語校箋》，頁581。

入門內，謝殊有欣色，以為厚待己。良久乃沐頭散髮而出，亦不坐，仍據胡床，在中庭曬頭，神氣傲邁，了無相酬對意。謝於是乃還，未至船，逆呼太傅，安曰：「阿螭（王恬）不作爾！」——《世說新語》，簡傲第二十四·12。

周一良還發揮他的觀點，說其他貴家亦不以謝氏為頭等家族，上面的引文阮思曠的話可作佐證。然而王導死後，謝安升遷，王氏權力逐漸被謝氏取代，經歷王恬與謝安、謝萬一代之後，就有潮流逆轉的跡象：

王僧彌（珉）、謝車騎（玄）共王小奴（薈）許集，僧彌舉酒勸謝云：「奉使君一觴。」謝曰：「可爾。」僧彌勃然而起，作色曰：「汝故是吳興溪中釣碣耳，何敢譖張！」謝徐撫掌而笑曰：「衛軍（薈），僧彌殊不肅省，乃侵陵上國也。」——《世說新語》，雅量第六·38。

王珉是王恂之弟，也是王導之孫。王薈是王珉之叔，王導之子；謝玄則是謝安之侄，曾任徐州刺史，故王珉稱他為「使君」。謝玄少時曾隨叔謝安至吳興，而謝安任該郡太守（是個較低的官職），故詆為「吳興釣碣」。「衛軍」恐為「鎮軍」之誤，因為「衛軍」是王薈的諡號，他生前只得到「鎮軍」之銜。可能就因為這一類侮慢，使王、謝兩大家族逐漸成了冤家對頭。

六、對女性更寬鬆的社會氛圍

不論西晉還是東晉，婦女地位提升到了歷史上前所未有的高度。此後只在西風東漸、20世紀婦女解放運動思潮引入中國，婦女才受到更多尊重和讚美，更主要的是，婦女可以自由展現自己，發展個性。東漢以前，儒士亦未把婦女當成完全順從的角色。如《白虎通德論》一書說：「妻者，齊也。」[31]這裡「妻」一詞之意義釋為「平等」。

---

31 班固：《白虎通德論》，卷9，《四部叢刊》本。

即便《白虎通德論》撰寫於東漢，它是儒生討論先賢留傳下來對五經之詮釋的一篇報告。由此可知，中國古代社會中，夫妻是平等的伴侶。謝無量在《中國婦女文學史》一書中，稱中國古時男女地位較為平等[32]。而在漢代，劉向、班固及其妹班昭這些儒者，在專為訓誡婦女所寫的文本中，才牢固地建立起男性的優勢地位。這些著作中，婦女在任何可想像的場合裡，如何正確舉手投足都有詳盡規定。最為嚴格又包羅一切的就是「三從」，要求婦女在家從父，出嫁從夫，最糟的是，要夫死從子。一言蔽之，婦女從呱呱墜地開始到死後入土，不得有一己的自由意志。幸好最後一「從」，有時因儒家把「孝道」置於首位，被折減不少。對「從」字的意義，值得我們仔細考量。最一般的解釋是順從的意思，但即使在古代，要母親順從兒子，似乎講不大通，如果我們把從字解作「隨著」，就不同了。丈夫死了，母親隨著兒子過生活則是非常自然的事。[33]然則，雖然比解作服從好些，仍然規定婦女不能單獨生活，即使她有這樣的能力。

如前大略言及，這一時期儒學之衰落和道家思想之興盛不謀而合，即使道家從未直接談及婦女地位如何，但從道家一些觀念，如「自然」、「齊物」，他們似持有更豁達的態度。他們對歧視及束縛婦女等方面的緘默，可以解讀為對任何強加婦女或任何人之戒律不熱心的支持。這正可以說明為何晉代婦女得以生活和活躍在那種相對自由的氣氛中。雖然清規戒律不可能一夜盡除，至少那時婦女過得較為輕鬆些。

這時期影響婦女個人行為舉止的，可能另有因素，即貴族家庭在社會上享有的特殊地位。一個出身高門的女子，和男性成員一樣身感矜貴高傲，必定難於和他人、丈夫相處，尤其當丈夫聰明才智不如己時。《世說新語》有不少例子，妻子不滿丈夫，甚至公開當眾批

32　謝無量：《中國婦女文學史》，上海：中華書局，1916年版，頁1。

33　關於「從」的進一步探討，可參考蕭虹《陰之德：中國婦女研究論文集》，北京：新世界出版社，1999年版，頁33，注1。

評。但這自然並非說各種身份女性都能如此，因為下面每個例子，都明顯可歸因於貴族家庭婦女相對坦率，倨傲的言行。以下試論這種婦女的兩個著名事例：

第一位是謝安妻劉夫人，她是劉惔之妹。自西漢始，劉氏家族就與眾不同，劉惔祖父和他的兄弟三人都是當時名士。父親亦頗為知名。《晉書‧劉惔傳》中稱劉母也是出色女性[34]。劉惔本人是簡文帝（320—372）親近而備受敬重的朋友，他的妹妹自然因她的家族傳統而十分自豪。前已提到，謝安時代謝家是較新興的貴族大家，劉夫人感到有必要不時對丈夫敲打一番：

> 謝夫人（劉夫人）教兒，問太傅（謝安）：「那得初不見君教兒？」答曰：「我常自教兒。」——《世說新語》，德行第一‧36。

依劉峻注文的解釋，謝安偏向身教。另一場合中，她對來客不悅：

> 孫長樂（綽）兄弟就謝公（安）宿，言至款雜。劉夫人在壁後聽之，具聞其語。謝公明日還，問：「昨客何似？」劉對曰：「亡兄門未有如此賓客。」謝深有愧色。——《世說新語》，輕詆第二十六‧17。

孫綽與孫統俱為一代「名士」，孫綽尤其因為他為已故丞相作誄聞名。這一則中，不單有劉夫人對丈夫擇友的批評，也可聽出她因是豪族劉家一員、劉惔之妹而自豪。

《世說新語》排調第二十五‧27 內，劉夫人勸丈夫放棄退隱去追逐名利：

> 初，謝公在東山居，布衣，時兄弟已有富貴者，翕集家門，傾動人物。劉夫人戲謂安曰：「大丈夫不當如此乎？」謝乃捉鼻曰：「但恐不免耳。」

謝安曾多次謝絕朝廷或州府的傳召或任命，此前他的兄長謝奕

34　《晉書》卷75，頁1990。

任都督豫司冀并四州軍事、平西將軍和豫州刺史之職，威重一方，弟謝萬亦曾任豫州刺史、監司豫冀并四州軍事，所以劉夫人才有此一問。此時謝安仍以隱士自居，但最後他還是以年逾不惑入仕。

劉夫人喜愛以伎樂消閒，但不願丈夫也來欣賞：

> 謝公（劉）夫人幃諸婢，使在前作伎，使太傅（謝安）暫見，便下幃。太傅索更開，夫人云：「恐傷盛德。」——《世說新語》，賢媛第十九·23。

楊勇的附注從今已不存的《妒記》裡，摘下一則令人忍俊不禁的故事：

> 謝太傅劉夫人不令有別房。公既深好聲樂，後遂頗欲立姬妾。兄子外生等微達此旨，共問劉夫人，因方便稱「關雎」、「螽斯」[35]有不忌之德。夫人知以諷己，乃問：「誰撰此詩？」答曰：「周公。」夫人曰：「周公是男子，相為爾；若使周姥撰詩，當無此也。」

我們難於確定《妒記》一書的可靠性，因我們僅能從《太平御覽》等類書中看到一些殘卷，楊勇正是從其中摘出上述故事的。然而，看來這則故事裡劉夫人的性格，和從《世說新語》軼事中得到的印象完全相符。以現代眼光看，劉夫人是古代有女性主體意識的表率。

第二位傑出的女性是謝道韞。她是謝安的侄女，嫁給著名書法家王羲之次子王凝之，她自幼即有文名。《世說新語》有則軼事，表明她的機智敏捷和工於賦詩：

> 謝太傅寒雪日內集，與兒女講論文義。俄而雪驟，公欣然曰：「白雪紛紛何所似？」兄子胡兒（謝朗）曰：「撒鹽空中差可擬。」兄女曰：「未若柳絮因風起。」公大笑樂。即公大兄無奕（謝奕）女，左將軍王凝之妻也。——《世說新語》，言語第二·71。

---

35 兩者均為《詩經》所載詩。

這一條的注文中，劉峻說謝道韞的詩、賦、誄、頌傳於當世。可見她的才華與成就，可惜現在只有零散的篇章傳世[36]。

《世說新語》描寫她首次歸寧對新夫婿的反感：

> 王凝之謝夫人（道韞）既往王氏，大薄凝之。既還謝家，意大不悅。太傅（謝安）慰釋之曰：「王郎，逸少之子，人身亦不惡，汝何以恨乃爾？」答曰：「一門叔父，則有阿大、中郎；群從兄弟，則有封、胡、遏、末。不意天壤之中，乃有王郎！」——《世說新語》，賢媛第十九・26。

劉峻沒有講清「阿大」、「中郎」是何人。楊勇猜測「阿大」指謝尚。但是謝尚比道韞父親謝奕還年長，道韞不會稱之為叔父。馬瑟認為「阿大」是謝安，但未講明理由。筆者的假說是「阿大」指道韞父親謝奕，因在六兄弟中他年齒最長，「一門叔父」可以解讀為「我家中的父親和叔叔」。「叔、父」和下文中群從「兄、弟」對應，　從邏輯上當然應是「父、叔」，但成語常因口頭習慣而顛倒。對「中郎」一詞，楊勇稱指謝奕，但正如馬瑟指出的，不論他的職銜或昵稱，都無依據。馬瑟援引《謝氏譜》為證，說謝據與謝萬曾一度任「中郎」職位，此說不完全正確。汪藻的《謝氏譜》只說謝據的別號叫中郎，而並非職稱。劉峻在《世說新語》紕漏第三十四・5的注文中，也肯定「中郎」就是謝據，附注說「中」應讀去聲，在家中有三兄弟時，「中」應意為「居中」或「老二」。不過劉峻對自己的解讀也不敢肯定。依筆者之見，兩條中的「中郎」應是謝萬，因他在司馬昱（後為簡文帝）任撫軍將軍時出任過「從事中郎」，按劉峻在言語第二・77的注中摘引的《晉中興書》來看，他還當過「西中郎將」。《世說新語》紕漏第三十四・5中，謝安也提到中郎，他本不想告訴謝朗爬上屋頂薰老鼠的是他父親謝據，怕傷害謝朗的自尊心，所以假裝說是「中郎」謝萬與他自己。這一故事的主旨在於說謝安要

36　蕭虹：《陰之德：中國婦女研究論文集》，頁122—123 搜集了她散見於各種來源的殘篇佚句。

制止謝朗叫父親蠢人。如果他所說的「中郎」是指謝據，整個故事就失去了意義。上面引文中，謝道韞歷數她那些了不起的親戚。其中謝據三十三歲謝世，他無過人之處，《晉書》並未為其立傳，另一方面，謝萬早年不論在文章或在仕途上都是鋒芒畢露。因此，即使兩者都稱「中郎」，謝萬更為可取。

要是在頑固僵化講禮教的時代，謝道韞不可能發這一大通議論。但在她那個年代，不僅可能，而且得到寬容乃至讚揚，這一則條目可以收入《世說新語·賢媛》裡就是明證。再從下一條瞭解到王凝之，讀者對她的發火和鄙夷就會感到可以理解了。

> 王氏世事張氏五斗米道，凝之彌篤。孫恩之攻會稽，僚佐請為之備，凝之不從，方入靖室請禱，出語諸將佐曰：「吾已請大道，許鬼兵相助，賊自破矣。」既不設備，遂為孫恩所害。[37]

凝之時為會稽太守，孫恩攻城之時，妻子謝道韞也在城中，但在緊急關頭，她從容不迫，舉止與丈夫截然不同：

> 及遭孫恩之難，舉厝自若，既聞夫及諸子已為賊所害，方命婢肩輿抽刃出門，亂兵稍至，手殺數人乃被虜。其外孫劉濤時年數歲，賊又欲害之，道韞曰：「事在王門，何關他族！必其如此，寧先見殺。」恩雖毒虐，為之改容，乃不害濤。[38]

這時她已為人外祖母，還能「抽刃出……手殺數人」，而且義正詞嚴地為外孫的性命與亂軍抗爭，使兇殘的敵人也「為之改容」。

她不但毫不隱諱對丈夫的批評，也同樣批評兄弟謝玄。謝玄在他人眼中，很有辦事能力，深得乃叔謝安的喜愛，認為年少大有出息，他後來為桓溫寵信，擢為掾吏。他在淝水之戰的功勞，可能是此番話以後的事了。

> 王江州（凝之）夫人（謝道韞）語謝遏（玄）曰：「汝何以都不復進？為是塵務經心，天分有限？」——《世說新語》，賢

37　《晉書》卷80，頁2103。

38　《晉書》卷96，頁2516。

媛第十九‧28。

該條表明她為人心直口快，毫不猶豫地說出對他人的意見。對小叔王獻之也不大客氣：

> 凝之弟獻之嘗與賓客談議，詞理將屈，道韞遣婢白獻之曰：「欲為小郎解圍。」乃施青綾步鄣自蔽，申獻之前議，客不能屈。[39]

故事不但表現出她是位優秀的清談家，而且可看出她不憚於顯示自己才華蓋過小叔和來客，藐視婦女謙卑自輕的傳統。另外，故事表達出她某種無法遏制的願望，想要參與這項被男子壟斷的士人活動。她另一次行為更為驚世駭俗，那是丈夫死後她還在會稽居喪時：

> 太守劉柳聞其名，請與談議。道韞素知柳名，亦不自阻。乃簪髻素褥坐於帳中，柳束修整帶造於別榻。道韞風韻高邁，敘致清雅，先及家事，慷慨流漣。徐酬問旨，詞理無滯。柳退而歎曰：「實頃所未見，瞻察言氣，使人心形俱服。」[40]

劉柳非親非故，她時值孀居，和他對談而無夫家任何男子在場，表明她可能已摒棄禮儀守則，即使把雙方年齡差異都考慮進去，還是極不尋常的[41]。道韞在氣質上一如阮籍，簡直可聽見她擲地有聲的話：「禮豈為我輩而設。」

在謝道韞身上，可見到自由而高貴的精神，她無法容忍平庸和愚蠢。她想到就講到，顯露本色，不憚人言。她決非當代女性典型，卻是鮮有的特立獨行者楷模。這樣的人物產生，必定要有若干特定條件的綜合，一是世風漸趨於以個人為中心，二是貴族子女所享的特權，可隨心所欲，最後是個人的天賦和膽識。

上述兩位婦女，都和謝安關係密切，一是妻子一是侄女，恐非

39　同上。

40　同上書，頁2516—2517。

41　丈夫死時謝道韞已為人外祖母，劉此時應尚在青年，據其傳記他以後所任官職遠高於會稽太守可知。

巧合。因為在中國的舊式大家庭中，她們都可做到和謝安朝夕相處。人們會說，兩位婦女的習性不過是家風如此，並非社會潮流。但若不是社會總體上自由，這種家庭又何從產生？

這一時期之前，歷史上已有不少女性參與政治的例子。她們以太后、皇后、外戚或權臣夫人的身份幕後掌權。《世說新語》中，可見到婦女參與商業和政治，當然都是幕後的行為：

> 司徒王戎既貴且富，區宅、僮牧、膏田、水碓之屬，洛下無
> 比。契疏鞅掌，每與夫人燭下散籌算計。——《世說新語》，
> 儉嗇第二十九·3。

王戎是「竹林七賢」之一，後躋身宦途，直登司徒高位。年邁後將昔日信念拋至九霄雲外，成為政治上的投機者、面目可憎的守財奴。他夫人亦協助點檢財物，以此猜測她理財有方，恐怕不太離譜。

王衍妻投身商務可能更為積極：

> 王夷甫（衍）婦，郭泰寧女，才拙而性剛，聚斂無厭，干豫人
> 事。夷甫患之而不能禁。時其鄉人幽州刺史李陽，京都大俠，
> 猶漢之樓護，郭氏憚之。夷甫驟諫之，乃曰：「非但我言卿不
> 可，李陽亦謂不可。」郭氏小為之損。——《世說新語》，規
> 箴第十·8。
>
> 王平子（澄，王衍弟）年十四五，見王夷甫妻郭氏貪，欲令婢
> 路上儋糞[42]。平子諫之，並言不可。郭大怒，謂平子曰：「昔夫
> 人臨終，以小郎囑新婦，不以新婦囑小郎。」急捉衣裾，將與
> 杖。平子饒力，爭得脫，逾窗而走。——《世說新語》，規箴
> 第十·10。

王衍仕途順遂，歷任尚書僕射、領吏部，後拜尚書令、司空、司徒。平時政務繁忙，故妻子可利用他的權勢從事交易。此外，她與當時把持朝政的賈后有親，經營起來更有恃無恐。本條文中，將李陽比作漢代遊俠樓護，因樓護結交甚廣，母喪之際，來客送葬車輛達

---

42 古代糞便可為肥料，故能賣錢。

三千之多，為了說明李陽聲望被看得很重，借重他的威名來阻嚇郭氏的貪婪。做生意本非淑女之所為，而攢糞便出賣，實在令人不堪。連王澄這樣的年青人亦以嫂子行為有損體面。但是兄弟倆卻無力阻止郭氏，一個要借外力，一個幾乎挨一頓棍子。

《世說新語》中還有一位婦女行為類似郭氏，也是王氏家族中人：

> 王丞相（導）有幸妾姓雷，頗預政事，納貨。蔡公（謨）謂之「雷尚書。」——《世說新語》，惑溺第三十五·7。

這個女人和王氏家族有關聯，也不是什麼巧合。當時王氏諸人攬權，以致婦女乃至妾侍，都可從權錢交易中獲利。婦女偶爾介入商務和政事，同樣不能當作這時期婦女總體上有機會參政從商的依據。只有出於權貴之家，有志於此又有積極性的婦女，才享有這種優厚權利。

前文曾指出，若妻子來自名門豪族，在家中又得到他人尊重，也許有更多自由可遂心而為。不過正是這種名門閨秀，常常造成婚姻問題，哪怕她正在居孀。前已提到謝道韞如何埋怨丈夫，但婚姻並未因此告吹。從《世說新語》傷逝第十七·15的注文，可以得知王、謝兩家另有兩樁婚事：

> 《中興書》曰：「珣（王珣）兄弟皆壻謝，以猜嫌離婚。太傅（謝安）既與珣絕婚，又離（珉）[43]妻。由是二族遂成仇釁。」

兩家仇釁在什麼情況下發展的，如今我們無法知其究竟，但不難猜測兩個家族間的較勁，正在逐步激化成十足的敵對。由此看來，兩樁婚事離異，政治上的原因多於個人方面的。以往離婚一般由男方或大家提出，指出妻子的缺陷或過失。這裡恰恰是女方家庭提出，雖不是破天荒第一遭，在以後的封建朝代也鮮有所聞。婦人嫁雞隨雞、嫁狗隨狗的觀念，在往後的年代更加根深蒂固。

兩大家族間另一件離婚事件是：

43　此處附加係根據《晉書》卷65，頁1756中一段，幾乎完全一樣。

> 王子敬（獻之）病篤，道家上章應首過，問子敬：「由來有何異同得失？」子敬云：「不覺有餘事，唯憶與郗家離婚。」——《世說新語》，德行第一·39。

郗家是王獻之母親的娘家，而他的母親（羲之妻子）是郗鑒之女郗璿，他妻子是郗曇孫女，即郗曇女兒。離婚原因我們亦一無所知，而從王獻之在上條所言判斷，似乎他是過失方。他第二任妻子是新安公主。我們可能懷疑他是否為娶公主而休了髮妻，然而《宋書·后妃傳》講到他為了躲避公主婚事把腳燒壞（子敬炙足以違詔），可見並無此事[44]。不過很有可能離婚和王、謝之間一樣，由家庭互相嫉妒引起。從下面《世說新語》條目，略可猜度王、郗兩家交惡之情：

> 王右軍（羲之）郗夫人謂二弟司空（愔）、中郎（曇）曰：「王家見二謝，傾筐倒庋；見汝輩來，平平爾。汝可無煩復往。」——《世說新語》，賢媛第十九·25。

> 王子敬（獻之）兄弟見郗公（愔），躡履問訊，甚修外生禮。及嘉賓（郗超，愔子）死，皆著高屐，儀容輕慢。命坐，皆云：「有事，不暇坐。」既去，郗公慨然曰：「使嘉賓不死，鼠輩敢爾？」——《世說新語》，簡傲第二十四·15。

從上面第一則故事，可感受到郗夫人的不滿。因為羲之與諸兒熱情接待謝安、謝萬，反過來王家對郗愔、郗曇的態度不冷不熱。第二則故事中郗愔因獻之兄弟對他的態度大為光火。在他兒子郗超死後，王家態度簡直變了一百八十度。郗超不單是位名士，也是赫赫有名的桓溫將軍手下倚重的左右和心腹。從這兩條，可以毫無疑問地得出結論：兩家關係很不融洽，主要是王家的勢利，這種不和可能最後導致了王獻之婚姻破裂。

在這個時期若婦女喪偶，一般來說，不會受到來自娘家或社會的壓力，要她終身不再嫁，相反地，常勸其再婚，至少是返回娘家度日。若寡婦打定主意住在先夫家裡，完全出於自己意願。

44　《宋書》卷41，頁1209。

庾亮兒遭蘇峻難遇害。諸葛道明（恢）女為庾兒婦，既寡，將改適，（恢）與亮書及之，亮答曰：「賢女尚少，故其宜也。感念亡兒，若在初沒。」——《世說新語》，傷逝第十七・8。

諸葛令（恢）女，庾氏婦，既寡，誓云：「不復重出。」此女性甚正強，無有登車理。恢既許江思玄（彪）婚，乃移家近之。初，誑女云：「宜徙。」於是家人一時去，獨留女在後，比其覺，已不復得出。江郎暮來，女哭詈彌甚，積日漸歇。江彪冥入宿，恆在對床上。後觀其意轉帖，彪乃詐厭，良久不寤，聲氣轉急。女乃呼婢云：「喚江郎覺！」江於是躍來就之曰：「我自是天下男子，厭，何預卿事而見喚邪？既爾相關，不得不與人語。」女默然而慚，情義遂篤。——《世說新語》，假譎第二十七・10。

庾亮世代書香，是謹遵古禮的士人，然而他並不反對兒媳再醮。顯然說明那時寡婦無須在家中守節。劉峻的注卻對上面第二則故事的真實性質疑：

葛令（諸葛恢）之清英，江君之茂識，必不背聖人之正典，習蠻夷之穢行。康王（劉義慶）之言，所輕多矣。

而以筆者之見，若從非傳統禮教的眼光來看，這則故事不但入情入理，而且充溢人性之美。蓄意編造很難寫得那樣發乎自然、刻畫入微。如果故事確實，諸葛恢身為堂堂士大夫居然不憚其煩促成女兒的再嫁，中國歷史上絕對是鳳毛麟角。江彪的忍耐和寬容也很令人感動。

郗嘉賓（超）喪，婦兄弟欲迎妹還，終不肯歸，曰：「生縱不得與郗郎同室，死寧不同穴？」——《世說新語》，賢媛第十九・29。

這是一個婦女本身願留在夫家，死後與夫婿合葬的例子。有些婦女出於忠貞的愛情，願為夫君守節。也許正好因這種事得到普遍讚美，所以後世這種發自內心的自我奉獻，逐步演變成了義務，要全體

婦女一概履行，不管對丈夫是否有真愛。

不過有一例，青年男子亡故，與之訂婚的女子被迫終生不嫁，故事載於《世說新語》的注文中：

> 王隱《晉書》曰：「戎（王戎）子綏，欲取裴遁女。綏既蚤
> 亡，戎過傷痛，不許人求之，遂至老無敢取者。」——《世說
> 新語》，傷逝第十七・4注。

本條中王戎不許他人娶這女孩，看來不是要她做貞女，而出於代替死去的兒子產生的一種佔有心態。這只是一個自私老人的個人行為，並不是日後為了遵從高尚道德制度或惑於修建貞節牌坊、在方志中立傳表彰等虛名而形成的。

七、南人和北人的對立

這一時期最重要的社會現象，恐怕是南方與北方人群之分。西晉末期，甚至在「永嘉之亂」發生前，有先見之明的士人已經開始舉家搬遷，有時是整族南下，移居江南。而在南遷風之先，已有「八王之亂」及邊境異族斷續不停的進犯。「永嘉之亂」中，數十萬流民自北而南，數量之多，以致東晉朝廷及後繼的南朝各主，覺得有必要設置僑州郡以管理流民。由於皇帝及朝臣多系北方人，政治權力集於他們手中，南方人自然深感不平。這種憤恨還可追溯到昔日南方的吳國被西晉武帝征滅之時。那吳國的疆域，遠比通常泛稱為「吳」的地理區劃、即大致相當現今的江蘇省的地盤大得多，包括長江中下游流域及全部江南地域，東抵大海，向南綿延伸展至今越南。它實質上與北方隔絕、脫離近六十年（自221至280）。吳國覆亡後，百姓一直自視為戰敗國，受征服者歧視。吳國新敗時，一些有才華的士人前去西晉都城洛陽，希冀得到朝廷青睞和任用。有些士人如陸機、陸雲，有幸立即獲得賞識，另一些則因朝中無人而受冷遇。不論何種情況，均不得不接受北方人的傲慢無禮，直到證明自己的才能為止。

> 蔡洪赴洛，洛中人問曰：「幕府初開，群公辟命，求英奇於反

陋，采賢俊於岩穴。君吳、楚之士，亡國之余，有何異才而應
斯舉？」蔡答曰：「夜光之珠，不必出於孟津之河；盈握之
璧，不必采於崑崙之山。大禹生於東夷，文王生於西羌。聖賢
所出，何必常處。昔武王伐紂，遷頑民於洛邑，得無諸君是其
苗裔乎？」──《世說新語》，言語第二‧22。

陸機是諸多幸運兒之一，曾有一次上表替南方人說話：

臣等伏思台郎所以使州州有人，非徒以均分顯路，惠及外州而
已。誠以庶士殊風，四方易俗，壅隔之害，遠國益甚。至於
荊、揚二州，戶各數十萬，今揚州無郎，而荊州江南乃無一人
為京城職者，誠非聖朝待四方之本也。[45]

由此可見，西晉時未能用南方人充任要職，東晉甫一建立，開
國元勳王導認識到，如果沒有昔日吳地世族精英的支持與合作，朝廷
將難以在南方立足持久，因此他不論公開還是私下，都盡力去籠絡他
們。從王導傳中可知，他多次勸諫元帝，要信任南方人的領袖，賜以
高官厚祿[46]。有一則他講吳語以親民的例子：

劉真長（惔）始見王丞相（導），時盛暑之月，丞相以腹熨彈
棋局，曰：「何乃渹？」劉既出，人問：「見王公云何？」劉
曰：「未見他異，唯聞作吳語耳。」──《世說新語》，排調
第二十五‧13。

「渹」是吳語的「冷」，涼爽之意。劉惔的口吻略帶嘲弄的成
份，大概是北方人對這事的普遍態度。這裡恰恰突出了王導非凡的求
實作風，當時對於他的位置來說，這種品質萬萬不可缺少。王導不單
自己適應當地環境，還打算在王氏家族與南方顯貴家族間撮合一樁政
治婚姻：

王丞相（導）初在江左，欲結援吳人，請婚陸太尉（玩）。對
曰：「培塿無松柏，薰蕕不同器。玩雖不才，義不為亂倫之

---

45 《晉書》卷68，頁1825。
46 《晉書》卷65，頁1746。

始。」——《世說新語》，方正第五·24。

　　陸玩是前吳國勢力最大家族的成員，陸家在江南的特權等同於王家在北方。他講配不上王家的話完全是遁詞，真實理由是下一句話，即他不願意做將兩個社會集團捏攏的始作俑者，也許因為這時大多數南人對南北融合還心存芥蒂。

　　儘管王導煞費苦心，要將吳國士大夫地位抬到與北方人平起平坐，南方人的擢升高位也僅是當當點綴，這種情況一直延續到南朝：

> （齊高祖）欲用（張）緒為右僕射，以問王儉。儉曰：「南士由來少居此職。」褚淵在座，啟上曰；「儉年少，或不盡憶。江左（指東晉）用陸玩、顧和皆南人也。」儉曰：「晉氏衰敗，不可以此為準則。」上乃止。[47]

　　張緒來自吳郡大家，他曾自況西晉樂廣、漢朝陳寔、黃憲，這三人已是士人心目中最光榮的典範，但當他被提名為朝中四品官時，竟然卻被否決了。十分明顯，對南人的歧視還是相當厲害。後來有位失意的南方人曾憤憤不平地說：「我應還東掘顧榮塚，江南地方數千里，士子風流皆出此中。顧榮忽引諸傖渡，妨我輩途轍，死有餘罪。」[48]

　　「諸傖」指的是北方人。現代學者余嘉錫（1883—1955）在《釋「傖」「楚」》一文中，對這一詞語作了詳盡研究[49]。他的結論是「傖」源於「羌壤」或「滄浪」的首字音，有「雜亂無章」之意，因此「傖」被用於描述粗俗或無教養的人或事。到後來，吳人把它應用於楚人，更確切地說，用於居住在江淮之間的百姓。江淮一帶的地域在戰國時期（前475—前221）是楚國的一部分，甚至後來秦漢之際，從地理位置上把這裡稱作楚，楚人以尚武善戰著稱，秦末逐鹿中

47　《南齊書》卷33，頁600。

48　同上書，卷52，頁890。

49　余嘉錫：《余嘉錫論學雜著》，北京：中華書局，1963年版，第1卷，頁227。

原的劉邦、項羽，均來自楚地。西晉末年五胡亂華，北方淪於外族之手，南下難民多流落於這一帶，故「傖」、「楚」兩字每每連結使用。由於地理上楚地在吳（江蘇）之北，後吳人遂將全部北方人呼為「傖」，也包括北方來的文質彬彬的貴族。這樣稱呼時，多少寓有貶損之意。

《世說新語》中有若干使用該詞的例子，而全含有貶義。

> 褚公（裒）於章安令遷太尉記室參軍，名字已顯而位微，人未多識。公東出，乘估客船，送故吏數人，投錢唐亭住。爾時，吳興沈充為縣令，當送客過浙江。客出，亭吏驅公移牛屋下。潮水至，沈令起彷徨，問：「牛屋下是何物人？」吏云：「昨有一傖父來寄亭中，有尊貴客，權移之。」令有酒色，因遙問：「傖父欲食餅不？姓何等？可共語。」褚因舉手答曰：「河南褚季野。」遠近久承公名，令於是大遽，不敢移公，便於牛屋下修刺詣公。更宰殺為饌具，於公前鞭撻亭吏，欲以謝慚。公與之酌宴，言色無異，狀如不覺。令送公至界。——《世說新語》，雅量第六·18。

褚裒是河南郡（今河南）陽翟人，其時鼎鼎大名的桓彝（桓溫之父）、謝安對他深為讚許。何充（262—346）去世後某一時期，曾議以太后父之名義令褚統攝國事。縣令沈充對他呼為「傖父」，明顯有輕賤之意。瞭解褚的身份後，沈陷於極大的尷尬，只好將亭吏當作替罪羊懲罰，以平息褚裒的怒氣。

> 郗司空（鑒）家有傖奴，知及文章，事事有意。王右軍（羲之）向劉尹稱之，劉問：「何如方回（郗愔）？」王曰：「此正小人有意向耳，何得便比方回？」劉曰：「若不如方回，故是常奴耳。」——《世說新語》，品藻第九·29。

本條中「傖」與「奴」聯在一起，其輕蔑之意顯而易見。因為劉尹以郗愔與該奴相比，他亦表露出對郗愔的輕慢。

> 王子敬（獻之）自會稽經吳，聞顧辟疆有名園，先不識主人，

徑往其家。值顧方集賓友酣宴，而王遊歷既畢，指麾好惡，傍
若無人。顧勃然不堪曰：「傲主人，非禮也；以貴驕人，非道
也。失此二者，不足齒人，傖耳。」便驅其左右出門。王獨在
輿上，回轉顧望，左右移時不至。然後令送著門外，怡然不
屑。——《世說新語》，簡傲第二十四・17。

如前所述，王獻之是琅琊王氏的一員，另一方面，顧家則不
大像是名門大族；雖顧辟疆也是吳郡人，但並非出自有名的吳郡顧
家[50]。所以他指責王獻之恃貴胄身份輕視他人。從該條的文字看來，
假若王獻之更講禮貌一些，顧也不會稱他為「傖」，故「傖」也可用
於對無禮之輩表示輕蔑。

不過，「傖」也不是一定都含貶義，以下就是比較中性的例
子，有時甚至可以和「北人」互換：

陸太尉（玩）詣王丞相（導），王公食以酪。陸還遂病。明
日，與王箋云：「昨食酪小過，通夜委頓。民雖吳人，幾為傖
鬼。」——《世說新語》，排調第二十五・10。

乳酪可能是從北方游牧部族引入中國北方的。它肯定被當作
北方食品，所以陸玩說他要是吃酪而死就會變為「傖」鬼。這裡用
「傖」一詞，純粹是種調侃，不必含有任何貶損之意。而「吳」和
「傖」兩詞，可以用「南方的」和「北方的」兩詞調換。

愍度道人始欲過江，與一傖道人為侶，謀曰：「用舊義往江
東，恐不辦得食。」便共立「心無義」。既而此道人不成
渡，愍度果講義積年。後有傖人來，先道人寄語云：「為我
致意愍度，無義那可立？治此計，權救饑爾，無為遂負如來
也！」——《世說新語》，假譎第二十七・11。

《高僧傳・支愍度傳》中，對他的來歷並未提供更多資訊，但
我們知道他曾編過一本《傳譯經錄》。本條內的「傖道人」和「傖
人」均無貶義，由於這裡未稱愍度和尚為「傖」，似乎「傖」常用於

50　顧辟疆之名未在汪藻《吳國吳郡顧氏譜》中出現。

未渡江、或渡江晚於某公認時期的北方人身上。若愍度友人與之共創「心無義」說，一定也像愍度那樣精通佛學，是經書滿腹的僧人，本條中稱之為「傖道人」絕非因為他粗蠢無知。基於同一原因，若愍度昔日未能渡江，此時也一定被喚作「傖道人」的。

　　總而言之，可以歸結一句，即東晉初期南方人在政治上受歧視，其反作用就是南方人在社會上又歧視北方人，指責他們粗魯和低俗。但隨著時光流逝，北方人在江南立穩了腳跟，逐漸習慣於南方生活，反過來又將晚一步渡江的北方人看作缺少文明教養，送他們一個「傖」的雅號。

　　北方人同樣也有對南方人輕蔑的稱呼，但不常用。也許因為他們地位上佔了上風，不必用這類詞語發洩內心怨氣。

　　其中一個詞是「貉」，在《世說新語》中以「貉子」的形式出現：

> 孫秀[51]降晉，晉武帝厚存寵之，妻以姨妹蒯氏，室家甚篤。妻嘗妒，乃罵秀為貉子。秀大不平，遂不復入。蒯氏大自悔責，請救於帝。時大赦，群臣咸見。既出，帝獨留秀，從容謂曰：「天下曠蕩，蒯夫人可得從其例不？」秀免冠而謝，遂為夫婦如初。——《世說新語》，惑溺第三十五·4。

　　「貉」有兩種讀法，其一念「mò」，中國古代經典著作（如《漢書》）指東北少數民族某些部族。其二念「hé」，意為狗獾。這裡按前一解釋為宜，因該詞含有種族偏見的意味。雖然原詞用於東北的外族人，有學者卻認為是特指高句麗（現代朝鮮的一部分）的一個稱謂，不過可能像「傖」一樣，源於楚人的名稱，後來擴展為稱呼全體北方沿海人的詞語了。「貉子」或「貉奴」變成稱呼華東沿海地區百姓的通用詞。蒯夫人是中原的襄陽（今屬湖北）人，而孫秀是瀕臨東海的吳（今江蘇）人，所以她管他叫「貉子」。這一時期的史書

51　孫秀是吳國一員將軍，因其人望與權力而為吳王孫（皓）所忌，陰謀殺害
　　之，孫秀發覺後降晉。

中，亦可見到這一詞語，如：

> 初，宦人孟玖弟超並為穎所嬖寵。超領萬人為小都督，未戰，縱兵大掠。機錄其主者。超將鐵騎百餘人，直入機麾下奪之，顧謂機曰：「貉奴能作督不！」[52]

「八王之亂」中，陸機是成都王司馬穎的支持者，被成都王授予後將軍、河北大都督。他在這場戰役中受命抗擊長沙王司馬乂。陸機和孫秀一樣是吳郡人，故貶義詞「貉奴」亦適用於他。又《北史》：

> （羆）聞閣外洶洶有聲，便袒身露髻徒跣，持一白棒，大呼而出，謂曰：「老羆當道臥，貉子那得過！」[53]

北周一位將軍王羆，對北齊兵一次攻城乘黑夜攀入大為驚駭。北齊政權是渤海人高歡所建立，渤海也瀕臨東海，今屬山東，故王羆對北齊兵的隊伍稱為「貉子」。

以上三則例子中，全都表明「貉子」或「貉奴」用於中國北方：兩則發生在渡江前，一則發生於北朝，無一與東晉和南朝有關。在江南，對於土生土長的南方人或東南地帶的人，比較客氣的稱「南人」或「吳人」。

此外，還有一個詞似乎是用於南方的江州（屬今江西）人：

> 石頭事故[54]，朝廷傾覆。溫忠武（嶠）與庾文康（亮）投陶公求救。陶公云：「肅祖顧命不見及，且蘇峻作亂，釁由諸庾，誅其兄弟，不足以謝天下。」於時庾在溫船後聞之，憂怖無計。別日，溫勸庾見陶，庾猶豫未能往，溫曰：「溪狗我所悉，卿但見之，必無憂也！」庾風姿神貌，陶一見便改觀。談宴終

52　《晉書》卷54，頁1408。

53　《北史》卷62，頁2202。

54　石頭事故指蘇峻的作亂。蘇峻原係晉成帝時一位擁兵自重的將領，因庾亮決定召他回京城，給他一個表面顯赫實際無權的空頭官位，於是發動叛亂。他攻佔都城，將皇帝擄出宮廷，遷居建康郊外的石頭城。

日，愛重頓至。——《世說新語》，容止第十四・23。

　　蘇峻作亂時，庾亮為總攬朝政一切事務的大臣，他從都城逃出去見好友溫嶠，兩人覺得唯一希望是取得另一有勢力的將軍陶侃之助。因溫與陶侃昔日有交往，充當兩人的居間人。陶侃是鄱陽（今屬江西）人。上條中將「溪」與「狗」兩詞連用，使言者輕賤之意溢於言表。溫、庾兩人俱出自北方世族大家，對生於新拓之地、出身無名之家的丘八陶侃，自然而然懷有輕蔑之情。

　　用「溪」的另一例，也涉及一個來自江州的人。《南史・胡諧之傳》內不僅提供又一處用「溪」字的示例，且使人對該詞之應用，更為清楚明晰。見下：

> 上方欲獎以貴族盛姻，以諧之家人語奚音不正，乃遣宮內四五人往諧之家教子女語。二年後，帝問曰：「卿家人語音已正未？」諧之答曰：「宮人少，臣家人多，非唯不能得正音，遂使宮人頓成奚語。」[55]

該傳後面又寫道：

> （諧之）既居權要，多所徵求。就梁州刺史范柏年求佳馬。柏年患之，謂使者曰：「馬非狗子，那可得為應無極之求。」接使人薄，使人致恨歸，謂諧之曰：「柏年云：『胡諧是何奚狗，無厭之求。』」[56]

　　「奚」與「溪」相通。胡諧之是豫章（今屬江西）人，在劉宋時期，身為劉宋朝中大臣就已效忠於蕭氏。因此一旦蕭齊代宋而立，胡備受獎掖。因為范柏年拒絕滿足胡的願望，加上信使造成的誤會，范最終因胡進讒言被皇帝處死。

　　據《廣韻》，「溪」意為東北的胡人，與「貉」略相近。陳寅恪（1890—1969）則釋為「俁」的變體，「俁」或「溪」是湖南

55　《南史》卷47，頁1176。

56　《南史》卷47，頁1176-1177。

「五溪」地區的一支蠻族[57]。他甚至進而推測陶家本源出於該少數民族，不過他也承認依據並不確鑿。本文筆者倒是同意余嘉錫的意見，余用《世說新語》與《南史》以上引文為據，斷言這是吳人稱呼九江和豫章（兩地今均屬江西）人的用詞[58]。

這樣，該詞和「貉」相反，經歷了由通用詞到專用詞的變化。

地域歧視，這一時期不是僅有的。哪裡移民佔上風，歧視之風就在哪裡刮起。拿現代來說，二戰中民國政府遷至重慶，四川老百姓就將北面、東面來的移民叫「下江人」，社會上被人看不起。民國政府遷到臺灣也一樣，臺灣人管大陸來的叫「外省人」。通常隨著歲月更迭，由於互通婚嫁和老一輩離世，雙方差異會逐漸消弭。但因東晉在建康建立朝廷後，中國的分裂延續三百多年，其間的差異一直持續而貫穿於整個南北朝，只是到了隋唐統一之後，差異才逐漸消泯。

《世說新語》時期的地域歧視，除政治、歷史原因外，還有以下幾項可以給我們增加對這個話題的瞭解，並且可對當時的社會從更多的角度來觀察：

（1）生活方式與習俗的差別

飲食是十分重要的因素，《世說新語》各則故事不止一次以此為題。

> 陸機詣王武子（濟），武子前置數斛羊酪，指以示陸曰：「卿江東何以敵此？」陸云：「有千里蓴羹，末下鹽豉[59]耳！」——《世說新語》，言語第二·26。

前已見到，王濟是西晉貴族，有口腹之好。他明顯對北方美食乳酪大加讚賞，也想借此證明北方文化的優越。陸機用兩道南方視為上品的佳餚回應。前文引用陸玩在王導處吃酪的軼事，可知乳酪很不

---

57 陳寅恪：《陳寅恪先生文史論文集》，香港：文文出版社，1973年版，卷2，頁229—233。

58 余嘉錫：《余嘉錫論學雜著》，頁230。

59 這裡我根據楊勇的校箋，頁68。

對南方人的胃口。

　　另一位東吳文士因家鄉菜肴勾起思鄉之情，以至掛冠都城，回歸故里：

> 張季鷹（翰）辟齊王（司馬冏）東曹掾，在洛，見秋風起，因思吳中菰菜羹、鱸魚膾，曰：「人生貴得適意爾，何能羈宦數千里以要名爵！」遂命駕便歸。俄而齊王敗，時人皆謂為見機。——《世說新語》，識鑒第七·10。

　　齊王是「八王之亂」參與者之一，他擊敗趙王司馬倫後，成為朝廷實際統治者。在攫取權力與奢侈揮霍方面，他比趙王有過之而無不及，故迅即為其他諸王所敗。張翰回鄉之舉並非如表面一樣簡單，《世說新語》隱約暗示他已預見齊王之敗，在局勢激化前抽身安然返鄉，家鄉菜肴引起的懷鄉，頂多是作離去決定的最後一枚砝碼。

　　晉都南遷後，洛陽人將鍾愛的食品乳酪也帶到南方，但是它顯然不為南方人接受，從《世說新語》中能得出印象：北方人多食肉類和乳製品。涉及西晉都城洛陽百姓日常生活的條目，如德行第一·25、汰侈第三十·3、6、11、12，談到的不乏牛肉、豬肉食品，或烤或蒸；由上述兩條中涉及的南方食品推測，其菜肴不外蔬菜和水產。

（2）方言各有不同

　　陳寅恪在《東晉南朝的吳語》[60]一文中稱：晉朝之際，洛陽及附近地區的口音，被當作標準口音。南渡建康後，士大夫階級仍操這種話，作為官方語言，頗像時下人們口中的普通話。但大多數平民百姓，即前東吳人，仍使用當地土語。談吐中的差異，無疑成為諸多怨恨與誤解之源。《世說新語》排調第二十五·13中，曾提及王導用吳語對話時，劉惔那種不屑的神情，明白無誤點出話語上存在階級差別。

60　陳寅恪：《陳寅恪先生文史論文集》，頁143—148。

　　不過，並非任何北方來的人，口音都純正。標準口音以洛陽話為準，洛陽遠在西北方向，東北（相當今山東）和華中（相當今安徽）雖從地理上劃為北方，口音卻被稱作「楚」音。

> 王大將軍（敦）年少時，舊有田舍名，語音亦楚。（晉）武帝喚時賢共言伎藝事，人皆多有所知，唯王都無所關，意色殊惡。自言知打鼓吹，帝令取鼓與之。於坐振袖而起，揚槌奮擊，音節諧捷，神氣豪上，傍若無人，舉坐歎其雄爽。——《世說新語》，豪爽第十三‧1。

　　王敦是琅琊（屬今山東）人，雖是著名的王氏家族一員，但言語方面不免有所缺欠。據余嘉錫考證，琅琊瀕海，曾是舊日楚國屬地，當地講話口音自然是「楚」音[61]。

　　同時代的史書和文獻中，可以找到關於楚音的其他參考資料[62]，它們似乎一概將「楚」指向舊楚國疆界內的地域。然而前已闡述，因該地百姓素稱驍勇好戰，該修飾語亦寓有舉止粗魯或言談粗鄙之意。簡言之，「楚」這一詞常與「傖」合用，是南方人（也許還有北方人）的貶損之詞，形容那些邊幅不修、講話不以當時文人慣用的標準語音者。

　　這時期不僅有南人北人的差別，且因外族入境使事情更為複雜。相當數量非華族的個人滲入中國社會，有的還略有名望。國人對這些人的態度是變化的，從蔑視到接受，最後是贊許。這些外來客，精於某行某業自不待說，否則也不會出現在《世說新語》卷帙中，蔑視的例子如：

> 王仲祖（濛）聞蠻語不解，茫然曰：「若使介葛盧[63]來朝，故當不昧此語。」——《世說新語》，言語第二‧68。

61　余嘉錫：《余嘉錫論學雜著》，頁231。

62　同上。

63　介葛盧是《左傳》中懂牛鳴之人，這裡王濛將南蠻比擬牲畜。見《左傳注疏及補正》，卷16，僖公29年，臺北：世界書局，1973年版，頁8b。

　　這是把異族人的語言貶為禽獸的語言的大沙文主義思想的例子。

　　這時期到中國的外來者不少都是僧人，如康僧淵和高坐道人。《高僧傳》載，康僧淵原籍西域，因出生在長安，故操漢語一如當地人。晉成帝時，他與另外兩僧人康法暢和支愍度南渡過江，與當時的士林精英結交[64]。

> 康僧淵初過江，未有知者，恆周旋市肆，乞索以自營。忽往殷淵源（浩）許，值盛有賓客，殷使坐，粗與寒溫，遂及義理。語言辭旨，曾無愧色。領略粗舉，一往參詣。由是知之。──《世說新語》，文學第四・47。

　　殷浩是當時名氣很大、最為熱心佛理的文人。成帝時，雖未登仕途，已譽滿海內。康僧淵得到殷浩認可，就獲得殷浩那階層所有人士的讚許。

> 康僧淵目深而鼻高，王丞相每調之。僧淵曰：「鼻者，面之山；目者，面之淵。山不高則不靈，淵不深則不清。」──《世說新語》，排調第二十五・21。

　　自該條可想見，王導與康僧淵也是親密有加，否則不會拿康的面相調侃。

　　當時的另一外籍高僧高坐道人也來自西域，原名帛尸黎蜜多羅（Srimitra），但漢人多呼為高坐。永嘉之亂時來中國，與其他流民一同過江。他不像康僧淵，不習漢話，與眾多仰慕者交談時要靠通譯，在東晉時頗有名聲和威望。

> 高坐道人不作漢語。或問此意，簡文曰：「以簡應對之煩。」──《世說新語》，言語第二・39。

　　該條注文說：「諸公與之言，皆因傳譯，然神領意得，頓在言前。」頗耐人尋味。似乎是說在未經翻譯之前，他已領會別人的意思。是否他佯裝不諳漢語，想把與江南士人的交結只限制在某範圍之

64　慧皎：《高僧傳》，卷4。

內呢？不論如何，此人必定對士大夫的習性、風格有透徹的瞭解，使
自己的表現做到因人而異，入鄉隨俗。

> 高坐道人於丞相（王導）坐，恆偃臥其側，見卞令（壼），
> 肅然改容曰：「彼是禮法人。」——《世說新語》，簡傲第
> 二十四‧7。

王導素有老莊作風，不拘行跡，卞壼則是崇禮守法，循規蹈矩
之人。高坐與王導關係之密切，及其因人而異的本領，於此條尤為明
顯。不少士大夫盛讚高坐的清德人品，自《世說新語》中可見到：

> 時人欲題目高坐而未能，桓廷尉（彝）以問周侯（顗）。周侯
> 曰：「可謂卓朗。」桓公曰：「精神淵著。」——《世說新
> 語》，賞譽第八‧48。

桓溫的父親桓彝是威高權重的將軍，周顗是朝廷重臣。他們二
人都如此贊許高坐，高坐在上層階級的地位就可想而知了。

《世說新語》中還有如康僧淵、高坐一樣的其他外來僧人（胡
僧），有來自喀什米爾者，亦以在建康宣講佛法聞名[65]。但並非所有
外來者都是僧人，有的似是王導門下幕僚賓客：

> 王丞相（導）拜揚州，賓客數百人並加沾接，人人有悅色。唯
> 有臨海一客姓任及數胡人為未洽。公因便還到過任邊云：「君
> 出，臨海便無復人。」任大喜悅。因過胡人前，彈指云：「蘭
> 闍！蘭闍！」群胡同笑，四坐並歡。——《世說新語》，政事
> 第三‧12。

當時的習俗是，主家榮登高位，就會擢用一批「賓客」當掾屬
和幕僚。王導特別注意未從他升遷中得到實惠的「賓客」，證實了他
與所有的大政治家一樣，有一種特別的天賦，就是讓每位來賓都感到
自己是得到主人重視的。針對任姓客人的沮喪，王導撫慰之法是令他
覺得自己在臨海不可或缺。而對域外來客，則用其本（胡）語勸其安
靜下來。關於「蘭闍」這個漢譯的原文，學界其說不一。楊勇引饒宗

65　《世說新語》文學第四‧64。

頤之說，解釋為梵文的「aranya」，意為「安寧寂靜」，這裡是「請靜一靜或安靜一下」的意思[66]。而馬瑟卻認為是梵文的「Ranjani」，其意略近於「良好祝願」[67]。兩者都是安撫的話語，並不互相矛盾。我們曾提到王導對吳人的開放心態，為團結他們進入東晉朝廷所做的努力，甚至為展示誠意而用吳語講話等。他在「賓客」中加入若干胡人，似乎想在身邊營造一種多元文化的氛圍。或者是為了在觀察和考慮事情時，能從多方面的視角入手。從該條目中不難推斷，外國人已被中國社會的高層完全接受，以至有可能謀得相府幕僚的地步。

另一類外來者，是從北朝各國來的叛歸者。

前秦苻堅兵敗淝水（383）後，元氣大傷。某些屬將如慕容沖、姚萇開始反叛，很快徹底擊潰苻堅並殺死他。太子苻宏與其從弟苻朗逃往東晉，兩人均受到優渥的接待，但他們對主人表現得相當傲慢。

> 苻朗初過江，王諮議（肅之）大好事，問中國人物及風土所生，終無極已，朗大患之。次復問奴貴賤，朗云：「謹厚有識，中者，乃至十萬；無意為奴婢，問者，止數千耳。」——《世說新語》，排調第二十五‧57。

王肅之也是王羲之的兒子，本人無大作為，但乃父名望足夠使他博得旁人尊重。而苻朗的目中無人、傲慢無禮，本使南方不少人有所耳聞。故當王肅之麻煩他，他就毫不遲疑地回以諷刺。

> 苻宏叛來歸國，謝太傅（安）每加接引。宏自以有才，多好上人，坐上無折之者。適王子猷（徽之）來，太傅使共語。子猷直孰視良久，回語太傅云：「亦復竟不異人。」宏大慚而退。——《世說新語》，輕詆第二十六‧29。

二王與二苻這輪對陣中，王氏（徽之也是王羲之的兒子）佔了上風。

---

66 楊勇：《世說新語校箋》，頁136。

67 Mather, Richard B., trans. *Shih-shuo Hsin-yü: A New Account of Tales of the World*, p.86.

　　值得注意的是，二苻並不如我們所想，覺得自己較江東士人在文化上低一籌，反之，他們還格外傲慢。必須指出，雖異族政權被漢人當做「五胡」，但其文化水準已達到與漢族同等。趙翼（1727—1814）在《廿二史劄記》中亦提到這一事實，強調北朝皇帝均很有學問[68]。

　　結束種族這一話題前，值得一提的是：《世說新語》時代的人士，雖然貴族之家在選擇配偶時慎之又慎，卻不妨礙他們娶各種背景的女子為妾，包括異族出身的女子。東漢時期，妾侍生下的兒女，並不享有與正妻兒女同等的社會地位[69]，而《世說新語》所跨時期中，竟有兩起異族母親生下的兒子成了顯貴，其中一人還當上了皇帝。《世說新語》假譎第二十七・6的注文寫道：

　　　　《異苑》曰：「帝躬往姑孰，敦時晝寢，卓然語曰：『營中有黃頭鮮卑奴來，何不縛取！』帝所生母荀氏，燕國人，故貌類焉。」

　　《晉書》記載亦證實了此事：

　　　　帝母荀氏，燕代人。帝狀類外氏，鬢黃，敦故謂帝云。[70]

　　燕、代都是鮮卑人當年建立國家的名稱。也許史家無法斷定荀夫人來自哪個鮮卑國家，只含糊地說她是燕或代一帶人。由於她母國人面貌與漢人不同，所以顯然是指她的種族，而非指由來的地域。也可能只是種委婉的說法，以諱言她是鮮卑人，從而避免直截了當講明帝有鮮卑血統。

　　對於阮孚的血統，《世說新語》則記載得更為直白：

　　　　阮仲容（咸）先幸姑家鮮卑婢，及居母喪，姑當遠移，初云當留婢，既發，定將去。仲容借客驢，著重服，自追之。累騎而

<hr>

68　趙翼：《廿二史劄記》，卷1，頁99。

69　劉增奎：《試論漢代婚姻關係中的禮法觀念》，《食貨雜誌》卷8，第8期（1978），頁387。

70　《晉書》卷6，頁161。

返，曰：「人種不可失！」即遙集（阮孚）之母也。──《世說新語》，任誕第二十三·15。

阮咸是阮籍之侄，竹林七賢之一，前已見識過他的怪異癖性。因為此事他不但名聲受損，還被禁止入仕為官多年。當時（西晉）崇尚儒家，倡導百行孝為先，將孝道置於道德最高地位。居喪期間，孝子不得有任何色慾，他策驢兼駟鮮卑婢招搖而過，自為時人所詬病。即便如此，婢女所生的阮孚在東晉卻成為備受尊敬的官員，當上權重位尊的丹陽尹。

由以上兩則事例，可以歸結一句，即種族歧視並不如預想那樣厲害，因為這兩個婢妾所生、有一半「胡人」血統的孩子，分別當上了皇帝和高官。

八、職業決定階級歸屬

《世說新語》的內容，還反映當時對不同職業的態度。士大夫階級自然最令人企羨，人們為躋身其間可以不顧一切：

陶公少有大志，家酷貧，與母湛氏同居。同郡范逵素知名，舉孝廉，投侃宿。於時冰雪積日，侃室如懸磬，而逵馬僕甚多。侃母湛氏語侃曰：「汝但出外留客，吾自為計。」湛頭髮委地，下為二髲，賣得數斛米；斫諸屋柱，悉割半為薪；剉諸薦，以為馬草。日夕，遂設精食，從者皆無所乏。逵既歎其才辯，又深愧其厚意。明旦去，侃追送不已，且百里許。逵曰：「路已遠，君宜還。」侃猶不返。逵曰：「卿可去矣。至洛陽，當相為美談。」侃乃返。逵及洛，遂稱之於羊晫、顧榮諸人。大獲美譽。──《世說新語》，賢媛第十九·19。

羊晫、顧榮是結伴北上的南方人，在洛陽事業已有成就，故范逵向他們舉薦陶侃。陶侃傳中稱，陶以孝廉赴洛陽時，儘管陶侃出身卑微，羊、顧二人仍立起身來熱情接待了他。證明陶侃母親所做的犧牲總算產生了效果。從該條目我們見到一個生動畫面：一位善於謀劃

的母親，為幫兒子求官，甘於作出任何犧牲，也看到當兒子的為追求功名，那份可憐巴巴的期盼。

當時的世風是，一方面夢寐以求進入士大夫階層，另一方面視其他職業為下品。那時北方強敵一直對南方虎視眈眈，軍隊本是生存命脈，當兵卻受人鄙薄，真是莫大諷刺。而職業偏見積重難返，還會在以後的朝代延續下去。

前已講述王述不以孫女嫁桓溫之子，唯一理由是「兵！那可以女嫁與之」。對這種偏見，桓溫有一個脫口而出的回答：

> 桓大司馬（溫）乘雪欲獵，先過王（濛）、劉（惔）諸人許。真長（惔）見其裝束單急，問：「老賊欲持此何作？」桓曰：「我若不為此，卿輩亦那得坐談？」——《世說新語》，排調第二十五·24。
>
> 注：《語林》曰：「宣武（桓溫）征還，劉尹（惔）數十里迎之，桓都不語，直云：『垂長衣，談清言，竟是誰功？』劉答曰：『晉德靈長，功豈在爾？』」二人說小異，故詳載之。

在桓溫野心畢露、覬覦鼎器時，劉惔身為廷臣，有意淡化桓溫衛國功臣的角色。不過，士大夫儘管看不起士兵，最後總是對武人屈從，尤其在後者決心推翻朝廷，自己登上寶座時。此刻，武人常請出世家大族的德高望重之士，在改朝換代的大典上為其持璽捧印。而這些世家子弟，也不得不為篡位者所用。

醫者也不大受尊重，從傳統書籍分類來看，醫書是與一些占卜星相之類在一起，所以他們的地位和卜卦算命的人差不多。若士大夫偶爾精通醫道，須小心隱瞞，以防人知，且永不向外人傳授。

> 殷中軍（浩）妙解經脈，中年都廢。有常所給使，忽叩頭流血。浩問其故，云：「有死事，終不可說。」詰問良久，乃云：「小人母年垂百歲，抱疾來久，若蒙官一脈，便有活理。訖就屠戮無恨。」浩感其至性，遂令舁來，為診脈處方。始服一劑湯，便愈。於是悉焚經方。——《世說新語》，術解第

二十・11。

本條表明殷浩正當中年時，就放棄行醫。從殷浩傳中得知他早在乾元年間（343—344）入仕，年約三十餘，此後悉心政務。簡言之，他中年因公務繁劇及忙於應對征伐北方，無暇將醫學知識付之應用。有兩點足以指出醫者工作不受尊重，行醫甚至會有損名聲。首先，從他僕役之言推想，煩請殷中軍看視老母，對殷是極大冒犯。其次，殷浩治癒僕役母親後，燒掉全部醫書，顯然防止日後再惹麻煩。中國古代醫學研究，因為此種不合理偏見而受到損失，這則故事僅是小小一例。

九、娛樂方式與器具的演進

現在討論的最後一種風尚，就是《世說新語》時期，士大夫階級尋歡作樂風氣之盛行，還有能選擇的五花八門娛樂方式。

那個時期最受青睞的是「博」。「博」，是一種遊戲，據說發明於夏朝（約前21—前16世紀），但無實據可證。但說春秋之時「博」已存在，應是沒有問題。因《論語》提到：「飽食終日，無所用心，難矣哉！不有博弈者乎？為之，猶賢乎已。」[71]這裡將「博」（賭博）和「弈」（下棋）並提。「弈」今稱「圍棋」，一般不作賭博之用，但在《世說新語》時期，有時玩起來也下注。由現有資料的描述，「博」這種遊戲，玩家投擲竹箸，在一塊板上走格子，兩頭當中為水，目的在水中吃魚。吃到者勝。「博」和「弈」在《世說新語》時期還有人玩，這時「博」常和「塞」並提。「塞」的歷史可追溯到先秦，因為《管子》、《莊子》都曾提及[72]，它的玩法似乎與「博」大同小異。「博」，「塞」兩者都是博彩性遊戲。除此以外，《世說新語》中還提到叫做「樗蒲」的遊戲，可能在稍後興起的。

71　《論語》卷17，見《論語注疏及補正》，臺北：世界書局，1980年版，頁185。

72　《管子》卷40，《四部備要》本。《莊子》卷4，《四部備要》本。

據張華《博物志》稱，它是老子入夷時創造的。但該書的真實性大成問題，僅可說東漢時該遊戲已存在，因為馬融以此為題材，寫過一篇賦[73]。從唐人著作的描寫看來，它似乎是種非常複雜的遊戲，而《世說新語》那時比較簡單：樗蒲之戲，用五個木條，兩頭收尖，中間扁平，每塊一面漆白，繪小牛圖案，另一面漆黑，繪野雞圖案，根據五木的排列狀況，定出勝負。每種排列均有名稱，各種排列合之為盧[74]。

「弈」或「圍棋」是上流人所玩，名士中不少人迷上弈棋，還對它起了各種雅號：

> 王中郎（坦之）以圍棋是坐隱，支公（遁）以圍棋為手談。——《世說新語》，巧藝第二十一·10。

本則兩人都是東晉名士中佼佼者。「圍棋」常與隱逸生活等同起來，因為弈者坐下執子，心神就脫開日常俗務，有如置身山水之間。它也像以手對話，通過弈棋探知對方神思的運用，就如當面接談。故人們稱「圍棋」棋手兼有隱者的清高及「清談」家的機智。

謝安又是一個「圍棋」愛好者。

> 謝公（安）與人圍棋，俄而謝玄淮上信至。看書竟，默然無言，徐向局。客問淮上利害，答曰：「小兒輩大破賊。」意色舉止，不異於常。——《世說新語》，雅量第六·35。
>
> 注：《續晉陽秋》曰：「初，苻堅南寇，京師大震。謝安無懼色，方命駕出墅，與兄之子玄圍棋。夜還乃處分，少日皆辦。破賊又無喜容。其高量如此。」

此處所指戰事是著名的「淝水之戰」。淝水是淮河支流，北方

73　馬融：《馬季長集》，見《漢魏六朝百三名家集》，掃葉山房本。

74　對此項遊戲的討論，可參閱勞榦《六博及博具的演變》，《中研院歷史語言研究所季刊》，卷35（1964），頁29。另一處資料見楊蔭深《中國遊藝研究》，附於其《中國俗文學概論》（中國學術名著），臺北：世界書局，1974年版，頁67—74。

前秦的苻堅兵馬部署於這一帶。淝水之戰取勝，不但挽救了東晉，也使謝氏家族威望之樹立更為牢固。這裡借圍棋來顯現謝安的喜怒不形於色的宰相度量，淮上大勝這麼大的喜事，他竟二話不說，繼續下棋。《晉書·謝安傳》[75]對同一事的描述，說他與謝玄下棋以邸宅為注，於是高雅的遊戲也變成賭博。這件事顯出士大夫對博彩的迷戀。

此時的不少國家棟樑之臣，少年時曾是嗜賭之徒：

> 溫太真（嶠）位未高時，屢與揚州、淮中估客樗蒱，與輒不競。嘗一過大輸物，戲屈，無因得反。與庾亮善，於舫中大喚亮曰：「卿可贖我！」庾即送直，然後得還。經此數四。——《世說新語》，任誕第二十三·26。

溫嶠出自豪門貴家，本人少時名播四方，後奉并州刺史劉琨之命出使建康並留下，成為元帝朝廷的重臣。此事必是溫早年在建康時所為，建康在秦淮河邊。

> 桓宣武（溫）少家貧，戲大輸，債主敦求甚切。思自振之方，莫知所出。陳郡袁耽俊邁多能，宣武欲求救於耽。耽時居艱，恐致疑，試以告焉。應聲便許，略無嫌吝。遂變服，懷布帽，隨溫去與債主戲。耽素有藝名，債主就局曰：「汝故當不辦作袁彥道（袁耽的字）邪？」遂共戲。十萬一擲，直上百萬數，投馬絕叫，傍若無人，探布帽擲對人曰：「汝竟識袁彥道不？」——《世說新語》，任誕第二十三·34。

前已闡明，桓溫是行伍出身，迷於參賭不足為奇，反之，他當兵之路倒走得很順，所下的最大賭注是取得天下。桓溫出發征蜀，人們據他平時參賭的表現，測其成敗：

> 桓公將伐蜀，有事諸賢咸以李勢在蜀既久，承藉累葉，且形據上流，三峽未易可克。唯劉尹（惔）云：「伊必能克蜀。觀其蒲博，不必得則不為。」——《世說新語》，識鑒第七·20。

劉惔這裡所指，必定在桓較為成熟之時。若他能一直謹慎行

事，就不會需要袁耽的幫助了。桓溫、溫嶠兩人常聚一處玩樂，見《世說新語》另一條：

> 桓宣武（溫）與袁彥道（耽）樗蒲。袁彥道齒不合，遂属色擲去五木。溫太真（嶠）云：「見袁生瞋怒，知顏子為貴。」──《世說新語》，忿狷第三十一‧4。

本條中袁耽擲出的「齒」不如其意，就生氣擲去五木，相形顏子的不遷怒於人，修養差了很多。

但賭博不必全借助「博」、「塞」、「樗蒲」一類的器具，《世說新語》有條目表明當時人們以形形色色方式打賭。前已見到謝安與侄謝玄下圍棋賭宅邸。同樣，射箭亦可打賭、下注：

> 桓玄出射，有一劉參軍與周參軍朋賭，垂成，唯少一破。劉謂周曰：「卿此起不破，我當撻卿。」周曰：「何至受卿撻？」劉曰：「伯禽[76]之貴，尚不免撻，而況於卿！」周殊無忤色。桓語庾伯鸞（鴻）曰：「劉參軍宜停讀書，周參軍且勤學問。」──《世說新語》，排調第二十五‧62。

在此劉參軍以玩笑口吻將周參軍比擬伯禽，自己比擬為伯禽之父周公。對於崇敬祖先的國人是莫大侮辱，而周對此典故全然不解，不覺受辱。桓玄要劉停止讀書，可能要他停止濫用典故，要周勤學問，免再受嘲弄時還渾然無知。

前面引文中人物，如謝安、謝玄、溫嶠、桓溫、劉惔、桓玄以及其朋友、下屬，都是朝中重臣，若他們都沉迷賭博，不難想像一般百姓是何狀況。當然偶有例外，《世說新語》政事第三‧16注文中，劉峻引了《中興書》一段文字：

> 《中興書》曰：「侃（陶侃）嘗檢校佐吏，若得樗蒲博弈之具，投之曰：『樗蒲，老子入胡所作，外國戲耳。圍棋，堯舜以教愚子。博弈，（殷）紂所造。諸君國器，何以為此？』」

陶侃治事儉樸，已由前見，但他不僅儉省物力，亦節約時間。

76　伯禽是周公之子，常因堂弟成王的過錯而受父親鞭笞。

中國學童自幼知道他的名言：「大禹聖者，乃寸陰是競，至於眾人，皆惜分陰。」[77]在尋歡作樂的時代裡，他可謂是罕有的勤勉處世的中流砥柱。

《世說新語》時代，需用體力的遊戲是「彈棋」。自手頭可得資料之描述來看，其原理略同於檯球。

> 彈棋始自魏，宮內用妝奩戲。文帝（曹丕）於此戲特妙，用手巾角拂之，無不中。有客自云能，帝使為之。客著葛巾角，低頭拂棋，妙逾於帝。——《世說新語》，巧藝第二十一·1。

「彈棋」於漢時著作中可見，並非始於魏。可能曹丕當時是彈棋遊戲的發掘、推廣者。

當時風靡於富貴人家的另一項消遣是「伎樂」。表演者都是女性[78]，各擅其技，或歌或舞或彈奏樂器，自下兩條可見：

> 王丞相（導）作女伎，施設床席。蔡公（謨）先在座，不悅而去，王亦不留。——《世說新語》，方正第五·40。

蔡謨是朝中同僚，常常非難王導。正是他給王導愛妾取了個「雷尚書」的諢號。

> 謝公在東山畜妓，簡文（司馬昱）曰：「安石（謝安）必出，既與人同樂，亦不得不與人同憂。」——《世說新語》，識鑒第七·21。

看來當時不單男士好於此道，較開放的仕女也喜歡這項娛樂，前引《世說新語》賢媛第十九·23謝安妻劉夫人愛觀賞女樂表演就是一例。然而這種消遣至少是不甚莊重，否則不必對後輩隱諱：

> 謝太傅（安）語王右軍（羲之）曰：「中年傷於哀樂，與親友別，輒作數日惡。」王曰：「年在桑榆，自然至此，正賴絲竹陶寫。恆恐兒輩覺，損欣樂之趣。」——《世說新語》，言語

77　《晉書》卷66，頁1774。
78　從出土的伎樂俑來看，男女性都有。可能在男性中心社會裡，女伎是追捧的對象，所以文字中往往著重描寫女性的伎。

第二・62。

從這條看來，若說此種享樂大大超出音樂欣賞，恐怕也不太離譜。當然伎樂不只是士大夫階級家庭畜養，商業性的娛樂場所也已經興盛了。首都建康的秦淮河上，就是一個彙聚點，只是《世說新語》多寫河上畫舫中的賭局，卻沒有太多談到管弦歌舞的盛況而已。

歸結本章，發現因為《世說新語》時間跨度長，描述的社會又變動不已，故反映的世態，往往代表兩個極端的情況。比如，既有東漢儒生對儒家禮儀的嚴格遵從，又能見到阮籍、劉伶和竹林七賢其他人，以及模仿他們的「八達」，如王澄、胡毋輔之等極為荒誕的舉止。同樣，《世說新語》既揭示了西晉官宦的奢侈揮霍，也讓我們見識了東晉陶侃、王導和庾亮諸人，他們精打細算、勤勉的生活方式。

魏晉之交，士人生活從儒教嚴格約束中解脫出來，此時，政治、軍事的紛爭不已，他們又因自身安全而惴惴不安。結果是悲觀絕望影響了他們的人生觀，生活轉入頹廢。《世說新語》提供了男子而脂粉氣以及服用藥石的例證。

漢時各派儒生有時被皇帝召見，共議經書。也許這是東漢末人稱「談辯」風之肇始。隨著道家思想盛行，「談辯」變成「清談」，「清談」的議題日益玄遠，脫離現實，因此西晉士大夫以不理俗務自傲。這些人身負治國重任，這樣一來，國家機構就因不切實際、效率低下而鬆散無能。不過，以後幾十年的變遷，證明「清談」本身並非「有害活動」，若用之適度，處置得當，不但不會給社會帶來不良影響，實際上對文學與哲學的推進，起著催化作用。

這時期的社會特色之一，是存在堅固難摧的階級體制。「高門」與「寒門」階級，壁壘分明。要從一階級轉入另一階級，則礙於婚姻與交遊須在本階級之內、社會地位不容混雜等風習的阻隔，變得幾乎不可能。然而，大家族的勢力亦依其成員之沉浮在消長變化。

有錢和有權的人未必是社會精英，唯有世代相傳的士大夫家族方有地位。權柄在握的某些軍閥家族，如陶氏與桓氏，名流拒絕與之

交友聯姻。行醫者亦受人們鄙薄。

　　這時期，由於約束行為的傳統規矩暫時放鬆，個人為中心的思想抬頭，婦女得以相對寬鬆地發展個性，追求自己選擇的愛好，包括文學、玄學、經商、幕後操縱政治等。同時，她們在家庭中享有較高的地位，對自己日後生活有更多發言權，如孀居可選擇再醮，婚姻不洽時女家可提出離異等。

　　東漢末年天下三分，中國南方逐漸發展其亞文化模式。東晉初年，流民大批由北方湧進南方，新朝廷在建康建立後，南北方人成為截然不同的兩個社會群體。南人眼看北人握有軍政大權而不平，拒絕與之融合，同在此時，異族人士滲入中國社會，胡僧有之，門客有之，叛逃來歸者亦有之，甚至有與北方開戰時擄來的犯人為奴者，這些奴婢子女中某些人又成為中國社會上層人物。

　　隨著物質文明改進，日益增多的人擺脫了生活的艱辛，商賈階級作為新生力量在國中興起。因有他人為自己勞碌生產，士大夫更為閒暇。建康那種都市大邑，首先成為他們的歡場。《世說新語》的篇頁裡，可以窺見秦淮河上的遊艇，正是賭客大顯身手之地。賭博之外，這般所在必兼有其他消遣名目：絲竹、醇酒和婦人。六朝時，秦淮河畔因成為縱歡取樂的中心而名聞遐邇。富貴之家畜有女樂。上流人士普遍下「圍棋」，它已成為地位的象徵。

　　故此，《世說新語》在描述士人形形色色性格之餘，也披露了刻劃細微的情節：如各種場合下他們有何表現，應對中又講述何種內容。透過這些細節，就能對該時期的社會環境形成具體的印象，能辨出某些社會風氣、社會現象。

　　《世說新語》的編撰者，原先可能並未將描繪所處的社會作為其目的，而我們所能見到的某些場面，可能和他們的觀點與初衷相反。不論如何，該書已經有助於我們對所談論的社會，取得若干饒有興味的深刻瞭解。

第五章
《世說新語》的歷史價值

在第二章業已指出，依劉知幾之說，《晉書》、《南史》的編撰者，在這兩部正史中都引用了《世說新語》的材料。但同時也提出筆者自己的看法，認為《晉書》與《世說新語》之有雷同，可能是因為兩書使用的原材料相同。不論怎樣，由於《晉書》編成時（646—648）《世說新語》已廣為風行，《晉書》編者很可能讀過此書，所以也不能排除《世說新語》曾影響他們選材。

無論何種情況，劉知幾的說明至少提示，《世說新語》蘊藏了豐富的史料，哪怕其中材料的真實性有時不一定可靠。所以有必要對《世說新語》的歷史資料作一分析。

因為《世說新語》並不想寫成歷史著作，所以它的收錄範圍散亂無章。有關某人某事的材料，常散佈全書各處。不過我們還能辨出某些寫作手法，對有的時期和人它給了格外的關注。因此，《世說新語》雖然沒有依時代或有邏輯性的書寫，但從它的吉光片羽之條目中，仍可窺見一些精警的片斷，可以補充正史的不足，或增加其色彩。以下我們把《世說新語》與歷史的關聯，做一個整體的介紹，但

是我們只選取幾個重點做較為詳細的分析。

　　《世說新語》的人與事，始於西元前約200年，從表一可見西漢及更早的軼事，在全書的1131條中，只佔5條。

　　就東漢來說，涉及也不廣。它只集中於東漢末年出現的一群士人，其中有知名的陳方（約95—168）、李膺（110—169）、郭泰（128—169）、荀淑（83—149）及其子荀爽（2世紀末至3世紀初）、孫荀彧（163—212）、鍾浩（2世紀）、陳寔（104—187）及子陳紀（約130—200）、陳諶（約130—200）。《世說新語》強調了這些「名士」的品德，講他們如何互相稱譽和讚美。可以見到他們對輿論的巨大影響（如規箴第十・3），不過未詳細闡明這種群體出現在政治上的意義。

　　另一《世說新語》給以相當關注的群體，是曹操及其黨羽。曹操的個性刻畫得較細膩，多帶負面色彩（假譎第二十七・3、4、容止第十四・1），而他的雄才大略卻未著墨。孔融（言語第二・5及注）和禰衡（言語第二・8及注）的故事，折射出宦官與曹操麾下的底層出身官員一派與「名士」派之間的權力鬥爭。曹操最有名望的兒子曹丕和曹植，及曹氏兄弟領導的「建安七子」等其他人，只略微帶過一筆。曹丕對乃弟的迫害，在品藻第九・66和尤悔第三十三・1中有敘述。

　　有一則故事，事關漢到魏的更替，顯示雖經多年謀劃，此舉仍遭遇微弱的抵制聲音。

> 魏文帝受禪，陳群有戚容。帝問曰：「朕應受天命，卿何以不樂？」群曰：「臣與華歆服膺先朝，今雖欣聖化，猶義形於色。」——《世說新語》，方正第五・3。

　　魏晉之交的政治局勢及該時期的主要特色，是《世說新語》要點之一。何晏（190—249）分別以廷臣和文士的面目，兩度出現在書中。他的圈內人物，如王弼、夏侯玄、鄧颺，都在《世說新語》中出現。從描寫他們的條目，自可揣測他們頻頻參加的「清談」集會，

也能體驗所討論的玄奧話題，試舉幾例：

> 何晏為吏部尚書，有位望，時談客盈坐。王弼未弱冠，往見之。晏聞弼名，因條向者勝理，語弼曰：「此理僕以為理極，可得復難不？」弼便作難，一坐人便宜以為屈。於是弼自為客主數番，皆一坐所不及。——《世說新語》，文學第四‧6。

當時何晏等人作為一派，比較保守和傳統的集團是另一派，後者核心是司馬氏（識鑒第七‧3）。《世說新語》將兩派人物勾心鬥角的緊張空氣帶到我們身邊。由魏轉晉的最後一幕，從以下條目看宛如歷歷在目：

> 高貴鄉公（曹髦，241—260）薨，內外喧嘩。司馬文王（昭）問侍中陳泰曰：「何以靜之？」泰云：「唯殺賈充以謝天下。」文王曰：「可復下此不？」對曰：「但見其上，未見其下。」——《世說新語》，方正第五‧8。

曹髦是曹魏末期司馬氏扶植的兩個傀儡皇帝之一，高貴鄉公是他就位前的爵號，他被殺害後，帝號又被撤去，後世僅稱高貴鄉公。他之所以被殺，是不願坐待被廢黜，決心與司馬氏奮戰，不幸被手下出賣。他們向實際掌管朝廷的司馬昭洩露皇帝的打算。司馬昭命心腹賈充率兵將皇帝當場殺死。弒君引起輿論譁然，未能完全壓下，最後司馬昭雖未如陳泰所願的殺死賈充，還是拿賈充手下當替罪羊殺了。

一、側寫魏晉之交寓政治於思想的鬥爭

這一轉變時期，另一批文士開始進入視野，並對當時思想及社會風貌發生重大影響，這就是「竹林七賢」，《世說新語》中不乏他們各種瑣聞逸事。這些人表面上似乎毫不過問政治，其實他們選擇徹底避開亂世，正是對時局不滿的表現。

陳寅恪[1]和Holzman[2]提出不同看法，認為這些人不是沒有政治立

1　陳寅恪：《陳寅恪先生文史論文集》，頁383—385。

2　Holzman, Donald. *La vie et la pensée de Hi K'ang*（《嵇康的生平與思想》），

場的。上一章已經說過，嵇康實際忠於曹魏，其被殺源於政治迫害，是針對一批儒家之外思想者的迫害，罪名是不尊名教、疏遠朝廷、滿口老莊之言，實屬離經叛道。

> 山公（濤，205—283）將去選曹，欲舉嵇康，康與書告絕。——《世說新語》，棲逸第十八·3。

> 注：山巨源為吏部郎，遷散騎常侍，舉康，康辭之，並與山絕。豈不識山之不以一官遇己情邪？亦欲標不屈之節，以杜舉者之口耳！乃答濤書，自說不堪流俗，而非薄湯武。大將軍聞而惡之。

　　如前章提及，嵇康和山濤都是「竹林七賢」中人，彼此哲學信仰趨於道家之旨。他們藐視世俗得失，追求毫無拘束的生活。但後來山濤似乎將理想拋到九霄雲外，他和司馬氏是姻親，司馬師是他的姨父，這樣拉上關係，在司馬師手下做官[3]。隨著仕途得意，想把朋友們拉到司馬氏圈子裡，但嵇康斬釘截鐵，不為所動。嵇康和曹魏皇室有姻親關係，其妻是長樂公主[4]，這種親緣可能對他的政治傾向有一些影響。據說他對山濤的回答中（可能《晉書》中僅保留下一部分）褻瀆了（商）湯和（周）武，事實上我們只見到對司馬氏處置阮籍含蓄的批評。批評湯、武兩個歷史人物的政治意義，不容低估：此二人均非合法繼承皇位，貶低湯、武就是對司馬昭含沙射影的攻擊。

　　嵇康因過分自傲，毫不掩飾對司馬氏一夥輕視之意，鍾會就是其中之一。在前一章引用的簡傲第二十四·3中，已見到他對鍾的粗魯態度。鍾會對他又敬又畏的程度，讀下條就如在眼前：

> 鍾會撰《四本論》始畢，甚欲使嵇公一見。置懷中，既定，畏其難，懷不敢出，於戶外遙擲，便回急走。——《世說新語》，文學第四·5。

Leiden: E.J. Brille, 1957, p.48.

3　《晉書》卷45，頁1223。

4　《世說新語》德行第一·16，注文。

　　鍾會出自高門，又是司馬昭貼身心腹中忠實的一員。在嵇康處受的羞辱肯定使他心懷憤恨，嵇康又恰好是政敵。《世說新語》表明他如何在司馬昭面前詆毀嵇康，致嵇康受戮：

> 嵇中散臨刑東市，神氣不變，索琴彈之，奏《廣陵散》。曲終曰：「袁孝尼嘗請學此散，事靳固未與，《廣陵散》於今絕矣！」太學生三千人上書，請以為師，不許。文王尋亦悔焉。——《世說新語》，雅量第六·2。

　　嵇康被處死，表面上因友人呂安的家事官司牽連。該條注文摘引《文士傳》如下：

> 呂安罹事，嵇詣獄訊以明之，鍾會庭論康，曰：「今皇道開明，四海風靡，邊鄙無詭隨之民，街巷無異口之議。而康上不臣天子，下不事王侯，輕時傲世，不為物用，無益於今，有敗於俗。昔太公誅華士，孔子戮少正卯，以其負才亂群惑眾也。今不誅康，無以清潔王道。」於是錄康閉獄。

　　由上可清楚瞭解，嵇康真正的罪案是不和司馬一黨合污，不為其所用。太學生對他的讚譽說明了他對國中青年文士的影響，對其政敵來說，正是他政治上危險之處。近年來臺灣與大陸對嵇康的研究都有力作出版，為研究《世說新語》增添更豐富的內容。吳冠宏的《走向嵇康》對嵇康在玄學上的地位作了更深層的詮釋。[5]曾春海的《嵇康的精神世界》則對嵇康作了較全面的研究。[6]

　　阮籍（210—263）的政治傾向沒那麼容易確證。Holzman指出，其父阮瑀（約165—212）是建安七子之一，阮氏與曹魏王室是世交，關係親密[7]。緣於阮籍個人聲望和家庭地位，司馬集團想籠絡他。雖阮籍從未公開反對他們，但對參加時政缺乏熱誠，韜光養晦，

5　吳冠宏：《走向嵇康：從情之有無到氣通內外》，臺北：臺灣大學出版中心，2015年版。

6　曾春海：《嵇康的精神世界》，鄭州：中州古籍出版社，2009年版。

7　Holzman, Donald, *Poetry and Politics,* pp. 2-5。

無疑應該視作消極抗議的端倪。《世說新語》反映了正當司馬氏政治上強調禮法之時，他對世俗禮法蓄意無視。

　　前章指出，何曾對阮籍在母喪期間飲酒食肉的譏評，出自政治動機：他要將阮的反禮教之罪，昭示鎖定，再加譴責。以下的《世說新語》條目，更直截了當表現阮對禮法的漠視與輕蔑：

> 阮籍嫂嘗還家，籍見與別。或譏之，籍曰：「禮豈為我輩設也！」——《世說新語》，任誕第二十三‧7。

　　依阮籍的名望及他與司馬昭的良好交情，向後者謀得任何官職應該易如反掌，但據《世說新語》中的記載，他只是向司馬昭索要了「步兵校尉」的職務，而原因是知其「廚中有貯酒數百斛」（見任誕第二十三‧5）。這也許是阮籍巧妙的求生策略，同時又不違背自己節操。若是決然拒絕正式任命，可能落得嵇康那種下場。而選擇個不起眼職位，既可以保存身家性命，又可不為司馬氏效大力。Holzman 稱之為「隱於朝」[8]。

　　向秀是嵇康在「竹林七賢」中最親密的夥伴，他與嵇康志趣相投，但嵇康被殺後，他和那夥人作了妥協：

> 嵇中散既被誅。向子期（秀）舉郡計入洛。文王引進，問曰：「聞君有箕山之志，何以在此？」對曰：「巢（父）、許（由）狷介之士，不足多慕！」王大諮嗟。——《世說新語》，雅量第六‧2。

　　箕山是堯時巢父和許由隱居之山，常用作為退出政壇隱居的代詞，間接表示對現實不滿。司馬昭顯然希望聽到向秀自己已對昔日抱負拋諸腦後的表白。

　　由以上看來，很清楚，《世說新語》反映的「竹林七賢」諸人生平，不僅對研究當時思想與社會形態有意義，也揭露了當時士人對政治的不滿。司馬氏以恩威並施方式便輕鬆地把問題解決了，為司馬炎（司馬昭之子）篡位最後之舉，鋪平了道路。

8　同上書，頁64。

二、武帝朝的剪影

西晉第一任皇帝武帝，在位時間久，國家較昌盛。《世說新語》篇章中顯示出武帝朝中的政治面貌，顯示他雖算是個明主，但對約束朝中大臣做得很不夠。

司馬家族攫取天下的過程中，十分依靠其朝中黨羽的支持，武帝不得不對這些黨羽及其子弟格外施惠，這種特權集團不僅盡享高官厚祿，還利用特權無法無天。上一章已列舉了他們窮奢極欲和殘暴的例子，武帝即位頭一年，雖頒令稱各處均已節儉成風，對王愷、石崇一類人物還是寬容備至，即使偶有不悅之色，從未對他們採取懲治行動，最多表示不悅而已，如下條：

> （晉）武帝嘗降王武子（濟）家，武子供饌，並用琉璃器。婢子百餘人，皆綾羅綺襦，以手擎飲食。蒸㹠肥美，異於常味。帝怪而問之，答曰：「以人乳飲㹠。」帝甚不平，食未畢，便去。王（愷）、石（崇）所未知作。——《世說新語》，汰侈第三十．3。

武帝在位時最重要的事，是他是否應派兵伐吳，對此事的爭議，《世說新語》默然無語令人詫異。對伐吳的兩個主要發起者和嗣後執行人羊祜和杜預，每人僅有兩則談到，卻與伐吳毫不沾邊。沒有條目言及伐吳之舉，也沒有講到王渾、王濬兩員將領的激烈爭吵。這場戰爭最後勝利應歸功王濬，他得更多獎勵本是當之無愧。像這樣大段的空白存在，實在難以理解和解釋。

通過《世說新語》所載武帝與大臣的對話，人們印象中這是位十分開明的君主，對大臣勸諫很少發怒。不過他雖知臣僚言之有理，也不付諸實施。他要麼一意孤行，要麼任事態自然發展，放縱的結果是大臣們當庭爭吵不休，他作壁上觀，既不剖明是非黑白，又不獎善罰惡。這一傾向在冊立太子一事上，表現最為清楚。

武帝執政末期，朝廷最緊迫之事是冊封太子。武帝之子（後為晉惠帝）原是個智障青年，諸大臣對他的即位臨政憂心忡忡。宮廷內

很多人擁戴武帝的弟弟齊王，齊王在晉文帝時險些代替武帝登上大位。武帝自然反對此議，就將齊王遣回他的封地。此事激起的某些反響在《世說新語》中記載如下：

> 武帝語和嶠曰：「我欲先罵王武子（濟），然後爵之。」嶠曰：「武子俊爽，恐不可屈。」帝遂召武子苦責之，因曰：「知愧不？」武子曰：「『尺布斗粟』之謠，常為陛下恥之。他人能令疏親，臣不能使親疏，以此愧陛下。」——《世說新語》，方正第五·11。

該條的注文將此事說得更清楚：

> 《晉諸公贊》曰：「齊王當出藩，而王濟諫請無數，又累請常山主（王濟妻）與長廣公主共入稽顙，陳乞留之，世祖甚恚，謂王戎曰『我兄弟至親，今出齊王，自朕家計，而甄德、王濟連遣婦人來，生哭人邪？』」

和嶠（卒於272）是武帝親近而敬重的臣僚之一。「尺布斗粟」是漢時民謠，諷刺文帝未善待兄弟淮南王。和嶠本身亦反對冊立後來的惠帝為太子。

> 和嶠為武帝所親重，語嶠：「東宮頃似更成進，卿試往看。」還，問：「何如？」答曰：「皇太子聖質如初。」——《世說新語》，方正第五·9。

> 注：《晉陽秋》曰：「世祖疑惠帝不可承繼大業，遣和嶠、荀勖往觀察之。既見，勖稱歎曰：『太子德更進茂，不同於故。』嶠曰：『皇太子聖質如初，此陛下家事，非臣所盡。』天下聞之，莫不稱嶠為忠，而欲灰滅勖也。（後略）」

當時和嶠為中書令，荀勖亦任中書監，僅低和嶠一級。兩人個性之別，在方正第五·14中有進一步闡述。

在諸廷臣中，衛瓘對冊立惠帝也持反對意見，但他表達得較為含蓄：

> 晉武帝既不悟太子之愚，必有傳後意。諸名臣亦多獻直言。帝

嘗在陵雲臺上坐，衛瓘在側，欲申其懷，因如醉跪帝前，以手撫床曰：「此坐可惜。」帝雖悟，因笑曰：「公醉邪？」——《世說新語》，規箴第十‧7。

注：《晉陽秋》曰：「……帝後悉召東宮官屬大會，令左右齎尚書處事以示太子，令處決。太子不知所對，賈妃（賈充女）以問外人，代太子對，多引古詞義。給使張弘曰：『太子不學，陛下所知，宜以見事斷，不宜引書也。』妃從之。弘具草奏，令太子書呈，帝大說，以示瓘。於是賈充語妃曰：『衛瓘老奴，幾敗汝家。』妃由是怨瓘，後遂誅之。」

自魏到晉的改朝換代，賈充立了大功，司馬家族深懷感激，令兩家聯姻，賈充成了太子的岳丈，他自然站在太子一邊。當時立儲存在兩派，一派由和嶠、衛瓘、王濟等人組成，欲擁立齊王為皇儲；另一派由賈充、荀勖等人組成，支持當今太子。因武帝優柔寡斷，未能採納正確建議，埋下了他死後全國陷於大亂的伏線。正如所料，惠帝無法履行君主之責，大權落入賈后及賈氏家族之手。雖則賈后本人生平事略未在《世說新語》中描述，但由賈氏其他人之諸事（賢媛第十九‧13、惑溺第三十五‧3、5及注文）足以勾勒出其大概為人，她兼具腐朽、淫逸和目無法紀於一身。除去將國事托於張華，有一個短暫的稍為穩定時期之外，賈后的恣意妄為迅速毀掉了國家安寧和她自身，肇致史稱「八王之亂」的連綿戰禍。

從正史的評論來看，張華之個人魅力在這段歷史上顯得非常重要。《晉書》稱，早在武帝時，他已被倚重為諮政謀臣，是唯一贊同武帝伐吳主張者。惠帝前期，他肩負朝政重任，權大勢隆，又被公認為當時文壇領袖。雖如此，卻出乎意料之外，《世說新語》對他沒有濃墨重彩刻畫。有關他的條目，多是記載他對旁人及事件的評論，少數則只是順便提及。這些條目讓我們多少明白他那時的社會地位，對其性格則描繪不多。另有一事值得一說，即《晉書‧張華傳》裡有不少類似志怪的記載，《世說新語》中統統不提。當然也有些被類書當

為《世說新語》的引文，實際上是來自《世說新語》的姊妹篇《幽明錄》，被誤認為引自《世說新語》。

三、亂離的年代——八王之亂到永嘉大遷徙

「八王之亂」在《世說新語》中並未全面敘述，不過，通過士大夫在各派爭鬥裡被擒拿捉殺那些條目的描述，大致可窺見局勢之全豹。書中張翰（識鑒第七·10）、樂廣（言語第二·25）和羊忱（方正第五·19）的故事，道出了這些人因遠見果斷僥倖免於性命之憂。而李重（賢媛第十九·17）、石崇、潘岳、歐陽建（仇隙第三十六·1），還有陸機、陸雲（尤悔第三十三·3）的往事，寫出了這些人在可悲時代中遭受的無妄之災。以下舉例數端：

> 羊忱性甚貞烈，趙王倫為相國，忱為太傅長史，乃版以參相國軍事。使者卒至，忱深懼豫禍，不暇被馬，於是帖騎而避。使者追之，忱善射，矢左右發，使者不敢進，遂得免。——《世說新語》，方正第五·19。

> 樂令女適大將軍成都王穎，王兄長沙王執權於洛，遂構兵相圖。長沙王親近小人，遠外君子，凡在朝者，人懷危懼。樂令既蒙朝望，加有婚親，群小讒於長沙。長沙嘗問樂令，樂令神色自若，徐答曰：「豈以五男易一女？」由是釋然，無復疑慮。——《世說新語》，言語第二·25。

> 孫秀既恨石崇不與綠珠，又憾潘岳昔遇之不以禮。後秀為中書令，岳省內見之，因喚曰：「孫令，憶疇昔周旋不？」秀曰：「中心藏之，何日忘之？」[9]岳於是知不免。後收石崇、歐陽堅石（建），同日收岳。石先送市，亦不相知。潘後至，石謂潘曰：「安仁，卿亦復爾邪？」潘曰：「可謂『白首同所歸』！」潘《金谷集詩》云：「投分寄石友，白首同所歸。」乃成其讖。——《世說新語》，仇隙第三十六·1。

9　《詩經·小雅·隰桑》。

陸平原（機）河橋敗。為盧志所讒，被誅。臨刑歎曰：「欲聞華亭鶴唳，可復得乎？」——《世說新語》，尤悔第三十三·3。

以上四則，第一與第三則發生於趙王倫掌權之時，孫秀時為其寵信。司馬倫威勢正隆時，要孫秀羅致石崇所愛樂伎綠珠而石崇不肯。孫曾為潘岳下屬，潘岳昔日曾對之不善，故懷恨在心。《金谷集詩》是石崇與友人在金谷園宴飲時所吟之詩。第二與第四則發生於長沙王與成都王互相爭權時，陸機被成都王委為都督前鋒，長史盧志和內侍孟玖，因私怨挾恨陸機弟兄，陸機兵敗後，二人進讒誣告他謀叛。華亭為陸氏弟兄出仕前退隱的生活、讀書處。由於讒言，陸機、陸雲全家被斬。

至「八王之亂」末期，權力悉落入東海王司馬越之手。司馬越將國事交付王衍、衍弟王澄、謝鯤、胡母輔之這些人辦理。關於他們不切實際的想法和行事，《世說新語》中可以見到王衍和弟弟王澄的不負責任的行為，在上章已經說過。

《世說新語》對待王衍，說輕些是誤導讀者，只講他的前半生，是士人活動的核心人物，國中主持「清談」的權威，到西晉瀕臨危亡，最後時刻他扮演了什麼角色，《世說新語》一片空白。他是否如《晉書》本傳所言，真要負誤國之責？他被囚後是否想把自己在晉廷的領導作用降低，以減少誤國的責難、保全自己？還有，他有無真正對石勒勸進，要他去登皇位？《世說新語》對此毫不觸及。王衍傳中說他對自己有一番評價，自承如果未在空談和不負責任的行為上浪費時間，事情的結果可能就會不一樣的。王衍蔑視俗務、恥於言錢（規箴第十·9）、王澄不顧官場儀態（簡傲第二十四·6），一起顯示出西晉末年國家柱石們的種種怪態。當然，任何人不可能知曉事實真相，但筆者的印象是：編撰者有意回避王衍生平這一面，或許他們本是王的崇拜者，對可能加於其身的抨擊筆下留情。

西晉亡國前夕，有許多可歌可泣的遺事值得一書。如兩個末代

君主落入北人手中前後的淒慘命運；一些忠臣寧死不屈，表現了對君王的愛戴；官員將領的女眷，寧願自盡也不事敵。這些事蹟，在《世說新語》中一無所見。

有人把西晉的滅亡比作西羅馬帝國的滅亡[10]，甚有見地。五胡亂華時期的大破壞和西羅馬帝國被歐洲的野蠻民族征服和據有的確有其共通點。同樣是一個強大富庶的國家倒塌了，一個古老的文明被新崛起的年輕民族所擊敗而趨於毀滅。更重要的是，它所代表的那種秩序跟著破滅，對於個人來說，一個熟悉的世界幻滅了，代之以狂暴的殺戮與長期的混亂。一個民族被征服了，隨此，一小部分人顛沛流離地逃亡到一個陌生的地方，拾起破碎的身心，重新艱苦地活下去。有的人永遠不能忘懷過去，沉湎在自身的悲劇裡不能自拔，有的人卻能夠振奮起來以新的態度適應新的環境，創造出一個新的世界。這就是大批東晉初年過江的北方氏族的命運。《世說新語》雖不能像一幅壯麗的畫布，將這些大時代的感人畫面圖寫出來，但從它的內容裡，卻可以看到一些小幅的速寫和素描，把這大時代的辛酸與堅韌吉光片羽地呈現出來。

中國北方淪陷前後，發生了一場自北向江南的大規模移民潮，有遠見的人，在此之前已南下，比較從容，早點在南方站穩腳步，後來的人，在丟下一切、兵荒馬亂之際倉皇而逃，其難堪之情可想而知。無論是早到還是晚至，同樣受到失去過去的一切、丟下親人故舊之苦，不免時時生起對故鄉往事的追懷以及對新環境的不習慣等種種情緒。閱讀以下條目，能感受到流民肉體和精神上的極端痛苦：

> 衛洗馬（玠）初欲渡江，形神慘悴，語左右云：「見此茫茫，不覺百端交集。苟未免有情，亦復誰能遣此！」——《世說新語》，言語第二·32。

衛玠是衛瓘之孫，享盡榮華富貴，時人評為青年中最為俊朗

10　梁作干：《西晉與西羅馬滅亡是世界歷史的重大轉折點》，見《歷史研究》，1982年第5期，頁187。

者，但此後一切均成過去。

> 鄧攸始避難，於道中棄己子，全弟子。既過江，取一妾，甚寵
> 愛。歷年後，訊其所由。妾說是北人遭亂，憶父母姓名，乃攸
> 之甥也。攸素有德業，言行無玷，聞之哀恨終身，遂不復畜
> 妾。——《世說新語》，德行第一·28。

北方陷落前，鄧攸曾任河東太守，永嘉之亂後，曾流浪於外，
一度被敵方擄去。棄子後，此後未曾再有兒子。經過上述事件，他也
不納妾，死後沒有子嗣，無疑是古人心目中最慘的命運。

> 元帝始過江，謂顧驃騎（榮）曰：「寄人國土，心常懷慚。」
> 榮跪對曰：「臣聞王者以天下為家，是以耿、亳無定處，九鼎
> 遷洛邑，願陛下勿以遷都為念。」——《世說新語》，言語第
> 二·29。

琅邪王司馬叡以平東將軍身份，偶然地駐於江南，因而在地理
上有優越的條件承襲帝業，延續晉祚。晉朝國都原在洛陽，司馬叡在
建康建立朝廷，仍有異鄉作客之感。商朝國都曾數易其地；耿和亳都
曾當作都城。南遷的士大夫，一如其他流離失所者，深感去國懷鄉之
痛：

> 過江諸人，每至美日，輒相邀新亭，藉卉飲宴。周侯（顗）中
> 坐而歎曰：「風景不殊，正自有山河之異！」皆相視流淚。唯
> 王丞相（導）愀然變色曰：「當共戮力王室，克服神州，何至
> 作楚囚相對！」——《世說新語》，言語第二·31。

新亭在建康郊外，移民中的精英，常遠足至此雅聚，免不了興
起極目不見鄉關的哀愁。

四、江左風雲

建都建康的新朝廷，初期根基不牢，搖搖欲墜。《世說新語》
中有親歷者一番描述：

> 溫嶠初為劉琨使來過江。於時，江左營建始爾，綱紀未舉。溫

新至，深有諸慮。既詣王丞相，陳主上幽越、社稷焚滅、山陵夷毀之酷，有《黍離》[11]之痛。溫忠慨深烈，言與泗俱，丞相亦與之對泣。敘情既畢，便深自陳結，丞相亦厚相酬納。既出，歡然言曰：「江左自有管夷吾[12]，此復何憂？」——《世說新語》，言語第二·36。

劉琨曾任并州刺史，并州未淪於敵手。洛陽、長安淪陷後，他認識到晉室的唯一希望在琅邪王身上，故派遣右司馬溫嶠出使，與新朝廷聯絡。管夷吾是對賢相的喻稱。

新朝廷要在南方穩固紮根，就要獲得各種勢力支持：如北方來的軍閥祖逖、王敦，南方土族勢力顧氏、陸氏等。對於王導為團結各種力量作的努力，《世說新語》給了掠影式的介紹。比如為了取得軍方支持，他只好作某種讓步：對其不法行為睜隻眼閉隻眼。上一章已經引用《世說新語》任誕第二十三·23祖逖縱容自己的軍士搶劫一事。《晉書·祖逖傳》所載與此稍有出入，稱對下屬所犯搶劫一事，祖逖作了譴責，其時適值饑荒年頭，而祖本人生活清廉儉樸云云。

王導欲贏得南方豪族支持，其策略非止一端，不但拉攏他們進入官場最上層，還打算衝破南北方人互不通婚的社會壁壘，可惜他的示好之舉被毫不含糊地頂了回來，這件事我們上一章也引過《世說新語》方正第五·24加以說明。

他想要將南北兩方最有勢力的家族陸氏和王氏以聯姻形式拉在一起的打算儘管失敗，但吸納東吳土族的政策仍在進行。隨著時間的推移，東晉政權在東吳土族勢力幫助下，平息多起叛亂而生存下來。正是王導治國的寬容態度，使朝廷在江南打下堅實的基礎。這個偏安政權縱然軟弱無力，缺乏進取，未能收復失地，但它堅持下來，抗禦了走馬燈似的統治北方的各種異族的侵略，也可算是難得的了。

11　「黍離」是《詩經·王風》一首詩的詩名，詩人在其中表達了一個亡國者的極度悲傷。

12　管夷吾（仲）是齊桓公（西元前648年左右在位）的得力大臣。

元帝對王導的感激之心，從下條可見：

> 元帝正會，引王丞相登御床，王公固辭，中宗引之彌苦。王公曰：「使太陽與萬物同暉，臣下何以瞻仰？」——《世說新語》，寵禮第二十二·1。

本條表明晉帝對王導的敬重。《晉書》中載明帝（元帝之子）稱他為「亞父」。他手中權勢之重足以震主，加上他堂兄王敦掌控一支龐大隊伍，合起來勢力之大，正如民間之傳言：「王與馬，共天下。」人們會由此得出一種印象，由於這種情勢，元帝必然會同時信任一個與王氏對立的集團，以分散其權力，而刁協和劉隗正是這個集團的領袖人物。人們從《世說新語》裡，既不能清楚瞭解事情的原委，也無法得知王氏與刁劉集團衝突時所採用的謀略，只從方正第五·23與27中，見到高門與寒門（如刁氏、劉氏）之間敵意的的蛛絲馬跡。《晉書》中記載了真相，是刁、劉等人順應元帝意志，採取行動削減豪族權力，遏制他們，同時壯大本集團。辦法是任命羽翼出任州郡武職，沖減王氏權力。此舉激怒了王敦，他藉口「清君側」，將軍隊開赴都城。《世說新語》對王敦的個性以及大臣們對此叛亂的反應，作了大量透闢的觀察剖析，對他死前那種篡位的勃勃雄心與迫不及待作了充分描繪：

> 王處仲（敦）每酒後，輒詠「老驥伏櫪，志在千里。烈士暮年，壯心不己」。以如意打唾壺，壺口盡缺。——《世說新語》，豪爽第十三·4。

王敦所吟是曹操的詩，而曹操篡漢之心，人盡皆知。王敦亦如曹瞞，年齒已長而未能遂願，亦終不放棄。王導對其堂兄行為的反應，可從《世說新語》中見到：

> 王敦兄含為光祿勳，敦既逆謀，屯據南州，含委職奔姑孰。王丞相詣闕謝。司徒、丞相、揚州官僚問訊，倉卒不知何辭。顧司空（和）時為揚州別駕，授翰曰：「王光祿遠避流言，明公蒙塵路次，群下不寧，不審尊體起居何如？」

　　依注文中引《中興書》所述，因王敦興兵反朝廷，王導率子弟到宮門前磕頭不已，終日謝罪。事實上他雖然沒有像王含那樣去姑蘇投奔兄弟王敦，但也處於極其險惡之境，身家性命可說是懸於一線。從以下條目，也可看出王導處境之堪憂。

> 王大將軍（敦）起事，丞相兄弟詣闕謝。周侯（顗）深憂諸王，始入，甚有憂色。丞相呼周侯曰：「百口委卿！」周直過不應，既入，苦相存救。既釋，周大悅，飲酒。及出，諸王故在門。周曰：「今年殺諸賊奴，當取金印如斗大繫肘後。」大將軍至石頭，問丞相曰：「周侯可為三公不？」丞相不答。又問：「可為尚書令不？」又不應。因云：「如此，唯當殺之耳。」復默然。逮周侯被害，丞相後知周侯救己，歎曰：「我不殺周侯，周侯由我而死，幽冥中負此人！」——《世說新語》，尤悔第三十三・6。

　　《世說新語》不少條目顯示王導與周顗關係親密（如言語第二・40、排調第二十五・18）。王敦和周顗的友誼亦可追溯到他們在洛陽的少年時代（尤悔第三十三・8）。與劉刁集團衝突的第一階段，周站在王家一邊（方正第五・23），但他對王敦妄自起兵反叛朝廷，是反對的，就此公開譴責王敦（方正第五・31、33）。以上摘引的條文中，其曖昧的態度增加了王敦對他的不安。即使對反對王敦領兵入都的王導而言，也拿不准周顗站在哪邊。條目很清楚地顯現王敦要聽取王導的意見，該怎樣對待周顗，是友是敵？連問三次，依次代表周顗的友情深度。若是忠實朋友，則當尚書令，這是關鍵職位，只給可信賴的盟友。若他不偏不倚，取中間立場，則當三公之一，風光而無實權。若兩者都不是，無疑是王家之敵，必須殺掉。所以王導對前兩問沉默不語，王敦理解王導的意見是要除去周顗。

　　王敦成功擊敗刁劉集團後，其專橫作風在《世說新語》中表露無遺。規箴第十・12裡，可見他雖駐軍建康西郊石頭城，並不去朝拜天子；方正第五・28中他將意見強加他人；而在方正第五・32中，

可見到他意圖廢除皇太子（日後的明帝）：

> 王敦既下，住船石頭，欲有廢明帝意。賓客盈坐，敦知帝聰明，欲以不孝廢之。每言帝不孝之狀，而皆云：「溫太真（嶠）所說。溫嘗為東宮率，後為吾司馬，甚悉之。」須臾溫來，敦便奮其威容，問溫曰：「皇太子作人何似？」溫曰：「小人無以測君子。」敦聲色並屬，欲以威力從己，乃重問溫：「太子何以稱佳？」溫曰：「鉤深致遠，蓋非淺識所測。然以禮侍親，可稱為孝。」──《世說新語》，方正第五‧32。

「東宮率」是個聯絡皇太子的崗位，可用以收集不利太子的情報。但溫雖曾為王敦下屬，對皇帝仍忠心耿耿。王敦自以為將朝廷置於股掌之上，就能威嚇溫嶠與之合污。

假譎第二十七‧6中，有王敦與明帝鬥智的描寫。但王敦未及遂其野心，即因病而亡。《世說新語》續寫了他謀反的可悲下場：

> 王大將軍既亡，王應欲投世儒（王彬），世儒為江州，王含欲投王舒，舒為荊州。含語應曰：「大將軍平素與江州云何，而汝欲歸之？」應曰：「此乃所以宜往也。江州當人強盛時，能抗同異，此非常人所行，及睹衰厄，必興慜惻。荊州守文，豈能作意表行事？」含不從，遂共投舒，舒果沉含父子於江。彬聞應當來，密具船以待之，深以為恨。──《世說新語》，識鑒第七‧15。

王應是王敦的嗣子，其生父是王敦之兄王含。王彬、王舒都是他們的堂兄弟，被王敦安置在有戰略地位的州郡，作為緩衝力量。王彬曾公開反對王敦殺周顗，因為有這層分歧，王含害怕得不到王彬的庇護。

自東晉建立，王導就是國家的攝政者，至明帝英年逝世情況才有改變。《世說新語》中能看出他施政中某些弊端，其最著者是過分寬鬆。前面已引祖逖攔路搶劫的條目（黜免第二十三‧23），他為了

取得軍閥們的支持，對這些人無法無天的行為一味寬容。其次就是腐敗與裙帶風：

> 王丞相（導）有幸妾姓雷，頗預政事，納貨。蔡公謂之「雷尚
> 書」。——《世說新語》，惑溺第三十五・7。

到晚年恐怕情況越來越糟，因為他的老友與同僚郗鑒，發現該對他進行規勸（規箴第十・14）。另一方面，郗鑒兩次制止州郡刺史（陶侃和庾亮）興兵除掉他。王導施行了許多善政，如維持國家統一、經濟管理有方等，淡化和掩蓋了他的軟弱無為的一面。

成帝時，庾亮之興起使王導權力受到限制，從《世說新語》可以明顯看出。兩人間的較量反映於雅量第六・13和輕詆第二十六・4。從以下條目及注文，可察見兩人主要差別所在：

> 丞相（導）嘗夏月至石頭看庾公，庾公正料事。丞相云：
> 「暑，可小簡之。」庾公曰：「公之遺事，天下亦未以為
> 允。」——《世說新語》，政事第三・14。

> 注：《殷羨言行》曰：「王公薨後，庾冰代相，網密刑峻。羨
> 時行，遇收捕者於途，慨然歎曰：『丙吉問牛喘，似不爾！』
> 嘗從容謂冰曰：『卿輩自是網目不失，皆是小道小善耳。至於
> 王公，故能行無理事。』（後略）」

庾冰是庾亮之弟，與亮觀點一致。丙吉是漢獻帝時大臣，據說他大罪不問，專注於牛喘一類無關痛癢小事。王導為政風格一如道家，諸事從簡，「無為而治」。而庾亮弟兄巨細全攬，泥於律法文字，行事多屬儒家而趨於法家。

暮年的王導被政敵逼到實際無權的狀態：

> 丞相末年，略不復省事，正封籙諾之。自歎曰：「人言我憒
> 憒，後人當思此憒憒。」——《世說新語》，政事第三・15。

> 注：徐廣《晉紀》曰：「導阿衡三世，經綸夷險，政務寬恕，
> 事從簡易，故垂遺愛之譽也。」

其他之處，也能見到王導的「無為而治」傾向。如規箴第十・

15。

庾亮政務從嚴，迅即惹出禍端，表現在蘇峻叛亂。由《世說新語》披露的各個方面，可以大體拼湊出事件的整體模樣：

> 庾公臨去，顧語鍾（雅）後事，深以相委。鍾曰：「棟折榱崩，誰之責邪？」庾曰：「今日之事，不容復言，卿當期克復之效耳！」鍾曰：「想足下不愧荀林父耳。」——《世說新語》，方正第五・35。

此事當發生在蘇峻受庾亮壓力要放棄軍權時，他選擇在放棄之前再作一搏。叛軍攻至都城，庾只好急忙出逃。此則故事中鍾雅將蘇峻作亂之責歸於庾亮。荀林父是春秋時期一位武將，雖遭大敗仍得到國君寬恕。後來打了一場大勝仗，人心振奮，折抵以前損失還有餘。鍾雅或者借荀林父來表達他對庾亮的期望。

> 成帝在石頭，任讓在帝前錄侍中鍾雅、右衛將軍劉超。帝泣曰：「還我侍中，右衛[13]。」讓不奉詔，遂斬超、雅。事平之後，陶公與讓有舊，欲宥之。許柳兒思妣者至佳，諸公欲全之。若全思妣，則不得不為陶全讓，於是欲並宥之。事奏，帝曰：「讓是殺我侍中者，不可宥！」諸公以少主不可違，並斬二人。——《世說新語》，政事第三・11。

這裡還窺見庾亮在好友溫嶠幫助下，向陶侃求情的情形。他想說服陶支持他抗擊蘇峻。

> 陶公自上流來赴蘇峻之難，令誅庾公，謂必戮庾，可以謝峻。庾欲奔竄，則不可；欲會，恐見執，進退無計。溫公勸庾詣陶曰：「卿但遙拜，必無他。我為卿保之。」庾從溫言詣陶。至，便拜。陶自起止之曰：「庾元規何故拜陶士衡？」畢，又降就下坐。陶又自要起同坐。定，庾乃引咎責躬，深相遜謝。陶不覺釋然。——《世說新語》，假譎第二十七・8。

蘇峻反叛時，只有陶侃在實力和威望上，堪與蘇峻匹敵，庾亮

13　原文只有侍中，楊勇根據《晉書》加「右衛」二字。

只得對他低聲下氣，引咎自責。對庾來說，採取這一步並不輕易，因為陶侃早年在西晉，不過是寒族一員，為眾多時人鄙視[14]。庾亮則是豪族大家中佼佼者、堂堂國舅兼全國政務統攝。難怪陶侃用諷刺口吻說：「為什麼庾元規要拜陶士衡呢？」然而，在陶的幫助下，庾亮得以像前引條目裡鍾雅預期那樣反敗為勝，不愧為東晉的荀林父。

蘇峻之亂平定後，國力支絀，由方正第五‧37可見。陶侃為朝廷進一步倚重，亦見諸政事第三‧11和方正第五‧39，以下條目及注文尤為明顯：

> 陶公疾篤，都無獻替之言，朝士以為恨。仁祖（謝尚）聞之曰：「時無豎刁，故不貽陶公話言。」時賢以為德音。——《世說新語》，言語第二‧47。

該條注文摘引了陶侃臨終前上表的話，說：「我年近八十，位居群臣之首。」表明他當時地位已超過王導和庾亮（兩人都在世）而操控最高權力。豎刁是個宦官，齊桓公以他接替管仲，使齊國遭亂。

陶侃死後，庾冰、庾翼與何充短期內當上朝中重臣，但掌權不久逐一迅速死去。何充短暫任內，曾有過一次行動，事後證明此舉對以後數年的政局至關緊要。《世說新語》收錄了此事的報導：

> 小庾臨終，自表以子園客為代。朝廷慮其不從命，未知所遣，乃共議用桓溫。劉尹曰：「使伊去，必能克定西楚，然恐不可復制。」——《世說新語》，識鑒第七‧19。

注文摘錄了《陶侃別傳》，稱何充任用了桓溫。《晉書》證實了此事[15]。由賞譽第八‧59和60可知何充是王導的得意門生，王導一直希望他繼承自己為相，但因庾氏兄弟興起，何充只在庾翼死後才有機會；他自然不想其他庾氏人物再任荊州刺史控制長江上游，在未來再反對自己，故他薦用桓溫到這一要害職位上，桓溫是以在朝中地位越來越高，加上他有軍權，造成他以後代晉的野心。

---

14 《晉書》卷66，頁1769。

15 同上書，卷77，頁2030。

　　何充死後，「輔政」一職再次空缺。《世說新語》描述了褚裒在二人角逐的情況中，自動退出的原因：

> 何驃騎（充）亡後，征褚公入。既至石頭，王長史（濛）、劉尹（惔）同詣褚。褚曰：「真長（劉惔字），何以處我？」真長顧王曰：「此子能言。」因視王，王曰：「國自有周公。」──《世說新語》，言語第二‧54。

> 注：《晉陽秋》曰：「充之卒，議者謂太后父褚宜秉朝政。裒自丹徒入朝，吏部尚書劉遐勸裒曰：『會稽王令德，國之周公也，足下宜以大政付之。』裒長史王胡之亦勸歸藩，於是固辭歸京口。」

　　《世說新語》似乎在故事中再次把人搞錯。注文所引的《晉陽秋》和《晉書》明確講是劉遐和王胡之勸說褚裒，唯有《世說新語》將此歸之於劉惔和王濛。會稽王司馬昱是幼主的叔祖，而褚裒是他外公。這裡說司馬昱也會像周公為侄子輔政一樣，幫穆帝主持政務。當時，褚裒是徐州和兗州刺史，駐京口（當塗）。

　　司馬昱加強在朝廷中地位的一個步驟，是設法勸說謝安負起治國安邦大任。《世說新語》有關該主題有數條（排調第二十五‧26、識鑒第七‧21），但謝安直到很晚才出山。

五、一代梟雄桓溫

　　與此同時，桓溫的權勢急速膨脹。《世說新語》識鑒第七‧24與言語第二‧58 記述其伐蜀之舉；賢媛第十九‧21提到他的取勝。軍事的成功促成他的地位攀至新高，以致很快和王敦、蘇峻一樣覬覦帝位。他也曾多次努力收復北方失地，《世說新語》對其北伐著墨不多，也未反映出北方漢人迎接他到來的歡欣鼓舞之情，僅有一條，言及他的北伐：

> 桓公入洛，過淮、泗，踐北境，與諸僚屬登平乘樓，眺矚中原，慨然曰：「遂使神州陸沉，百年丘墟，王夷甫（衍）諸人

不得不任其責!」袁虎(宏)率爾對曰:「運自有廢興,豈必
諸人之過?」桓公懍然作色,顧謂四坐曰:「諸君頗聞劉景升
(表)不?有大牛重千斤,啖芻豆十倍於常用牛,負重致遠,
曾不若一羸牸。魏武入荊州,烹以饗士卒,於時莫不稱快。」
意以況袁。四坐既駭,袁亦失色。——《世說新語》,輕詆第
二十六·11。

　　袁宏為當世才華出眾的文士,隨桓溫北伐,任大司馬記室參
軍。劉表是東漢末年荊州太守,其轄地獨立於曹操控制下的朝廷。死
後,曹即由劉表兒子劉琮處奪去荊州。此處桓溫因袁宏反駁自己對王
衍的批判而要脅要把他殺掉。一言之失就能惹出殺身之禍,桓溫的威
勢,表現得很形象。

　　可惜桓溫北伐的真實目的,只是擴張一己威權,以為這樣就能
堂而皇之地從司馬氏手中拿過皇位。朝廷自然覺察他的意向,想物色
一個統領人物,構成抗衡的力量。殷浩就是這樣找來的,其聲望在
《世說新語》裡這樣敘述:

殷淵源(浩)在墓所幾十年。於時朝野以擬管(仲)、葛(諸
葛亮),起不起,以卜江左興亡。——《世說新語》,賞譽第
八·99。

注:《續晉陽秋》曰:「時穆帝幼沖,母后臨朝,簡文親賢民
望,任登宰輔。桓有平蜀、洛之勳,擅強西陝。帝自料文弱,
無以抗之。陳郡殷浩,素有盛名,時論比之管、葛。故徵浩為
揚州,溫知意在抗己,甚忿焉。」

　　時桓溫為荊州刺史並授予監理六省軍務之職,其中包括了雍
州,該地區又稱「陝」(今陝西),故當時荊州有時算作西陝。歷史
上,荊州刺史常代表抗衡朝廷的勢力,而揚州刺史常是宰相或宰輔所
兼,兩者在政治上對立,所以桓溫一下就猜出朝廷的意圖。

　　殷浩原不是桓溫的敵手,他北伐遭到慘敗,在桓溫壓力下,時
任宰輔的司馬昱,即引文中的簡文帝,將他廢為庶人。這一悲慘結局

生動再現於《世說新語》黜免第二十八・3和5中。《世說新語》還記入不少殷桓較勁的條文，有一則是桓溫評說殷浩的為人，並和自己比較（賞譽第八・117與品藻第九・38）。

　　殷浩失敗威風掃地後，朝廷再無人可牽制桓溫，他廢去皇帝，立司馬昱，是為簡文帝。但簡文對自己登位很不如意，相反，從《世說新語》中隱約可見他經常感到不安，表露出無助與無望之情：

> 初，熒惑入太微，尋廢海西。簡文登祚，復入太微，帝惡之。時郗超為中書在直。引超入曰：「天命修短，故非所計。政當無復近日事否？」超曰：「大司馬方將外固封疆，內鎮社稷，必無若此之慮。臣以為陛下以百口保之。」帝因誦庾仲初詩曰：「志士痛朝危，忠臣哀主辱。」[16]聲甚悽屬。郗受假還東，帝曰：「致意尊公，家國之事，遂至於此。由是身不能以道匡衛，思患預防。愧歎之深，言何能喻！」因泣下流襟。——《世說新語》，言語第二・59。

　　郗超是桓溫密友，故簡文要找他商量自己的未來；郗超父親郗愔是忠於晉室的大臣，所以簡文帝要郗超代為致意，不排除希望通過他的父親，使郗超也顧念晉室一點。

> 桓宣武（溫）對簡文帝，不甚得語。廢海西後，宜自申敘，乃豫撰數百語，陳廢立之意。既見簡文，簡文便泣下數十行。宣武矜愧，不得一言。——《世說新語》，尤悔第三十三・12。
>
> 桓宣武既廢太宰父子（司馬晞及子綜），仍上表曰：「應割近情，以存遠計。若除太宰父子，可以無憂。」簡文答表曰：「所不忍言，況過於言？」宣武又重表，辭轉苦切。簡文更答曰：「若晉室靈長，明公便宜奉行此詔；如大運去矣，請避賢路。」桓公讀詔，手戰流汗，於此乃止。太宰父子遠徙新安。——《世說新語》，黜免第二十八・7。

　　由以上兩則故事可見，簡文帝雖無法以實力與桓溫對抗，但他

16　蕭統：《文選》，卷60，《四部叢刊》本。

對桓的專橫態度作了被動的抗爭。而桓溫雖然氣焰甚囂塵上，內心卻還是個有感情、有點良心的人。

關於桓溫的個性，《世說新語》有不少體察：書中表現他是個覬覦皇位的野心家（賞譽第八・79、任誕第二十三・13），感情細膩的性情中人（言語第二・55、58、黜免第二十八・2），既是治國能臣（言語第二・85、政事第三・19），又是「清談」行家裡手（文學第四・22、29）。此人確是《世說新語》裡性格紛繁多面的一個。上述軼事遺文多被編入《晉書》。

簡文崩於臨朝次年，此後數月中朝中動態，《世說新語》有相當多材料。謝安和王坦之統率擁戴晉室諸臣，接續簡文帝的努力，繼續抵制桓溫。對此前桓溫廢黜海西一事，謝安委婉地表示不滿，顯示了他的膽識，參見排調第二十五・38。

六、謝安的崛起

前曾提及謝安拒絕司馬昱徵召，不願脫離隱居而出仕，但最後還是出山，僅擔任桓溫手下的司馬。對這一轉變書中未詳細解釋，可能怕違拗桓溫之命。此事後來招致了他人的嘲諷（排調第二十五・26、32）。由《世說新語》知道桓溫對他很是器重（賞譽第八・101、102、105），但桓溫野心越來越明顯，謝安與他拉開距離，最後成為反桓集團的一員。

《世說新語》中有不少桓溫芟除政敵的明證（雅量第六・26、27、30），故謝安和王坦之性命常處於危險中。

> 謝太傅（安）與王文度（坦之）共詣郗超，日旰未得前。王便欲去，謝曰：「不能為性命忍俄頃？」——《世說新語》，雅量第六・30。

前已提到，郗超是桓溫的親密盟友，故操生殺大權。另一條重要的條目是：

> 桓公伏甲設饌廣延朝士，因此欲誅謝安、王坦之。王甚遽，

> 問謝曰：「當作何計？」謝神意不變，謂文度曰：「晉祚存
> 亡，在此一行。」相與俱前。王之恐狀，轉見於色。謝之寬
> 容，愈表於貌，望階趨席，方作洛生賦詠，諷「浩浩洪流」。
> 桓憚其曠遠，乃趣解兵。王、謝舊齊名，於此始判優劣。——
> 《世說新語》，雅量第六·29。

謝安與王坦之共赴桓溫的「鴻門宴」，因為謝安的沉著態度，桓溫「憚其曠遠」，把伏下的刀斧手撤掉，此事發生在簡文死後。在遺詔中，簡文要求桓溫輔佐他的兒子，如當年諸葛亮和王導。桓大怒，他原以為簡文臨終會將帝位禪讓給自己，只因謝、王之作梗，故遷怒於二人。所謂作「洛生賦詠」，依劉峻注文，是謝因鼻疾造成的一種語音習性，而為其他名士模仿。洛陽口音是舊國都的話音，意味文化與教養。這又一次說明桓溫雖然想心狠手辣地除掉政敵，但在最後一刻，狠不下心來，終於壞了他自己的大事。

謝安靈活老練的周旋，結果是在朝中與桓溫相安無事，直到桓溫罹病垂危。桓在病榻上要求朝廷頒賜「九錫」，距篡位僅一步之遙。為拖延此事，謝安和王彪之就賜九錫文的措辭，故意爭論不已，文未竟而桓已卒。《世說新語》未記述桓溫兄弟和兒子對桓溫手中軍權之爭奪，這場爭端以桓沖得勝而結束。在《世說新語》尤悔第三十三·16的注文中，人們瞭解到桓沖想把桓溫政治權力讓給謝安，折減乃兄的過錯，換得自己掌握軍權的位置（見後文）。

謝安的理政風格是溫和、沉著的。他的為人特色於雅量第六·28、29、30幾條中表現得淋漓盡致，並在處置淝水之戰的方式中奏效，這場抗擊前秦的著名戰役，是他出山後最重要的事件。我們在上一章關於弈棋一節中引過淝水之戰捷報傳來時謝安正在與人下棋，他故意不動聲色，以示鎮定。但書中所寫他對桓沖的態度，令人感到很不是滋味。

> 桓車騎（沖）在上明畋獵，東信至，傳淮上大捷。語左右曰：
> 「群謝年少大破賊。」因發病薨。談者以為此死，賢於讓揚之

荊。——《世說新語》，尤悔第三十三‧16。

注：《續晉陽秋》曰：「桓沖本以將相異宜，才用不同。忖己德量不及謝安，故解揚州以讓安，自謂少經軍鎮。及為荊州，聞符堅自出淮、淝，深以根本為慮，遣其隨身精兵三千人赴京師。時安已遣諸軍，且欲外示門（閒）暇，因令沖軍返。沖大驚，曰：『謝安乃有廟堂之量，不閒將略。吾量賊必破襄陽而並力淮、淝。今大敵果至，方游談示暇，遣諸不經事年少，而實寡弱，天下誰知？吾其左衽矣！』俄聞大勳克舉，慚慨而薨。」

桓沖聽說符堅大兵來攻，擔心謝安是文臣，不能應敵，跑去支援他，誰知謝安不予接受。這一點看出謝安不夠大度的地方。即使他已經勝算在握，也可以接受桓的援助，共同保衛疆土，才顯得宰相氣量。謝安不接受的原因，可能是因為與桓溫的舊恨未消，或懼怕桓氏力量因此再度高漲，更可能因為桓沖看不起他，認為他沒有破敵的本領，偏要顯示自己的能力。不管是哪一種原因，都顯得桓沖誠摯而謝安心胸狹隘。

淝水之戰後，謝氏聲望臻於頂峰，但謝安十分明智，手中不握過多權力，也不讓家族其他人攬權，因朝政開始腐敗，孝武帝不再參與國事的共理，而託付給兄弟會稽王司馬道子。謝安從權力中心淡出，以防與道子發生衝突，這一切《世說新語》並未反映，實際上此後，對謝安、謝玄一字未提。

七、晉末的昏暗與桓玄代晉

《世說新語》對孝武帝后期的政治局勢，有詳盡周到的觀察。王恭是孝武皇后之弟。因此朝中分為兩派：一派以王恭和皇帝為中心，另一派以司馬道子為中心。袁悅力勸會稽王專攬朝政，引起孝武帝的忌諱，所以招來殺身之禍。

袁悅有口才，能短長說，亦有精理。始作謝玄參軍，頗被禮

> 遇。後丁艱，服除還都，唯齎《戰國策》而已。語人曰：「少
> 年時讀《論語》、《老子》，又看《莊》、《易》，此皆是病
> 痛事，當何所益邪？天下要物，正有《戰國策》。」既下，說
> 司馬孝文王，大見親待，幾亂機軸。俄而見誅。——《世說新
> 語》，讒險第三十二・2。

> 注：《袁氏譜》曰：「悅字元禮，陳郡陽夏人。父朗，給事
> 中。仕至驃騎諮議。太元中，悅有寵於會稽王，每勸專覽朝
> 權，王頗納其言。王恭聞其說，言於孝武，乃托以他罪，殺悅
> 於市中。既而朋黨同異之聲，播於朝野矣。」

《戰國策》包括了許多遊說的實例，也有權力博弈中的計策。
這一時期的詆毀進讒還有其他例子，如讒險第三十二・3和4。

宮廷密謀和派別之爭很快發展成為赤裸裸的兵戎相見。道子與
王恭敵意之深，顯示於言語第二・100與紕漏第三十四・7，終以道
子滅殺王恭了結。

正當此時，桓氏家族又現身政壇。《世說新語》展現了司馬道
子企圖壓制桓玄的情景，桓玄是桓溫幼子和繼承人。由《晉書》得
知，因為桓溫的謀反，桓玄並未出任要職，朝廷只給了他一個義興太
守。

> 桓玄義興還後，見司馬太傅（道子）。太傅已醉，坐上多客，
> 問人云：「桓溫來欲作賊，如何？」桓玄伏不得起。謝景重
> 時為長史，舉板答曰：「故宣武公黜昏暗，登聖明，功超伊
> （尹）、霍（光）。紛紜之議，裁之聖鑒。」太傅曰：「我
> 知！我知！」即舉酒云：「桓義興（玄），勸卿酒。」桓出謝
> 過。——《世說新語》，言語第二・101。

桓玄未出任要職的結果是他成為王恭派的一份子，真正介入王
恭的謀劃，計畫率領一支隊伍，聯合各州郡太守進入都城，消滅道子
及其羽翼。桓想追隨荊州太守殷仲堪，加入他們一派。其努力見德行
第一・41及注文。在與朝廷的衝突中建立了自己的軍事實力後，桓玄

轉而逐個擊敗自己的盟友，將人馬併入自己隊伍。這種行動，部分可見於德行第一・43，在此次戰役中，他將荊州從昔日盟友殷仲堪手裡奪了過來。

桓玄篡晉，至此已是箭在弦上。《世說新語》透露出他篡位後的絲絲不安：

> 桓玄既篡位，後御床微陷，群臣失色。侍中殷仲文進曰：「當由聖德淵重，厚地所不能載。」時人善之。——《世說新語》，言語第二・106。

龍床略有沉陷，當是桓玄過大的體重引起（《晉書》稱桓玄軀體過胖，不能騎馬）[17]。群臣反應過敏，似反映出對新王朝並無信心。在傷逝第十七・19中，桓玄本身也表現出同樣惴惴不安的心理。

> 桓玄當篡位，語卞鞠（範之）云：「昔羊子道（孚）恆禁吾此意。今腹心喪羊孚，爪牙失索元，而匆匆作此詆突，詎允天心？」——《世說新語》，傷逝第十七・19。

卞鞠是桓玄的主要心腹爪牙。這段潛臺詞式的自承，可感受到桓的一絲悔意，這種心情可能很切實，因為他稱帝八十天後王朝即告夭亡。

桓玄篡位是《世說新語》最後一樁歷史事件。桓玄為劉裕所敗，而劉裕是《世說新語》編撰人劉義慶之伯父，打敗桓玄一事未反映在書中。只有黜免第二十八・8中似乎涉及劉裕：

> 桓玄敗後，殷仲文還為大司馬諮議，意似二三，非復往日。大司馬府廳前，有一老槐，甚扶疏。殷因月朔，與眾在廳，視槐良久，歎曰：「槐樹婆娑，無復生意！」

楊勇為此條加的注文中，稱「大司馬」為劉裕，馬瑟在譯文裡也採用此身份。但此前無論《晉書》中安帝、恭帝的本紀，還是《宋書》中高祖（劉裕）的本紀中，都找不出劉裕曾任此職。另者，安帝

---

17 《晉書》卷99，頁2597。

時曾授琅瑘王司馬德文（後為恭帝）以大司馬職銜[18]。《晉書》同一故事的記述，保留了殷仲文「與他人」共詣大司馬府之事，當時他是「鎮軍長史」，就是說，他那時是鎮軍將軍劉裕下屬。《世說新語》首先錯稱殷是大司馬的僚屬，可能錯在所談到的老槐樹是在大司馬府的廳前。該條目注文所引《晉書》和《晉安帝紀》均稱殷是鎮軍長史。《晉書》還寫到劉裕晉為侍中後，殷升遷為侍中尚書，最後任東陽太守直到為劉裕所殺。因此，到他伏誅前，從未任過大司馬的僚屬。言語第二・106注文所引他的小傳，亦可作佐證。因此，殷仲文雖然是劉裕的屬下，但這條裡的大司馬卻並不是劉裕。

　　《世說新語》未收納同代人之瑣事舊聞，原因不難猜測，因該書的編纂所利用的是現存筆記小說——在《世說新語》編撰時還沒有關於同代人的筆記出現。唯一幾則，所述人物於劉宋王朝時仍然健在的，內有謝靈運（言語第二・108）、傅亮（文學第四・99、識鑒第七・25）和王惠（賢媛第十九・31）。我們進一步考察有關這幾個人的記載，是否是劉宋以後的事。首先有關傅亮的那一則，大有可疑處。因為《晉書》稱此話是謝靈運說的。該條提到的另外兩人殷仲文和袁豹，主要生活在東晉（《晉書》兩人均有傳）。其次是郗超對傅亮兄弟的評語，是他們幼年時做的，時間必在改朝換代以前。至於王惠那則，是他與王羲之妻子郗璿的對話。郗璿的墓碑根據《紹興日報》的報導，2008年在紹興發現[19]。她於升平二年即358年亡故，對話必然會早於此時。質言之，會在劉宋以前的東晉。唯一關於謝靈運的那則，我們無法確證它發生於東晉時期。也就是說，《世說新語》對同代人基本是不收納的。

18　《晉書》卷10，頁258—259。

19　http://news.artxun.com/wangzuozhi-595-2974645.shtml，來源：《紹興日報》，作者：周國勇。

八、《世說新語》與《晉書》的比較

　　由於劉知幾曾責難《晉書》編撰者取材於《世說新語》，有必要找出兩書的相似程度如何，為此我對兩者內容作完整細緻比較，首先把《晉書》從頭到尾看一遍，凡軼事、言語與《世說新語》相同者，一概記下。除非相似程度極為顯著，如第三章中（甲）類和（乙）類，即不加計較。另外也援用了馬瑟書的人名索引和高橋氏的《世說新語》詞語索引[20]，在筆者記憶有限時，藉以核對軼事中的人物、地點。二書相同處的數量示於下表（表四）：

表四　《晉書》中與《世說新語》相同的軼事舊聞數目

卷號	主體人物或款目	條數
6	明帝	3
9	簡文帝	2
	孝武帝	2
16	律曆志	2
33	王祥	2
	鄭沖	1
	何曾	1
	石崇	3
34	羊祜	2
	杜預	1
35	裴秀	1
	裴頠	2
	裴楷	6
	裴邈	1
36	衛瓘	1
	衛玠	9
39	荀勖	2
40	賈充	5
	賈謐	1

20　高橋清：《世說新語索引》，臺北：學生書局，1972年版。

41	李熹	1
42	王濟	7
43	山濤	2
	山簡	1
	王戎	19
	王衍	9
	王澄	4
	樂廣	6
45	和嶠	3
	郭奕	1
49	阮籍	8
	阮咸	3
	阮瞻	2
	阮孚	1
	阮脩	3
	阮裕	4
	嵇康	6
	向秀	1
	劉伶	2
	謝鯤	3
	胡毋輔之	1
	畢卓	1
	羊曼	1
50	庾敳	7
	郭象	2
51	摯虞	1
52	華譚	1
54	陸機	4
	陸雲	1
55	夏侯湛	2
	潘岳	3
56	孫楚	3
	孫綽	5
58	周處	1
62	劉琨	1
	祖逖	1
	祖納	1

64	司馬道子	1
65	王導	7
	王恬	1
	王悅	3
	王珣	4
	王珉	2
66	陶侃	5
67	溫嶠	3
	郗鑒	1
	郗超	5
68	顧榮	2
	賀循	2
69	劉訥	1
	劉疇	1
	戴若思	1
	周顗	11
70	卞壼	1
	劉超	1
	鍾雅	2
71	高崧	1
72	郭璞	4
73	庾亮	7
	庾懌	1
	庾友	1
	庾翼	1
74	桓彝	2
	桓石虔	1
	桓沖	2
	徐寧	1

75	王湛	3
	王承	5
	王述	8
	王坦之	2
	王國寶	1
	王忱	2
	王綏	1
	范汪	1
	劉惔	7
	張憑	2
	韓伯	3
76	王允之	1
	王彬	1
	虞嘯父	1
	虞騤	1
77	陸玩	3
	何充	7
	蔡謨	2
	諸葛恢	3
	殷浩	8
	顧悅之	1
78	孔安國	1
	孔坦	2
	孔群	3
	孔沈	1
	丁潭	1
79	謝尚	3
	謝安	12
	謝混	1
	謝奕	2
	謝玄	4
	謝萬	5
	謝朗	1
	謝重	1

80	王羲之	8
	王徽之	7
	王楨之	1
	王獻之	7
81	桓伊	1
82	孫盛	1
	孫放	3
	甘寶	1
	習鑿齒	1
83	顧和	3
	袁山松	1
	袁耽	1
	車胤	1
	殷顗	2
84	王恭	4
	殷仲堪	3
86	張天錫	1
89	嵇紹	2
	羅企生	1
90	鄧攸	3
91	范宣	1
92	左思	1
	趙至	1
	褚陶	1
	張翰	4
	庾闡	1
	李充	1
	袁宏	4
	伏滔	1
	羅含	1
	顧愷之	12

93	王愷	1
	杜乂	3
	褚裒	2
	何准	1
	王濛	6
	王脩	1
	王蘊	1
	王爽	1
	褚爽	1
95	佛圖澄	1
96	王渾妻鍾氏	3
	陶侃母湛氏	1
	周顗母李氏	2
	王凝之妻謝氏	6
98	王敦	6
	桓溫	7
	孟嘉	1
99	桓玄	1
	殷仲文	4
105	石勒	1

　　歸納上述的比較，《晉書》總共有474條軼事與《世說新語》的相似，佔後者總數1131條的41.9%。這一事實不僅令人驚奇，也很值玩味。它意味著《世說新語》有近半數的內容被唐代史家認定為確鑿無疑的史實，即使他們並不是把這些事件從《世說新語》原封不動照搬下來。當然那些沒有採用的，並不代表史家認為其條文不真實，其所未被採用，可能因為它們缺乏歷史價值。

　　兩者的敘述有不一致之處，其出入可能屬於《世說新語》的錯誤，或言語或事件，弄錯人物或時期。有的前面業已指出，另一些楊勇在注釋中也已指出。以下再多舉幾例：如言語第二‧22裡，蔡洪與責難他的洛中人的對話，《晉書》裡是華譚和王濟的對話（卷52，頁1452）；假譎第二十七‧7裡王羲之的故事，《晉書》說是發生在王允之身上（卷76，頁2001－2002）；阮脩和王衍間的交談（文學第四‧18），《晉書》說是阮瞻和王戎的交談（卷49，頁1363）。

《晉書》含有與《世說新語》相同最多的部分，來自以下諸人的傳記：

裴楷	6	謝安	12
賈充	5	王徽之	7
王戎	19	衛玠	9
樂廣	6	王濟	7
嵇康	6	王衍	9
孫綽	5	阮籍	8
陶侃	5	庾敳	7
周顗	11	王導	7
王澄	5	郗超	5
劉惔	7	庾亮	7
殷浩	8	王述	8
何充	7	顧愷之	12
謝萬	5	謝道韞	6
王羲之	8	桓溫	7
王獻之	7	王濛	6
		王敦	6

劉知幾認定，以上這些人的故事，是編《晉書》者從《世說新語》採擷而來，或者至少，如我們更近於真實的猜想，受《世說新語》的影響而組編進《晉書》。也可這樣解讀，《世說新語》中有關這些人的材料最好、最可靠和最有趣味。至於這群人的成分，大部分可歸入名士一類，其人之出名，主要看出身背景和教養，但也因為具有符合時尚的特殊氣質，如鄙夷俗務，處變不驚，聰穎直悟，有辯才和談玄的才具等。他們可能同時在仕途得意，但並非關鍵的條件。這類人佔上述名單中的全部，除賈充、王濟、陶侃和王敦不在其中。例外人物有一點共同的地方，即生平多姿多彩。以賈充為例，他的家庭很不尋常，同時擁有兩個妻子，這在當時是罕有的（很多人有許多妾），這兩個女人各有不同凡響之處。兩個女兒亦不同一般，一個是賈后，另一個膽敢與男子婚前偷歡。賈充本人又是宮廷密謀和政治鬥爭的慣家高手，自然而然地成了話柄。王濟是武帝妻舅，戰功赫赫的將門之子，以窮奢極侈而聲名遠播。陶侃是貧兒成功的榜樣，在一個

極講究門第的時代裡為國效力，成效卓著。此外，無論在公務還是在治家上，其儉樸和嚴格的精神當時很是突出。他與王導、庾亮間的權力角逐，同樣是講述故事的上好材料。王敦是另一種人，性格多稜面，雖是琅邪王氏大族的一員，但他摒棄自名士而宰相的正常途徑，掌握了軍權。他的男子漢乃至豪邁氣慨，多少彌補了他缺乏教養的一面。從反叛到最後失敗，他和當時人物的分歧和衝突，充滿大量激動人心的圖畫，很值得大書特書。群體中唯一的女性是謝道韞。婦女而榜上有名，實在是難能可貴。謝道韞是女「名士」，凡男性名士具有的品質，她無不具備[21]。

找出《世說新語》在哪些地方與正史《晉書》不同，亦大有趣味在。

首先當然要考慮到兩書性質上的根本區別。《世說新語》不是在修史，因此它不求綜合性、系統性，敘事零碎而蕪雜。不過除這點根本的不同外，找出究竟哪些人和事它不屑一顧，也饒有興趣，它能讓我們對此書的選材範圍，作出某種結論。

最明顯被略而不提的一類人，是純粹意義的軍人。凡本質上是士大夫、為政治上取得控制而執掌軍權的人，如庾亮和謝安，不算在內。行伍出身，後來地位提高而進入政界高層的人，如陶侃、桓溫等人也不算在內。於是這類人包括了名將如王渾、王濬，他們受命伐吳；還有劉弘、周玘和應詹，這些將領在東晉初立時，鎮壓各種叛亂，有助於新政權根基的加強。其本傳見之於《晉書》卷42、58、66、和70。

未收羅入書的第二類人是務實文官。這個群體因治國有方、為人正直，有時敢於進諫而聞名。其中有劉毅、劉頌、傅玄及子傅咸，及《晉書》卷90中大多數賢臣，這些人對西晉初期的政治清明，有一

---

21 女名士的美稱是蕭虹在她的《謝道韞——一位女名士的風範》一文中贈與的，見蕭虹《陰之德：中國婦女研究論文集》，北京：新世界出版社，1999年版，頁103—127。

定貢獻。他們大多在政務上務實，觀念上秉持儒家甚至道家之說。西晉另有若干歷史人物，在《世說新語》中付之闕如，或有意忽略。最著名的是一代名相劉毅（卒於285），以正直端方、敢於執言著稱。他對武帝的政策，有不少建言與批評，其中最為人熟知的，是抨擊「九品中正」制度選拔官吏的弊端。同樣，劉頌（約卒於300）、傅玄（217—278）與子傅咸（239—294），這些人在《晉書》中是以直諫和實務才幹為時人肯定的官吏，在《世說新語》中卻毫不起眼。說到傅玄，尤其令人驚訝，因為他是當時主要的名士和文人。這些人物在《晉書》裡全有完整的傳記，證明正史編撰者承認他們在歷史上的重要地位。

　　《世說新語》所涉時代裡，異族政權下的人和事，書中基本上一片空白。僅一則談到石勒，另一則提到苻宏和苻朗。有關諸苻的，只說他們來歸南方後的生活，如此而已。

　　對於獨立於晉室漢人政權的如李氏治下的蜀和張氏治下的涼州，《世說新語》同樣默然無語。唯一例外是有條目寫到李勢之妹後來做了桓溫妾和張天錫來東晉後的經歷，對於他們在原居國的情況仍然是闕如。

　　至於帝王，大多在《世說新語》中未著筆墨。惠帝和愍帝的淒慘故事不予收錄，令人實難理解。為帝王陪葬殉節的大臣，本可寫得可歌可泣，也一樣不在書中。

　　《世說新語》對待東晉時叛亂首領的態度，各有不同。王敦、桓溫就寫得精彩，甚至可說描繪生動、性格多面。另一方面，雖桓玄條目不少，從《世說新語》得出的印象，遠不如《晉書》中形象來得豐滿。人們見到的桓玄，是天生奇才，創造性強的文人，又是野心勃勃的政壇角逐者，但未見到他性格荒唐的另一面。至於蘇峻、祖約、沈充一類叛亂頭目，未正面著筆。這種對待不一的理由只能揣測，大概王敦、桓溫和桓玄這類人，和形成《世說新語》核心的名士，有許多相似處，從家族關係來說，王敦是貴族家庭子弟，桓溫、桓玄雖然

和蘇峻、祖約一樣是行伍出身，乃是當代精英文士的一部分，他們與名士圈子領導者關係密切。

　　某些晉代飽學的儒士，包括鼎鼎大名的如皇甫謐、摯虞、束皙，他們名列《晉書》卷51，在《世說新語》中卻受冷遇；而除了個別，大多數在《晉書》卷82中收羅了的史家，在《世說新語》中均付之闕如。內有《世說新語》賴以取材的源書作者，如王隱、虞預和鄧粲。例外的孫盛、孫放和干寶，其入選原因，恐怕是因為他們和庾亮、劉惔之流有著某種聯繫。大多數在《晉書・儒林》（卷91）榜上有名的人物，未在《世說新語》書內出現，獨有孔衍例外，他因簡文帝、桓溫和王羲之而提及；范宣未受到冷落是秉性怪誕之故。

　　人們原以為《世說新語》這樣的書，會拿出很大篇幅摹寫文學人物，結果相反，只有文人而與政治有關者，如阮籍、嵇康、陸機和潘岳，被細緻地縷寫；《晉書》卷92（文學）的純文人或不問政治的文士，除卻顧愷之，不是冷漠相待就是不予理睬。令人稱奇的是，應詹這樣的知名文人根本未在書中露面，左思有草草的兩則。此書給顧愷之的對待，使人稱奇，與其說他是文學之士，不如算作一位名播遐邇的大畫家。《世說新語》中有涉及他的事12則，《晉書》統統照搬，數量之多好似《晉書》編者對《世說新語》所有顧愷之的條目全盤收錄不誤，只加上必要的連結詞，及凡傳記必有的資料，如表字、籍貫等。

　　《世說新語》很大篇幅予以東漢德行高潔的士人，對入選《晉書》孝友篇（卷88）和忠義篇（卷89）者，《世說新語》只偶爾涉及。那些在《晉書》上很風光的人，《世說新語》中難覓蹤影，只有嵇紹和羅企生在一兩條裡露面。嵇紹是嵇康之子；羅企生在殷仲堪和桓玄的衝突中進退維谷。

　　隱逸似是《世說新語》所處時代普遍的風尚，《晉書》隱逸篇中的人士，僅個別見之於《世說新語》，奇怪的是，兩書中這類人士無一例軼事相重。該群體最明顯被摒棄書外的是詩人陶潛（淵明），

就其對後世觀念的影響的重要性僅次於他作為新文學風格（田園詩派）開創者的地位，《世說新語》居然無一字談到他，個中原因大可探求。臺灣學者李棲有文探究這個問題。他的結論是陶潛屬寒族，而且官位不高，與《世說新語》重視的名士和高官不相符[22]。筆者認為陶潛是東晉名相陶侃的曾孫，所以他對晉室的忠誠很強烈。陶年屆中年時，劉裕開始控制東晉朝廷，陶必定十分關注劉裕權力的擴張，到劉裕最後篡晉時，他一定感到憤恨和悲傷。文學史家將陶淵明一些作品解讀為表達對劉宋王朝不滿，若此說確實，那他離《世說新語》而「隱居」起來，是（編者）有意為之，因為本書主要編撰人，正是劉宋王室的成員。

不過，要說陶潛受政治牽連而被摒除書外，不能不考慮以下幾點：一是，他與本書編撰者年代離得太近，還不存在有關他的、可供選用的文獻記載；二是，陶潛所處時代，他的名聲還不夠響亮。《世說新語》編者是否知道此人，他們是否讀過他表達不滿的詩而且認定他達到該避而不錄的程度，統統是無法肯定回答的問題。若無進一步的相反證據，筆者更傾向把陶潛的被忽略看作一種並非有意的偶然。

《晉書》用了整整一卷記載相士、占卜者、巫師、魔術師一類人，「藝術」卷中僅有一兩人載於《世說新語》。關於葛洪和郭璞那一章，亦僅列舉這類人中出類拔萃的兩個，即使如此，也只收了寥寥幾個他們的故事。這證明《世說新語》編者對談神弄鬼一套的普遍反感。玄怪類的題材，一般置於姊妹篇《幽明錄》中。葛洪其人稍稍有些另類，他不打卦算命，而熱衷於離經叛道，一如阮籍、王羲之之輩，他還是重要的作家、道家思想家和醫學家，著有重要的道家經典《抱朴子》和中醫寶典《金匱藥方》，此外尚有若干純文學作品。《世說新語》沒有重視此人，實在費解。唯一可作的解釋，他不像在《晉書》同一卷中的郭璞，與當代名士如王導、庾亮等人並無密切交

---

22 李棲：《〈世說新語〉中為何不見陶淵明》，《東方雜誌》復刊第15卷，
　　12期，頁61—63。

情。

比起婦德高尚的女性來，《世說新語》似更願收錄才情高邁、應對機敏的婦女。凡收入《晉書》中，終生奉獻夫君的貞女節婦，《世說新語》一概免錄。即便有丈夫過世、寧願寡居不嫁的女子事蹟被收錄在《世說新語》裡，也是出於人性角度。此書濃墨重彩渲染的，不是女性的三從四德，而是兩個人之間的感情。

在《世說新語》編撰人看來，謝道韞近似理想婦女的化身，對她的軼事收羅最多。叛亂者殺死她丈夫和幾個兒子，她沒有死節，相反地她保持尊嚴和理智，以這種姿態救了一個孩子，使他免於一死[23]。她天資聰穎，但對其他悟性不高的人她顯得不耐。她身為寡婦，不理會有何禁忌，徑與陌生人進行「清談」。其餘收錄入書的婦女，有王渾妻鍾氏，她被當作賢妻良母的典範，還因能對青年人相面，預測未來，為人所稱道；周浚妻李氏，出眾之處是設法嫁入豪門，為娘家增添光彩；還有陶侃之母，她犧牲奉獻，盡其所有，以幫助兒子登入龍門走上仕途。

若對被《世說新語》明顯排除的人物作一番考查，會得出結論支持先前所說「《世說新語》重點談名士」的論點。凡是一筆帶過或避而不談的那類人，如史官和忠義之士，僅有與著名文士關係緊密者才被收錄。

另一個重點可能是因某些人的故事很雋永。《晉書》和《世說新語》裡收錄顧愷之的雜事，其相同的程度，不成比例地高，是這方面的最佳例證。

在《世說新語》與《晉書》的比較中，還剩下一個探討角度，即什麼樣的材料能在前書找到而在後書中不見蹤影？顯然，除《晉書》中照搬的那474個條目外，其他都可歸入此類。更具體說，就是有必要找出是否有人物出現於《世說新語》而不見於《晉書》。若有，又有多少，姓甚名誰、何許人也？

---

23 《世說新語》賢媛第十九．31注文。

　　幸而近年來出現了一些工具書，使這種比較成為可能。為著實施，查對了馬瑟譯本附的人名索引中的晉代人物[24]和《晉書人名索引》（中華本），記下《晉書》有而《世說新語》無的全部人名，特別謹慎地對待不同的記名方式，確保不因異名而重複計算。如前書出現的和尚稱釋惠遠、釋道安，後書僅稱惠遠和道安。名字前加「僧」的和尚亦如此。另一方面，婦女在書中或稱某之女，某之妻，某之母，乃至用其本名，所有這種重複的可能須先行剔除，才下結論說她未列入《晉書》。

　　在《世說新語》中出現而未列入《晉書》的人物，名單如下：

趙氏（譙王司馬無忌母）	李軌
趙穆	李伯宗
趙悅	劉氏（溫嶠岳母）
支愍度	劉氏（劉惔妹，謝安妻）
郗璿（王羲之妻）	劉簡
郗道茂（王獻之妻）	劉靜女（庾翼妻）
周鎮	劉訐
周馬頭（郗超妻）	劉恢
竺潛	劉爰之
竺法汰	陸亮
朱辟	陸邁
竺道壹	陸退
諸葛氏（王廣妻）	毛玄
諸葛衡	梅頤
諸葛宏	裴啟
諸葛文雄（諸葛恢女）	僧伽提婆
諸葛文彪（諸葛恢女）	僧意
鍾太夫人（荀勖母）	孫阿恆（孫綽女）
法虔	宋褘（綠珠弟子）
郝隆	道曜
郝普	刁約
蕭倫	曹茂之
謝聘	祖廣

24　Mather, Richard B.,trans. *Shih-shuo Hsin-yü: A New Account of Tales of the World*, p.499—611.

謝月鏡（謝重女）　　　　　崔豹
許瑋　　　　　　　　　　　童秦姬（吳隱之、吳坦之母）
許永　　　　　　　　　　　王氏（王戎女，裴頠妻）王處之
荀巨伯　　　　　　　　　　王荃（王舒女，謝萬妻）王和之
桓伯子（桓溫女）　　　　　王熙
任氏（王澄母）　　　　　　王翊
任顗　　　　　　　　　　　王僧珍
阮夫人（許允妻）　　　　　王僧首（羊輔妻）
阮侃　　　　　　　　　　　王肅之
阮共　　　　　　　　　　　王憘之
阮幼娥（劉綏妻）　　　　　王英彥（王臨之女，殷仲堪妻）
康法暢　　　　　　　　　　衛顗
康僧淵　　　　　　　　　　魏逷
高座道人（帛尸黎密多羅）　衛永
顧顯　　　　　　　　　　　溫幾
顧夷　　　　　　　　　　　溫畿
雷氏（王導妾）　　　　　　虞騫
李氏（李勢妹，桓溫妾）　　庾會
李廞　　　　　　　　　　　于法開
吳展　　　　　　　　　　　庾三壽
楊氏子　　　　　　　　　　庾琮
羊忱　　　　　　　　　　　庾姚（桓修母）
羊權　　　　　　　　　　　袁恪之
羊輔　　　　　　　　　　　袁女正（袁耽妹，謝尚妻）
羊欣　　　　　　　　　　　袁女皇（袁耽妹，殷浩妻）
羊楷
羊秉
羊綏
羊緜
嚴隱
殷允

　　《世說新語》裡，總共有104人未出現於《晉書》。粗粗一看，
即可見這些人多是僧侶、婦女，婦女佔四分之一以上（29）。因此
《世說新語》可與《高僧傳》和《列女傳》一起，看作這一時期上述
兩類人的寶貴資料。

　　可惜書中寫這兩類人，總是匆匆地一帶而過，尤其是《世說新
語》正文。劉峻注文比正文本身提供的材料多得多。這是各界學者

（史學、文學史、哲學史）對注文的評價至少也和正文本身一樣高的原因。這些材料本身似無甚價值，但對別的研究，還是有一些參考價值的。隨便想到的一例：在探尋家族關係時，正史不大記載某人的女兒嫁給誰家，或者某人的妻子出自誰家，在這種情況之下，《世說新語》提供的一鱗半爪就可能起到關鍵性的作用。

法國近代思想家富考（Fucult）提出一個對歷史考察的新鮮理論——「考古還是家譜」，大意說傳統歷史多用考古方法，挖掘出一塊遺址就當它有代表性，籠統地用它來代表整個時代。家譜則是僅限於一家的描述，更具體，更富細節，把很多家譜加起來，可能比考古所得更真實。我們中國的正史是以宏觀角度來寫歷史，是富考所謂的「考古」，史實經過整理加工，又受了史官個人或他所代表的政治立場的影響，以及傳統修史的規則限制，不免會有若干偏頗之處。而筆記小說如《世說新語》就像他說的「家譜」，作為歷史來說，雖然紊亂無章，當然也免不了作者或編者本人的主觀意識，但是，它蘊藏的豐富細節和具體人與事，往往卻都可以彌補正史之不足。因為現代歷史的範圍超過原來的帝王將相，擴展出經濟史、社會史、文學史、藝術史等，正史的材料已經遠遠不夠用了。我們雖然不能說《世說新語》比正史還真實，卻可以說它作為歷史資料，如果連同其他「家譜」式作品，與正史一起排比，的確還是有相當的參考價值的。

第六章
《世說新語》對後世的影響

　　《世說新語》既然可以在魏晉時代的社會狀況和歷史上給予我們有價值的材料和多面性的視角，那麼它對魏晉以後的中國，乃至於中國以外有什麼影響和貢獻呢？下面我將從不同的方向探討這個問題。

一、樹立東方審美觀

　　我們在第一章談到《世說新語》的性質，探討它的目的是要寫史，是作為清談資料還是作為道德教育的教材，最後傾向於它是一本佚事言談的集大成之作，而我們也斷定它選材的標準包括趣味性。但是由於選材者獨特的審美方向，也許也正是當時流行的審美方向，使《世說新語》無意中樹立了一種自己的審美觀。這種審美觀可以見之於藝術創作，也可以見之於人的精神面貌。

　　中國的藝術，我們現在可以看見最早的作品可能是考古挖掘出來的祭祀器物。從美學的觀點來看，除器物的形體和線條，就是描摹一些神話的動物，如龍、饕餮等，風格自然是全憑想像，橫空出世

的。這個時期，藝術可以說是為宗教服務的。先秦時代的典籍中常常提到畫像，畫的無非是聖賢、忠臣、名將等，有其教化作用，是為統治者服務的藝術。從出土的漢朝帛畫、畫像磚、漆器來看，藝術又似乎為死人的喪葬所用。在這些作品中所見的，又往往是描寫理想人生的情景，也就是說描寫當時人所能想像的最快樂的情景來祝願死者在死後的世界享受那些理想的生活。這樣的題材註定寫實的風格，因為要把這些人世見到的歡樂場景，如宴會、歌舞等，忠實地刻畫出來，與其說要讓死人看得懂不如說是畫給活人欣賞的，所以不但要細緻入微，還要生動可喜，是人人一看就懂的大眾藝術。

在文學藝術的理論方面，曹丕的《典論・論文》可以說是開先河之作。它廓清了文學的藝術性和實用性，並指出天賦與藝術的關係。陸機的《文賦》開始有意識地探討藝術的組成部分、創作的過程，和怎樣才能寫出成功的作品：就是表現要多變化，辭藻要美麗，音節要跌宕。而且闡明了意（思想）和詞（語言）必須並重的道理。也強調作者和讀者之間感情的互通，也就是意識到情在藝術中的重要。曹丕和陸機提出的雖然只是文學的理論，但可以應用到其他藝術。比如要求多變化、避免單一化、追求美和賦予情感等，對其他的藝術都很重要，最重要的是為藝術找到立足之地，從此，藝術不必依附宗教或政治，可以為審美而存在。

我們說過，中國思想到魏晉時期一變，同樣，中國藝術到魏晉也是一變。繪畫到了魏晉面臨困境，是繼續走大眾化的路線還是提升到優雅含蓄的藝術？《世說新語》正反映了魏晉時期士人作出抉擇的心理過程。這個時期文學藝術都走完了寫實的大眾化的路，只有另闢蹊徑才能繼續發展。正好遇著道家思想的復甦，引導他們走向出世的空靈的意境，表現方法也不求形似而求神似，因而建立了一種新的審美觀。

我想提出幾個不同的元素來討論：

（1）輕形重神

（2）崇尚樸素自然

（3）崇尚高遠，留下空間

（4）濃厚的非功利思想

（5）開放的人生、政治和世界觀

（6）至性至情的人和藝術

（1）輕形重神

輕視「形」而重視「神」的觀點，在「神」與「形」的二元論上接受了道家的薰陶，在繪畫方面這一傾向最為明顯，關於這一點，《世說新語》最有名的一句話是：

> 顧長康（愷之）道畫：「手揮五弦易，目送歸鴻難。」——《世說新語》，巧藝第二十一·14。

顯然，「手揮五弦」是畫形，而「目送飛鴻」卻要摹寫一種神韻，所以難。顧愷之是當時最有名的畫家，也是中國畫的最早留下作品的畫家[1]，他這句話正表達了當時人重神輕形的觀點。下一段引文進一步強調「神」的重要。

> 顧長康畫人，或數年不點目睛。人問其故，顧曰：「四體妍蚩，本無關於妙處；傳神寫照，正在阿堵中。」——《世說新語》，巧藝第二十一·13。

說明一個人最重要的部位是眼睛，而眼睛恰是精神所在。這是一種形而上之的思想，也是一種極端唯心的審美觀。在《世說新語》的巧藝篇裡，還有好幾條顧愷之關於繪畫理論的闡述，因此《世說新語》可以視為一本中國早期的美術史和美術理論的著作。

（2）崇尚樸素自然

《世說新語》對樸素的、自然的事物特別欣賞，而對於華麗的，矯飾的東西卻進行貶低。崇尚樸素與自然也是受到道家的影響。

---

1 謝赫的《古畫品錄》和張彥遠的《歷代名畫記》雖列舉了比顧愷之更早和大約同時的畫家多人，然他們都沒有作品留傳下來。

在人物品評的標準上，《世說新語》多用玉來比擬，而玉是純潔無瑕的象徵。除此之外，從以下的引文還可以看出不重修飾和貴在自然的傾向。

> 裴令公有俊容儀，脫冠冕，粗服亂頭皆好。時人以為「玉人」。見者曰：「見裴叔則如玉山上行，光映照人。」——《世說新語》，容止第十四·12。

被譽為「玉人」的裴楷粗服亂頭都好看，可見這是《世說新語》一個很重要的原則。也就是說，美不是靠修飾而來的，而是天然的，或者可以說是發自內在的。而美的標準不只一種，如以下的兩條引文是形容與裴楷不同的美。

> 有人語王戎曰：「嵇延祖卓卓如野鶴之在雞群。」答曰：「君未見其父耳！」。——《世說新語》，容止第十四·11。

「野鶴」的美和「玉人」不一樣，不是每個人都會欣賞的，必須達到某種精神境界才會懂得其中的味道。它象徵自然界一種自由自在的東西，不受任何拘束地在山林裡生活，翱翔在青天白雲之間。但是《世說新語》還提出一種不美的美：

> 劉伶身長六尺，貌甚醜顇，而悠悠忽忽，土木形骸。——《世說新語》，容止第十四·13。

「土木形骸」也是《世說新語》提出的新美學，和「粗服亂頭」相似卻也有基本的不同。後者是本來是美，不管怎樣不修飾都是美的，前者卻是本來就不美，但不美之中卻因為它真，就也是一種美。雖然，《世說新語》沒有說他是美，但收入容止篇內，起碼表示一種讚許自然而反對藻飾的看法。

《世說新語》的這種崇尚樸素的美，在它對文學的評論中也可以看出：

> 庾仲初（闡）作《揚都賦》成，以呈庾亮。亮以親族之懷，大為其名價云：「可三《二京》，四《三都》。」於此人人競寫，都下紙為之貴。謝太傅云：「不得爾。此是屋下架屋耳，

事事擬學，而不免儉狹。」——《世說新語》，文學第四·
79。

謝安的意思很明顯，庾闡的《揚都賦》是模仿班固的《兩京
賦》和左思的《三都賦》的，所以缺少獨創性，處處顯得小家子氣。
也就是說，《世說新語》欣賞的是一種創新的、開放的文學。從《世
說新語》收錄的其他文學評論，也可以看出其品味的一斑。

孫興公（綽）云：「潘（岳）文爛若披錦，無處不善；陸
（機）文若排沙簡金，往往見寶。」——《世說新語》，文學
第四·84。

孫興公云：「潘文淺而淨；陸文深而蕪。」——《世說新
語》，文學第四·89。

這裡不但賞識錦繡一般華麗的潘文，卻也不貶低沙裡撿金的陸
文。從表面看似乎覺得陸文不如潘文，但意識到金和錦的價值的差
異，即使需要排沙才能找到，便可以想像二人的文章各有千秋。再看
下一條引文，更足以證明這一點。淺而淨與深而蕪正是難分高下的。
《世說新語》又不是崇古抑今的，顧愷之的意見或可代表《世說新
語》的意見，不以後出的文章就不如古人：

或問顧長康：「君《箏賦》何如嵇康《琴賦》？」顧曰：「不
賞者作後出相遺，深識者亦以高奇見貴。」——《世說新
語》，文學第四·98。

在文學上，《世說新語》又重內在而不重外表。以下兩則，說
明它更重視表達文學的深層意思和感情。

王孝伯（恭）在京行散，至其弟王睹（爽）戶前，問：「古詩
中何句為最？」睹思未答。孝伯詠「『所遇無故物，焉得不速
老？』，此句為佳。」——《世說新語》，文學第四·101。

謝公（安）子弟集聚，問毛詩何句最佳？遏（謝玄）稱曰：
「昔我往矣，楊柳依依；今我來思，雨雪霏霏。」公曰：「訏
謨定命，遠猷辰告。」謂此句偏有雅人深致。——《世說新

語》，文學第四‧52。

　　前一條王恭欣賞的是一種人生無常的深沉感慨。後一條謝安所欣賞的不是他的侄子謝玄讚美的辭藻美麗而且音調優美的兩句，而是更合乎施政者的深意的另外兩句，可能這時的謝安，不是已經在負責朝政就是想著要出山了。

（3）崇尚高遠，留下空間

　　重視留下空間，不管是應用在繪畫、音樂或是人與人之間。空間往往是襯托或強調主題的最佳方法，所謂無聲勝有聲。要想在人和人或人和物之間留下空間，拉開距離，就要站在高遠的地方才能做到。所以《世說新語》多處說到高和遠的境界。尤其是在人物品評時，它常常對一些人用「高操」、「高遠」、「高徹」、「高朗」、「高爽」、「高素」，和與遠同義的詞如「邁」、「疏」，來稱許他們的人格，尤其是對退隱的人。

> 撫軍問孫興公：「劉真長何如？」曰：「清蔚簡令。」「王仲祖何如？」曰：「溫潤恬和。」「桓溫何如？」曰：「高爽邁出。」……「殷洪遠何如？」曰：「遠有致思。」「卿自謂何如？」曰：「下官才能所經，悉不如諸賢；至於斟酌時宜，籠罩當世，亦多所不及。然以不才，時復託懷玄勝，遠詠老、莊，蕭條高寄，不與時務經懷，自謂此心無所與讓也。」——《世說新語》，品藻第九‧36。

> 支道林問孫興公：「君何如許掾？」孫曰：「高情遠致，弟子蚤已服膺；一吟一詠，許將北面。」——《世說新語》，品藻第九‧54。

> 王大將軍（敦）自目：「高朗疏率，學通左氏。」——《世說新語》，豪爽第十三‧3。

> 王戎云：「太尉神姿高徹，如瑤林瓊樹，自然是風塵外物。」——《世說新語》，賞譽第八‧16。

> 王右軍與謝太傅共登冶城。謝悠然遠想，有高世之志。——

《世說新語》，言語第二・70。

南陽劉驎之，高率善史傳，隱於陽岐。　——《世說新語》，棲逸第十八・8。

　以上這些引文中，對於人物的讚美，可以歸納出兩個主要的概念：一是高，高是高超，意味著一種超然的立足點；另一是遠，包括疏、朗、邁，是保持距離，留下空間的意思。也就是說理想的人格是可以超然物外，遠離凡俗的人。而跟高和遠配合的詞又有「素」還有「率」和「徹」。這些人既然超然物外，當然就保守著樸素自然的風格，真率而沒有矯飾，心靈通達而無障礙。這個理想人格也是中國一千多年來知識份子所崇尚的、所仿效的。

　如果我們把高遠的境界放在音樂上：那麼「手揮五弦，目送歸鴻」是暗示彈琴時除了手指的熟練以外，心靈必須有目送歸鴻那樣飄逸的境界。所以彈琴不只是一種技巧，還是一種高超的藝術。在繪畫方面，《世說新語》所標榜的空靈境界可以說是中國畫最獨特的地方。西方繪畫是要把畫布填得滿滿的，而中國畫往往是要留很多空白，用空白來襯托主題，來強調主題，而且最重要的是空白可以營造空靈的意境，而這種意境是西方藝術找不到的。尤其是中國的山水畫，更是獨創一格。顧愷之曾經描畫會稽的山水為「千巖競秀，萬壑爭流」。為國畫層層疊疊的山峰和蜿蜒流向天盡頭的水做了啟示，只有在這樣的視角下，才能畫出中國山水畫的特色，只有站在高和遠的地方，才能看到這樣的景色。偶然以一個漁翁或隱士細小的身影對照山水世界的闊大，人的渺小使得高與遠的理念自然而然地顯現出來了。之所以能營造空靈的意境，全靠立足高遠，這正是《世說新語》樹立的審美意識。

（4）濃厚的非功利思想色彩

　《世說新語》中描寫的魏晉名士如阮籍、嵇康，都是視功名如糞土，他們寧願打鐵喝酒也不作官。但是有些人還是放不下的，例如陸機和張翰，都是吳人，吳被晉平後，都跑到洛陽去求官。趕上八王

之亂的黑暗時代，兩人就做了不同的選擇。我們前面已經引過他們的故事：陸機因為未能及早抽身，終於死在政治鬥爭中，想聽家鄉的鶴唳也不可能了，而張翰因為從想吃家鄉的蓴羹而動了回鄉的念頭，願意放棄官職，竟然躲避了危險的亂世，安然回到自己的家鄉。這兩人的出身和經歷都相像，只因是否能放得下功利，最後有了截然不同的結果。

　　以上所說，還只是非功利思想最顯著的例子，這種非功利思想還可以表現在很小的地方。

　　　祖士少（約）好財，阮遙集（孚）好屐並恆自經營。同是一累而未判其得失。人有詣祖，見料視財物。客至，屏當未盡，餘兩小簏，著背後，傾身障之，意未能平。或有詣阮，見自吹火蠟屐，因歎曰：「未知一生當著幾量屐？」神色閑暢。於是勝負始分。——《世說新語》，雅量第六‧15。

　　　王子猷（徽之）嘗暫寄人空宅住，便令種竹。或問：「暫住何煩爾？」王嘯詠良久，直指竹曰：「何可一日無此君？」——《世說新語》，任誕第二十三‧46。

　　　王子猷居山陰，夜大雪，眠覺，開室，命酌酒。四望皎然，因起仿偟，詠左思招隱詩。忽憶戴安道，時戴在剡，即便夜乘小船就之。經宿方至，造門不前而返。人問其故，王曰：「吾本乘興而行，興盡而返，何必見戴？」——《世說新語》，任誕第二十三‧47。

　　以上第一條引文中的祖約和阮孚都是大官，前者愛錢，後者愛屐，而且自己製作。阮孚自問一生能穿多少雙屐，可見他之所以製作，並非為了它的實用價值，完全是一種愛好。第二條引文中的王徽之暫借人家的屋子住，卻要種竹。他沒有覺得因為享用的時間不長，不值得去費事，也不在乎自己種了日後被別人享用可惜。第三條引文已是膾炙人口了。他的「乘興而行，興盡而返」，是非功利主義的最高體現。人在某種自然環境中興起了某種欲望，一旦這種環境消失，

興致也跟著消失，繼續下去也許反倒會意興索然，所以王徽之能瀟灑地做到興盡而返，正是他的過人之處，這也給後世的知識份子樹立了一種率性的風範，千古傳為美談。

（5）開放的人生、政治和世界觀

　　由於站在高和遠的起點，就把人世間的一切拉得很遠，甚至把世界和宇宙都包括在視野以內。這樣的結果，就是把平常人看得很大、很嚴重的事都看輕了，比如生與死，窮與達，榮與辱，都能用一種平常心去看待。這本來是道家的哲學，但在《世說新語》中卻有真實人的行為來為它作注解。

> 嵇中散臨刑東市，神氣不變。索琴彈之，奏《廣陵散》。曲終曰：「袁孝尼嘗請學此散，吾靳固不與，《廣陵散》於今絕矣！」太學生三千人上書，請以為師，不許。文王亦尋悔焉。——《世說新語》，雅量第六·2。

> 謝太傅盤桓東山時，與孫興公諸人汎海戲。風起浪湧，孫、王諸人色並遽，便唱使還。太傅神情方王，吟嘯不言。舟人以公貌閒意說，猶去不止。既風轉急，浪猛，諸人皆諠動不坐。公徐云：「如此，將無歸！」眾人即承響而回。於是審其量，足以鎮安朝野。——《世說新語》，雅量第六·28。

> 桓公（溫）伏甲設饌，廣延朝士，因此欲誅謝安、王坦之。王甚遽，問謝曰：「當作何計？」謝神意不變，謂文度曰：「晉阼存亡，在此一行。」相與俱前。王之恐狀，轉見於色。謝之寬容，愈表於貌。望階趨席，方作洛生詠，諷「浩浩洪流」。桓憚其曠遠，乃趣解兵。王、謝舊齊名，於此始判優劣。——《世說新語》，雅量第六·29。

　　以上三條是跟死神對眼珠時嵇康和謝安的鎮靜表現。嵇康在臨死的時候，不對自己的冤屈控訴，不對自己的家室留戀，卻去對一首曲子的絕響表示遺憾，這是何等胸懷！不是視死如歸的人，哪能做到？謝安當船在海上遇到驚濤駭浪之際，鎮靜地勸大家不要亂動，已

經可以預見日後他在赴桓溫設下殺手的鴻門宴時,所表現的處變不驚的本領。這一條的點睛的五個字是「桓憚其曠遠」,曠遠並不是什麼具有威懾性的東西,但它卻能鎮住掌握生殺大權的桓溫,這乃是由於它背後蘊藏著一種置生死於度外的精神和勇氣。

對榮辱的態度也是一樣。如上文已經引述的雅量第六‧18褚裒被吳興縣令輕視的故事。褚裒不但是太后的父親,當時也已做到太尉庾亮的參軍。雖然官位不大,但名頭已響,他大可以一開始就拿出一點架子,讓人家對他重視,就不用受被呼為傖的差辱。可是他不屑這樣做,因為對他來說,榮辱不關情。受辱他不在乎,吳興縣令的前倨後恭都沒能改變他的態度。

跟褚裒這件事類似的是王氏兄弟的兩個小故事:

> 王子猷嘗行過吳中,見一士大夫家,極有好竹。主已知子猷當往,乃灑掃施設,在聽事坐相待。王肩輿徑造竹下,諷嘯良久。主已失望,猶冀還當通,遂直欲出門。主人大不堪,便令左右閉門不聽出。王更以此賞主人,乃留坐,盡歡而去。──《世說新語》,簡傲第二十四‧16。

> 王子敬(獻之)自會稽經吳,聞顧辟疆有名園。先不識主人,徑往其家,值顧方集賓友酣燕。而王遊歷既畢,指麾好惡,傍若無人。顧勃然不堪曰:「傲主人,非禮也;以貴驕人,非道也。失此二者,不足齒人,傖耳!」便驅其左右出門。王獨在輿上回轉顧望,左右移時不至,然後令送著門外,怡然不屑。──《世說新語》,簡傲第二十四‧17。

我們前面已看過王徽之對竹的酷嗜,見人有好竹,就徑去看竹,何須問主人。自己無禮,人家就對他也不客氣,他不但不怪罪,反而更敬重主人,結果盡歡而去。他的弟弟王獻之就不同,被人數落一場,把他的侍從驅逐門外,以至於沒人抬他出去,只好坐在轎子上乾等。但是他還是保持怡然不屑的態度。這兩兄弟都是因為自己的傲慢而受辱,兩個人都不在乎,但我還是欣賞王徽之對不客氣的主人更

尊重，而覺得王獻之的怡然不屑貌為曠達，其實顯得小氣。

還有一人，乾脆就被同時代的人譽為寵辱不驚。

> 阮光祿（裕）在東山，蕭然無事，常內足於懷。有人以問王右軍（羲之），右軍曰：「此君近不驚寵辱，雖古之沈冥，何以過此？」——《世說新語》，棲逸第十八·6。

持開放人生觀的人必定影響到他的政治觀，從《世說新語》裡我們也可以看見這樣的例子：

> 王安期（述）為東海郡，小吏盜池中魚，綱紀推之。王曰：「文王之囿，與眾共之。池魚復何足惜！」——《世說新語》，政事第三·9。

> 丞相（王導）嘗夏月至石頭看庾公（亮）。庾公正料事，丞相云：「暑可小簡之。」庾公曰：「公之遺事，天下亦未以為允。」——《世說新語》，政事第三·14。

> 丞相末年，略不復省事，正封籙諾之。自歎曰：「人言我憒憒，後人當思此憒憒。」——《世說新語》，政事第三·15。

> 謝公時，兵廝逋亡，多近竄南塘，下諸舫中。或欲求一時搜索，謝公不許，云：「若不容置此輩，何以為京都？」——《世說新語》，政事第三·23。

這四條都是寬政的例子。第一條是與民同享資源的開放政策。第二條中的王導和庾亮代表兩個模式的政治理念：庾亮代表極負責任但比較嚴苛的管理方式，王導代表寬大、有時作出妥協的管理方式，有些事必須睜一隻眼閉一隻眼。第三條王導預言將來會有人懷念他的寬鬆政治。謝安也是秉持類似的理念。固然王導、謝安的做法會有疏漏，但像庾亮那樣嚴苛，在那個亂世就不免搞出叛亂來。所以王導和謝安雖然不能做到無為而治，他們寬鬆的治理的確適合當時的情勢，他們因此也成為東晉的名臣。

再把眼光放得更遠一點，放到超乎人的世界而到自然界和宇宙。這本來是莊子的思想特色，但《世說新語》中人吸收了並利用了

這種觀點。

> 顧長康（愷之）從會稽還，人問山川之美，顧云：「千巖競秀，萬壑爭流，草木蒙籠其上，若雲興霞蔚。」——《世說新語》，言語第二・88。

> 王子敬（獻之）云：「從山陰道上行，山川自相映發，使人應接不暇。若秋冬之際，尤難為懷。」——《世說新語》，言語第二・91。

> 簡文（司馬昱）入華林園，顧謂左右曰：「會心處，不必在遠。翳然林水，便自有濠、濮間想也。覺鳥獸禽魚，自來親人。」——《世說新語》，言語第二・61。

這些都是《世說新語》中人和自然的互動的記錄。「千巖競秀，萬壑爭流」體現出山川的壯美，「草木蒙籠其上，若雲興霞蔚」顯示出自然界勃勃的生機，合起來就是一幅中國的山水畫。顧愷之不愧為畫家，他順口道來就成了一幅畫。他雖然自己沒有畫過這樣一幅畫，但由於他這兩句話的啟示，後世畫家多有用來作畫的主題。明代文徵明（1470—1559）有《萬壑爭流圖》，畫面上有層疊的山巒，溪水從山谷流下，近處可見高士留連其中，正是顧愷之意境的最佳詮釋。20世紀的朱梅村也有同名的畫，李可染乾脆就用「千巖競秀，萬壑爭流」作為畫的名稱，他的《千巖競秀萬壑爭流圖》是他去世那年留下的佳作。除山巒、溪流和瀑布外，還有蔥蘢的樹木和山谷間升起的雲霧，寫出「草木蒙籠其上，若雲興霞蔚」的氛圍[2]。

顧愷之以後的宗炳，免不了受了他的影響，進一步解釋山水畫的原理：

> 且夫崑崙山之大，瞳子之小，迫目以寸，則其形莫睹，迥以數里，則可圍於寸眸。誠由去之稍闊，則其見彌小。今張絹素以遠映，則崑、閬之形，可圍於方寸之內。豎劃三寸，當千仞之高；橫墨數尺，體百里之迥。是以觀畫圖者，徒患類之不巧，

2 見/baike.baidu.com/view/1673361.html? from Taglist/。

　　　　不以制小而累其似，此自然之勢。[3]

　　王獻之對山陰道上的描寫早已成了寫景文的典範。他的「應接不暇」生動地說出人與自然的互動。簡文帝指出了人要與自然交會，不必去什麼很遠的地方，只要有樹有水，就能把我們帶到悠然的境界，體會到莊子觀魚的樂趣，而且鳥獸禽魚自來親人，令人感受到人和自然融洽和諧的最高境界。

　　人從進入自然進一步就是把自己放在宇宙裡，能做到這個境界，才真正能夠走出人世的種種紛擾羈絆。《世說新語》裡能做到這一點的人還不多。我只找到劉伶一人：

　　　　劉伶恆縱酒放達，或脫衣裸形在屋中，人見譏之。伶曰：「我以天地為棟宇，屋室為衣，諸君何為入我褌中？」——《世說新語》，任誕第二十三‧6。

　　劉伶在《世說新語》裡可以說是最任性、最怪癖的人。也許正是因為他能有這樣開闊的世界觀，才能藐視一切禮法，不按照別人認為正常的行為做事。

（6）至性至情的人和藝術

　　《世說新語》特別推崇一些性情真率和感情深摯的人。去掉虛偽的做作或禮教的約束，還原人的真性情，也應該是道家的影響。

　　在《世說新語》以前似乎沒有特別強調「情」的主張。當然，從《詩經》、《楚辭》到漢魏樂府都有很多抒發情意的感人詩歌。這些詩歌或表達對父母的感激之情，或述說兩性間的愛戀，或演繹臣子對君王的忠悃，但敘述士大夫之間的情誼，而出之以散文，《世說新語》可能是首創，以其例子之多，以後可能也沒有。

　　作為性情真率的例子。可以舉出以下：

　　　　郗太傅（鑒）在京口，遣門生與王丞相書，求女婿。丞相語郗

3　宗炳：《畫山水序》，見張彥遠《歷代名畫記》，載《南朝唐五代人畫學論著》，臺北：世界書局，1975年版，頁209。

信：「君往東廂，任意選之。」門生歸，白郗曰：「王家諸郎，亦皆可嘉，聞來覓婿，咸自矜持。唯有一郎，在東床上坦腹臥，如不聞。」郗公云：「正此好！」訪之，乃是逸少（王羲之），因嫁女與焉。——《世說新語》，雅量第六‧19。

過江初，拜官，輿飾供饌。羊曼拜丹陽尹，客來蚤者，並得佳設。日晏漸罄，不復及精，隨客早晚，不問貴賤。羊固拜臨海，竟日皆美供。雖晚至，亦獲盛饌。時論以固之風華，不如曼之真率。——《世說新語》，雅量第六‧20。

王（濛）、劉（惔）共在杭南，酣宴於桓子野家。謝鎮西（尚）往尚書（謝裒）墓還，葬後三日反哭。諸人欲要之，初遣一信，猶未許，然已停車。重要，便回駕。諸人門外迎之，把臂便下，裁得脫幘箸帽。酣宴半坐，乃覺未脫衰。——《世說新語》，任誕第二十三‧33。

以上第一條是大家熟悉的坦腹東床的典故。王羲之因為以真面目見人，才受到郗鑒的青睞，選中他做女婿。第二條羊固雖然準備了充分的美食招待客人，結果卻落得不如羊曼真率的評語。可見當時品評人物的標準。第三條謝尚在叔叔謝裒葬後三日該當穿著孝服去拜祭，後被朋友拉去喝酒，喝得半醉才想起還沒有把孝服脫下來，謝尚那種灑脫的情景，真是可圈可點。

《世說新語》所寫的情往往是兩個男性的友情。有些是一見如故，有些是至死不渝。

賀司空（循）入洛赴命，為太孫舍人。經吳閶門，在船中彈琴。張季鷹（翰）本不相識，先在金閶亭，聞弦甚清，下船就賀，因共語。便大相知說。問賀：「卿欲何之？」賀曰：「入洛赴命，正爾進路。」張曰：「吾亦有事北京。」因路寄載，便與賀同發。初不告家，家追問迺知。——《世說新語》，任誕第二十三‧22。

王子猷出都，尚在渚下。舊聞桓子野（伊）善吹笛，而不相

識。遇桓於岸上過，王在船中，客有識之者云：「是桓子
野。」王便令人與相聞云：「聞君善吹笛，試為我一奏。」
桓時已貴顯，素聞王名，即便回下車，踞胡床，為作三調。弄
畢，便上車去。客主不交一言。——《世說新語》，任誕第
二十三·49。

桓子野每聞清歌，輒喚：「奈何！」謝公聞之曰：「子野可謂
一往有深情。」——《世說新語》，任誕第二十三·42。

上面第一，二條引文都是因為音樂而把兩個人吸引到一起，不
需要事先認識。不同的是前者兩人成為知交，而後者兩人不交一言就
各自西東了，這也是另一種契合。桓伊是當時有名的音樂家，不但善
吹笛，還能撫箏，有一次在晉孝武帝面前叫自己的奴隸吹簫，自己唱
《怨歌》並撫箏伴奏，歌中有諍諫的意思。他不但自己的音樂造詣很
深，而且對於音樂很敏感，也特別容易被別人的音樂感動。所以謝安
說他「一往情深」。

生離死別之際，最是用深情的時刻。下面是《世說新語》收入
的一些動人的例子。

孫子荊（楚）以有才，少所推服，唯雅敬王武子（濟）。武子
喪時，名士無不至者。子荊後來，臨屍慟哭，賓客莫不垂涕。
哭畢，向靈床曰：「卿常好我作驢鳴，今我為卿作。」體似真
聲，賓客皆笑。孫舉頭曰：「使君輩存，令此人死！」——
《世說新語》，傷逝第十七·3。

顧彥先（榮）平生好琴，及喪，家人常以琴置靈床上。張季鷹
（翰）往哭之，不勝其慟，遂徑上床，鼓琴，作數曲竟，撫
琴曰：「顧彥先頗復賞此不？」因又大慟，遂不執孝子手而
出。——《世說新語》，傷逝第十七·7。

王子猷、子敬俱病篤，而子敬先亡。子猷問左右：「何以都
不聞消息？此已喪矣！」語時了不悲。便索輿來奔喪，都不
哭。子敬素好琴，便徑入坐靈床上，取子敬琴彈，弦既不調，

擲地云：「子敬！子敬！人琴俱亡。」因慟絕良久，月餘亦卒。——《世說新語》，傷逝第十七‧16。

　　為去世的好友做他最喜歡的事，本是理所當然的，但當著眾人作驢鳴可能不是人人都能做到。張翰和顧榮的友情肯定是出於彼此的愛好相同，二人都愛彈琴，平時一定常常切磋琴藝，所以張會直上靈床，拿起琴就彈，最後竟不依常例跟孝子執手就離開。這兩條寫出的那種生死之交既真摯又深重。最後一條寫王徽之和王獻之在生離死別時流露的至深的兄弟之情。王徽之「人琴兩亡」的哀叫令聞者心酸，難怪一個多月以後他也跟著去了。

　　總結以上，從藝術上說，我們可以說《世說新語》所樹立的審美觀不是寫實的而是寫意的。重神韻、空靈的境界，不斤斤於貌似所要表現的人或物。這種思想左右了中國繪畫中的文人畫數千年，這個畫派的創始人之一宗炳（375—443）比《世說新語》中的顧愷之（346—407）稍微晚一點，卻跟《世說》的作者劉義慶差不多同時。也許因為他的時代和劉義慶太接近，所以他不能進入《世說》的篇章，否則他的生活和愛好倒和《世說》中一些人很相似，他不做官，一生遍遊名山大川，他的畫論也接近《世說新語》的審美觀。他對山水畫有特別的研究，著有《畫山水序》，認為山水和道有互相吸引的關係，建設了山水畫的理論。

　　《世說新語》所提倡的藝術與其說是表現實質的東西，不如說是表現一種生活方式——一種尋幽探勝的生活，優遊在山水之中，棲居在林岩之下，大自然成為生活的一部分，所以對山水林木有一種共生共存的情感，表現在畫中，山水林岩便不復是死的、無知的，而是活的、有感情的。藝術的目的是營造出某種意境，作畫的人和讀畫的人都通過畫中的意境達到遠離塵世，獲得精神解放和與自然融合的樂趣。這是中國繪畫的特色，也是對世界美術的獨特貢獻。但是，由於中國畫不重形似，導致在技術上有一些欠缺的地方，比如不講比例，有時就有頭大身小的現象或遠近不分的毛病。還有，不懂得利用光與

影，以至於缺少立體感。

　　西洋畫的寫生，看見什麼畫什麼，比較隨意。由於中國畫不是寫實的，它的題材往往是有特殊含義的，所以畫山水畫的是崇山峻嶺、瀑布層岩，目的是為了感覺隱居的生活，畫花卉多用梅、蘭、竹、菊、松、柏等，象徵其高潔的性格，畫鳥多畫鶴，採其象徵長壽的意義。這也正因為二者的藝術取向不同的緣故。

　　從人格的審美來說，經過一千多年時間的消化和錘煉，《世說新語》為後世的知識份子揭示的理想人格是率性的、適意的，不慕榮利，處變不驚，寵辱不移。也可以說是一反儒家以國家、宗族為中心的思想，而走向個人主義。個人認識自我的價值，做自己愛做的事，不管對自己或對他人有沒有利，也不管對自己有沒有危險，更不管他人對自己的評價。這樣的人可以得到很大自由，享受個人空間。我行我素，不必理會別人甚至社會對我的看法如何，不去蠅營狗苟，為名利折腰。儘管現代的生活，我們不能遠離塵世，但在精神上可以做到，譬如通過文學和藝術以及旅行能夠到達另一個理想的世界，暫時得到解放。這就是《世說新語》所代表的人格審美，也是它給我們的最佳啟示。

二、《世說新語》與個性研究

　　在第二章曾提出假設，即《世說新語》除了明顯的語錄功能外，還是一本研究人物個性的著作。

　　迨漢以降，正史之外的傳記作品如雨後春筍，迅速大量增加。這些傳記作品多是些特出人物的群體傳記，如劉向《列女傳》、《列賢傳》和嵇康《聖賢高士傳贊》，乃至趙岐（201卒）的《三輔決錄》和陸凱（198─269）的《吳先賢傳》[4]。魏晉時期，傳記作品已不勝枚舉。以有別於正史的視角觀察人們生平，這種興趣之增長，自然推動了對人性的廣泛瞭解。曹魏初年，出了一本為人物個性分類的

4　這些書籍都是從《隋書・經籍志》中抄錄出來的，而且大多都已佚失。

作品，就是劉劭（約196—248）的《人物志》。該書不像《世說新語》，它有其明確目的，其寫作適應「九品中正」制度選拔官員的需要。早年間，魏武王（曹操）在法令中，不止一次表明需延攬人才充實朝廷，他摒棄以往的正統觀念，採取「唯才是舉」的做法。由《三國志‧劉劭傳》中，可知他自建安時代為官開始，直至建始年間，歷經四帝。在任的多年中，他撰寫不少敕文、表章，表明歷代曹魏君主對這位文士的信任與尊重。《人物志》雖非奉命之作，顯然旨在為君王及朝中他人，作選拔人才之助。

起先，詮選是根據個人聲望。劉劭提供了一種更為實用的辦法，即通過詳細觀察而確定各人的長處。劉設定若干細目，如何考察人物、何者是必須找出的要點。他還按人的體形外貌、個性和具有的特別才能分類，對每一例指出各類型的優劣，此種類型人才又適合何種職位、何種性質。《世說新語》作為一部研究個性的作品，某些方面受了《人物志》的影響。首先是劉劭相信人的身體特徵表現性格，即面如其人。《世說新語》對人的容貌有大量記載和條目，反映編者相信這種觀點，有整整一章專門談到人的容止。《世說新語》不是唯一專注於人們外貌的著作，當時不少書本亦注重於此，包括了六朝的正史。

其次，《世說新語》按人的性格來安排條目，似亦表現出《人物志》的影響，當然，《世說新語》的分類更為細緻、更加周全。

不過兩書亦有差別。前者趨於籠統，《世說新語》則以具體的生活實例，描述常見的類型。另一主要的區別，是《人物志》注重當時政治體制，寫作中帶實用性。但如第二章所述，《世說新語》編纂之時，人物品藻已完全失去政治功能，成為一種技巧或文學體裁。

西方對於人的個性也有類似興趣，先驅者是希臘哲學家狄奧弗拉斯圖（Theophrastus，或拼作Theophrastos，前371？—前288？）。這種人性的研究，從16到18世紀，由於一批英、法作家如約瑟夫‧豪（Joseph Hall，1574—1606）、傑菲利‧蒙舒

爾（Geoffrey　Mynshul，1594？—1664）、讓・德拉・布魯耶
（Jean de la Bruyère，1645—1696）、約瑟夫・阿迪生（Joseph
Addison，1672—1719）和理查・斯梯爾（Richard Steele，1672—
1727）寫作的結果，演變成為一種全新的文學體裁。

　　希臘和中國的兩本著作，其相似程度驚人：兩者都依人的性格
分類，似乎在人類達到歷史某個特殊階段時才有分類的概念。這個階
段因各自文明性質不同而異：對希臘、羅馬文明來說，該階段較中華
文明早得多。狄奧弗拉斯圖師承亞里斯多德的植物分類，表明分類概
念那時業已存在，他只是將其應用於一套不同的數據而已。另外還
有，兩書中某些門類相同，或是格外類似，下表列出二書相似的門類
以進行對比。

《世說新語》	《狄奧弗拉斯圖》[5]
假譎	作偽者
儉嗇	吝嗇鬼
儉嗇	慳吝人　無恥的貪婪者
忿狷　簡傲	不合群者
輕詆	吹毛求疵者
任誕	令人厭憎者
簡傲	驕傲自滿者
讒險	造謠中傷者

　　第三，兩書為各類均提供實例，有助於描述性格。《狄奧弗拉
斯圖》的示例來自虛構，雖然貌似從實際中提取而來。《世說新語》
例子則來自史實，或認為確曾發生之事。此外，兩書風格都具有親切
感和隨意性，讀者易於親近，從而引發興趣、進而認同。兩書中採用
的語言，平易且接近口語，書中常見日常事物，如食品、衣著、髮
式、器物、傢俱、建材乃至室內場景、娛樂以及社會生活等，對於探
究各自國度和當時生活方式、社會環境，它們都是上乘的資料。

　　最後，兩部作品在各自相應的文化背景下，對後代文學的影響

5　原書名*Theophrastus: the Character Sketches*，今暫譯為此。

都很相似。狄書的英譯者安德生認定，狄奧弗拉斯圖這部作品，在他弟子孟南德的喜劇中留下了深刻的痕跡[6]。還有，通過對作品翻譯及前述作家們在16至18世紀以這種體裁寫作，它再度風行於世，至少直接和間接影響了莎士比亞的喜劇和阿歷山大·波勃的散文詩[7]。同樣的，《世說新語》促進了一種全新文體的產生。從中國文學的唐代傳奇、元曲及明清小說，亦可覺察出它的影響。

　　然而，兩書也有巨大差異。最明顯不過的，是《狄奧弗拉斯圖》的類型全是負面的，它們不算真正的邪惡，是安德生筆下所說的「短處，或稱作毛病、缺點；有的僅比怪僻更進一步而已」。《世說新語》則兼具正面、負面兩種類型。前十五篇是可敬品質的示例，從第十六篇（企羨）起到第二十五篇（排調），是有些乖僻的例子，再其餘，則是有關缺點甚至惡劣的行徑。

　　書中出現的人物，兩者亦來自不同的社會階層，有迥然不同的社會背景。狄氏的書中，大多數主人公是小資產階級型，居於城市，大多從商，身在民主社會，相互衝突常借助法律解決，為此滿腦子打官司。《世說新語》的主角主要是大臣和士大夫，他們或多或少涉及政治，衝突常比狄氏書中所寫的嚴重得多，最後以密謀和政變終結，不少人為之喪生。如果說狄氏書氣氛是諷刺加幽默，那《世說新語》的氛圍，從輕鬆幽默到極為悲慘，應有盡有。

　　兩者關鍵的差異在於手段不同。作為一個哲學家和科學家的狄氏，他也建立了一套植物分類系統，工作方式具有科學性和邏輯性。他的《狄奧弗拉斯圖》被稱為「科學家在雅典研究採集植物標本的現場報告」[8]，其進程是從一般到具體。而《世說新語》的編寫人，則是從人本主義的觀察逼近主人公，所感興趣的，是收集每種特性、場

6　Theophrasus, *Theophrastus: the Character Sketches,* trans. Warren Anderson, Kent, Ohio: Kent State University, 1970, p.14.

7　同上書，頁26。

8　Theophrasus, *Theophrastus: the Character Sketches,* p.25.

合或情緒下的有趣或辛酸的事例,這種事例既可在談玄時當作實例,也能當作文學描繪的素材。

在所描述人物的種類裡,《世說新語》與《狄奧弗拉斯圖》的法譯者布魯耶很相似,此人也寫了一本類似的《性格論》,該書用真人真事,因為是同代人,隱去了姓氏代以假名。《世說新語》則不必如此,因在編寫《世說新語》時,書中人早已謝世。布魯耶對人物的勾勒更主觀,他毫不遲疑地對人物判定是非;而《世說新語》似乎更為中性,它不添加編撰者或原作者主觀意見之色彩。這一作法,也許歸因於《世說新語》的不少書源是史籍,故儘量寫客觀些。布魯耶某些類型亦與《世說新語》中相合,如廷臣、婦女、貴族等。

儘管《世說新語》和狄氏作品文化上有差異,兩者細微處的相似,會令人大為吃驚。下面的比較可表明這一點:

> 此人決不會讓他人摘無花果嘗鮮,或抄小路從他的地裡過,或拾起過熟墜地的橄欖和棗。他逐日查檢田地界樁,確認無人挪動。——《狄奧弗拉斯圖》,慳吝人。

此引文堪與《世說新語》條文同閱:

> 和嶠性至儉,家有好李,王武子求之,與不過數十。王武子因其上直,率將少年能食之者,持斧詣園,飽共啖畢,伐之,送一車枝與和公,問曰:「何如君李?」和既得,唯笑而已。
>
> 注:《語林》曰:「嶠諸弟往園中食李,而皆計核責錢。故嶠婦弟王濟伐之也。」——《世說新語》,儉嗇第二十九·1。
>
> 王戎有好李,常賣之,恐人得其種,恆鑽其核。——《世說新語》,儉嗇第二十九·4。

又一例:

> 供桌的犧牲獻祭後,他不給朋友享用,而是醃制貯存,以備他日之需。——《狄奧弗拉斯圖》,無恥貪婪者。
>
> 王戎儉吝,其從子婚,與一單衣,後更責之。——《世說新語》,儉嗇第二十九·2。

不合群者當問及他人在何處，輒答：「休要煩我！」；對他人禮貌問候，裝癡裝聾，充耳不聞。——《狄奧弗拉斯圖》，不合群者。

羅君章（含）曾在人家，主人令與坐上客共語，答曰：「相識已多，不煩復爾。」——《世說新語》，方正第五·56。

令人厭憎者在街上走過可敬之婦女前，暴露自己「不文之物」。——《狄奧弗拉斯圖》，令人厭憎者。

劉伶嘗縱酒放達，或脫衣裸形在屋中。人見譏之，伶曰：「我以天地為棟宇，屋室為褌衣，諸君何為入我褌中？」——《世說新語》，任誕第二十三·6。

阮公（籍）鄰家婦有美色，當壚沽酒。阮與王安豐（戎）常從婦飲酒，阮醉，便眠其婦側。夫始殊疑之，伺察，終無他意。——《世說新語》，任誕第二十三·8。

從劉劭到劉義慶，人物品評自然經歷過少許變化，尤其與東漢時比較，其技巧已不可同日可語。

三、《世說新語》對中國文學的影響

《世說新語》的文學成就歷代都讚譽備至，《今世說》的作者在他的序裡說：

> 垂千百年，學士大夫家，無不玩而習之者。[9]

他強調《世說新語》長青的生命力。自從它面世以後，每一個朝代都或有仿作，或有注釋，或有新版本的出現，印證了王的說法。晚清學者王先謙引述明王世貞《世說新語補》的序說：

> 王元美（世貞）序言《世說》所長，造微單辭，徵巧隻行，因美見風，因刺通贊。使人短詠而躍然，長思而未罄，可謂盡其

---

9 王晫：《新校今世說》，《增補中國筆記小說名著》第一集，第11冊，臺北：世界書局，1967年版，頁6。

妙矣。[10]

極力讚美《世說新語》的簡潔精煉以及它的讚美與諷喻並行的做法。正因為它的內容豐富而複雜，所以無論是略讀或精讀都會有不同的收穫。

傳統的分類，小說類屬於子類，又有多少雜史的意味，說它是街談巷議，也有針砭時政的作用。但是採集街談巷議可能又令人想到採集樂府，也可以作為民間文學的一種。所以用現代的眼光來看，小說屬於文學的範疇，當西方文學進入中國之初，小說一詞就用來翻譯西洋文學中虛構文學的概念。其實中國傳統小說起初並不是全憑想像，起碼有一部分作者本人認為是真實的。不過，現代的文學史家無不以《世說新語》為文學。

既然是文學，就要看看它在哪些地方符合文學的標準。

首先，由於它獨特的審美觀，它創造出了一種簡潔而又極有韻味的敘述散文文體，而與此同時，它又是一部新鮮活潑的富有生活氣息的對話筆錄。它的散文敘事風格簡潔而凝練，用最少的字數敘述一件事，或表達一種意思，或抒寫一種感情，幾乎找不出一個多餘的字來。它繼承了魏晉的古樸文風，從而又影響了唐宋古文運動的八大家的散文恬淡而意簡言賅的風格。美國的譯者馬瑟[11]曾經質疑《世說新語》是否有一種統一的風格，原因是：既然《世說新語》的內容是從很多種不同的書籍收集進來的，那麼它的風格就應該包含各種不同的風格。妙的就是，這些從各種來源湊合起來的條目，竟然具有類似的風格，甚至被人家認為是一種統一而且自成一體的風格，稱為「世說體」。吉川幸次郎就是主張這種說法的學者。他說：

10　楊勇：《〈世說新語〉書名、卷帙、版本考》，頁215。楊勇的附注說這段話出自王先謙《世說新語》序，但我很遺憾未能見到這個版本。

11　Mather, Richard B., "*The Shih-shuo Hsin-yü* and its Place in Chinese Literature," Papers of the C.I.C. Far Eastern Languages Institute, no.4 (1973), p.47.

> 不過，雖然世說的文本是一個合成體，它卻有著一致的風格，
> 我們不僅可以把它當成一種統一的風格，它也向我們提示了一
> 種時代的風格。[12]

也就是說，《世說新語》代表的是一種他所謂的「六朝的散文風格」。

說到風格，不能不提意境的營造。意境是一種形而上的東西，所以對於它的營造也不能說出具體的方法。《世說新語》裡面有幾條可以提出來作為營造意境的例子，卻無法指出它的意境是如何營造出來的，我們在第一節「樹立東方審美觀」已經說過，還要再提的是，後來評論家從晚明諸子到袁枚、王國維等常用的意境或神韻，也都是受了《世說新語》的影響。

進一步說，它的雋永、風趣而繪影繪聲的對話又影響了後世小說對話的靈活應用，而且直接採用接近當時口語入文，這方面前賢所證已多，我就不贅述了。另外，值得一提的是《世說新語》中有些對話頗為幽默，也許還可以作為中國幽默文學的早期的代表[13]。與較早的《笑林》不同，《世說新語》的幽默甚為含蓄，往往只博得人莞爾一笑，更重要的是，有些笑話是與經史有關，沒有相當程度的學識，是不能體會其幽默之所在。

其次，由於《世說新語》在個性研究方面作出了細緻的觀察和分類，使古人對人物個性的描寫有初步的認識，以後的小說作者繼續發展，使小說中出現了豐富而鮮活的人物形象。《世說新語》在寫人

---

12 吉川幸次郎, *"The Shih-shuo Hsin-yü* and Six Dynasties Prose Style," trans.
  Glen W. Baxter, *Harvard Journal of Asiatic Studies*, v. 18, no.1/2 (1955), p.125.

13 Lily Xiao Hong Lee, "Shared Humour: Elitist Joking in *Shishuo xinyu* (A
  New Account of Tales of the World)", *Humour in Chinese Life and Letters,*
  ed. Jocelyn Chey and Jessica Milner Davis, Hong Kong: Hong Kong University
  Press, 2011. 蕭文中文版見蕭虹：《分享的幽默——〈世說新語〉中精英階
  層的諧趣》，《首屆世說學國際研討會論文集》，新鄉：河南師範大學文
  學院、中原文獻與文化研究中心，2017年。

方面的成就，直到二十一世紀還是人們津津樂道的。[14]

　　以上所說是概括的，而且是難以衡量的。但是，有些東西卻是顯而易見的，以下我就舉出一些例子。

「世說體」的產生

　　《世說新語》面世以後，產生了眾多的仿效者，最早的是沈約的《俗說》，一直到當代還有人仿效《世說》，甚至在朝鮮和日本也有仿效的例子。不但可以看出《世說新語》本身的成功，並且可以說明它創造了一種能引起人類共鳴的容器，適合不同時代、不同地域的人們用來代入他們自己的內容。

　　據我粗略的考察，可以列出以下《世說新語》以及相關的《語林》的仿效者。當然，這不是詳盡的清單，只是要說明仿效者各朝源源不絕的概況。

沈約（441—513）	《俗說》
殷芸（471—529）	《小說》
王方慶（唐）	《續世說新語》
劉肅（活躍於 806）	《大唐新語》
李贄（1527—1602）	《初潭集》
焦竑（1541—1162）	《類林》
李清（1591—1673）	《女世說》
李紹文（明）	《明世說新語》
鄭仲夔（明）	《清言》
林茂桂（活躍於1621）	《南北朝新語》
汪琬（1624—1690）	《說鈴》
王晫（1636生）	《今世說》
梁維樞（活躍於1654）	《玉劍尊聞》
吳肅公（清）	《明語林》
張撫公（清）	《漢世說》
顏從喬（清）	《僧世說》

14　阮莉萍：《烏衣巷口夕陽斜——〈世說新語〉人物漫筆》，廈門：廈門大學出版社，2015年版。

| 易宗夔（民國） | 《新世說》 |
| 葉至誠編印（文革時期） | 《新世說選粹》 |

　　除了中國有仿效者，朝鮮、日本也少不了，這將在以下談《世說新語》在東亞的影響時再表。這一來，就有所謂「世說體」的說法。以一本書而孕育出一種文體，也是極為少數的例子，如騷體、文選體，足見其影響之超乎尋常，可以比美《楚詞》和《文選》了。

　　《世說新語》對中國文學的另一種難以衡量的影響在於後世文章常常引用《世說新語》中的典故。要知道有多少文學作品曾經引用過《世說新語》中的典故，我們最多能憑個人的記憶而無法作更確切的、更科學的統計。以唐王勃的《滕王閣序》為例：

　　「徐穉（一做孺）下陳藩之榻」是用《世說新語》德行第一・1的典故：

> 陳仲舉（蕃）言為士則，行為世範，登車攬轡，有澄清天下之志。為豫章太守，至便問，徐孺子（穉）所在，欲先看之。主簿白：「群情欲府君先入廨。」陳曰：「武王式商容之閭，席不暇暖。吾之禮賢，有何不可！」

　　「望長安於日下」是用《世說新語》夙惠第十二・3的典故：

> 晉明帝（司馬紹）數歲，坐元帝（司馬睿）膝上。有人從長安來，元帝因問明帝：「汝意謂長安何如日遠？」答曰：「日遠，不聞人從日邊來，居然可知。」元帝異之。明日集群臣宴會，告以此意，更重問之，乃答曰：「日近。」元帝失色曰：「爾何故異昨日之言邪？」答曰：「舉目見日，不見長安。」

　　「非謝家之寶樹」是用《世說新語》言語第二・92的典故：

> 謝太傅（安）問諸子姪：「子弟亦何預人事，而正欲使其佳？」諸人莫有言者。車騎（謝玄）答曰：「譬如芝蘭玉樹，欲使其生於庭階耳。」

　　僅僅在一篇文裡就用了三個《世說新語》的典故，不止可見王勃個人對《世說新語》的喜愛，也可見初唐時《世說新語》的影響之

大，恐怕劉知幾興歎修史者過多接受《世說新語》的影響不是沒有原因的。

　　詩歌用《世說新語》的典故也常見，如唐劉禹錫的《烏衣巷》也借用了雅量第六‧13及該條的注文中諸王住在烏衣巷的典故。

　　清八大山人還作過《世說詩》20首，但只有1首我們還能看見，因為他用來題畫，饒宗頤為文解釋[15]。其中兩句：

> 昔者阮神解，暗解荀濟北。

是用《世說新語》術解第二十‧1的典故：

> 荀勖善解音聲，時論謂之暗解。遂調律呂，正雅樂。每至正
> 會，殿庭作樂，自調宮商，無不諧韻。阮咸妙賞，時謂神解。
> 每公會作樂，而心謂之不調。既無一言直勖，意忌之，遂出
> 阮為始平太守。後有一田父耕於野，得周時玉尺，便是天下正
> 尺。荀試以校己所治鐘鼓、金石、絲竹，皆覺短一黍，於是伏
> 阮神識。

　　在這篇文章裡，饒公還指出了黃山谷（庭堅）等後代文人無不仰《世說》為「饋貧糧」。可見《世說新語》有豐富的文學滋養，供我們取之不盡。他更列舉了歷代書畫家抄《世說新語》的做法，認為這些人這樣做是為了「增加藝術生活上的體會」。也就是說，《世說新語》是文學家和藝術家的靈感的源泉。[16]

唐傳奇中短篇小說的原型

　　上面我們已經說過《世說新語》摹寫人物、突出性格的技巧，能使人們增長有關人情的知識，加強觀察敏銳度，為成功塑造人物個性提供必備的條件，這一點可由唐代傳奇故事在技巧上的提高看出，這種手法又極大地影響了後代的小說、話本和戲劇。

15　饒宗頤：《八大山人〈世說詩〉解兼記其甲子花鳥冊》，《香港中文大學
　　中國文化研究所學報》，第8卷，第2期，頁 519—527。

16　同上文，頁524—525。

　　《世說新語》裡面有不少可以說得上是完整的短篇小說，從這種短小精悍、首尾俱全的故事來看，也可以認為《世說新語》這些條目就是唐傳奇一類短篇小說的原型。我們可以通過幾個例子來驗證。

> 周處年少時，凶強俠氣，為鄉里所患。又義興水中有蛟，山中有邅跡虎，並皆暴犯百姓，義興人謂為三橫，而處尤劇。或說處殺虎斬蛟，實冀三橫唯餘其一。處即刺殺虎，又入水擊蛟，蛟或浮或沒，行數十里，處與之俱。經三日三夜，鄉里皆謂已死，更相慶，竟殺蛟而出。聞里人相慶，始知為人情所患，有自改意。乃自吳尋二陸，平原（陸機）不在，正見清河（陸雲），具以情告，並云：「欲自修改，而年已蹉跎，終無所成。」清河曰：「古人貴朝聞夕死，況君前途尚可。且人患志之不立，亦何憂令名不彰邪？」處遂改勵，終為忠臣孝子。——《世說新語》，自新第十五·1。

> 許允婦是阮衛尉（恭）女，德如（阮侃）妹，奇醜。交禮竟，允無復入理，家人深以為憂。會允有客至，婦令婢視之，還答曰：「是桓郎。」桓郎者，桓範也。婦云：「無憂，桓必勸入。」桓果語許云：「阮家既嫁醜女與卿，故當有意，卿宜察之。」許便回入內。既見婦，即欲出。婦料其此出，無復入理，便捉裾停之。許因謂曰：「婦有四德，卿有其幾？」婦曰：「新婦所乏唯容爾。然士有百行，君有幾？」許云：「皆備」。婦曰：「夫百行以德為首，君好色不好德，何謂皆備？」允有慚色，遂相敬重。——《世說新語》，賢媛第十九·6。

> 韓壽美姿容，賈充辟以為掾。充每聚會，賈女於青瑣中看，見壽，悅之，恆懷存想，發於吟詠。後婢往壽家，具述如此，並言女光麗。壽聞之心動，遂請婢潛修音問，及期往宿。壽矯捷絕人，踰牆而入，家中莫知。自是充覺女盛自拂拭，說暢有異於常。後會諸吏，聞壽有奇香之氣，是外國所貢，一著人則歷月不歇。充計武帝唯賜己及陳騫，餘家無此香，疑壽與女

通，而垣牆重密，門閣急峻，何由得爾？乃託言有盜，令人修牆。使反曰：「其餘無異，唯東北角如有人跡，而牆高，非人所踰。」充乃取女左右婢考問，即以狀對。充祕之，以女妻壽。──《世說新語》，惑溺第三十五·5。

以上三個故事，首尾銜接，情節完整，在技巧方面，周處的故事採取層層漸進如剝筍，又用了對比，利用以前的和以後周處的落差使故事更富戲劇性效果。許允妻子阮氏的故事頗有喜劇意味，但同時讓人感受到天生醜陋的婦女的辛酸。而阮氏不甘因自己有缺點就放棄抗爭的堅強個性與善察形勢的智慧也就從她的對話中自然地反映出來了。這種讓人鼻酸的喜劇，乃是喜劇的最上乘境界。賈充的女兒賈午的故事我們已經引過，特地在這裡重複一次，目的在從文學的角度來分析它。這個故事是後世無數爬牆幽會的故事的張本。從《西廂記》的原型唐元稹的《會真記》（即《鶯鶯傳》）起，這一類由侍女傳情，進而幽會的情節，包括小說和戲劇，都是這裡變化出來的。且引《會真記》作為比較：

> 張自是惑之，願致其情，無由得也。崔之婢曰紅娘，……立綴《春詞》二首，以授之……崔之東有杏花一株，攀援可逾。既望之夕，張因梯其樹而逾矣！

從辭藻方面看，唐傳奇也有受《世說新語》的影響。要充分地發現其影響的範圍和強度，必須做大量的比較研究。我們沒有這個條件，只可以舉出一些少數的例子，譬如《虯髯客傳》中對李世民容貌的描寫：

> 精采驚人，長揖而坐。神氣清朗，滿坐風生。

正與《世說新語》對男性讚美之詞不相上下：

> 見裴叔則如在玉山上行，光映照人。──《世說新語》，容止第十四·12。

> 見裴令公精明朗然。──《世說新語》，賞譽第八·24。

> 時人目夏侯太初朗朗如日月之入懷。──《世說新語》，容止

第十四·4。

又如塑造豪放的英雄形象，唐傳奇的虯髯客是這樣：

> 忽有一人，中形，赤髯如虯，乘蹇驢而來。

《世說新語》對桓溫的描寫如下：

> 鬢如反蝟皮，眉如紫石棱。——《世說新語》，容止第十四·
> 27。

唐傳奇還有牛僧孺的《郭元振》，寫一個豪士為民除害，殺了為患一鄉的豬精烏將軍，與除三害的周處的故事有幾分相像。

過去的學者都曾提出過與《世說新語》同時的志怪小說對唐傳奇的的影響[17]，也認識到史傳文學的影響，而可以看作野史或雜史的《世說新語》也順帶被提及[18]。固然，在寫仙狐鬼怪這方面，志怪小說的確開了唐人先河，成為傳奇中一個大支派，然而志人小說的影響也不可謂不大。首先是因為其以人為主體的精神。《世說新語》對人物個性的分類和刻畫對唐傳奇有啟發作用，在這方面鄧裕華已有文說明[19]。不過，前人也許忽略了一點，就是《世說新語》與少數其他同時代的志怪小說所包含的完整故事，雖然只能說是一個故事的梗概，有待唐代作者發展成更豐富、更細膩的文學作品，但其簡潔的敘述風格、突出的人物性格和貼近口語的對話，都不難看出與《世說新語》的淵源，從文學史的眼光來看，還是不可不提出的。

《世說新語》對膾炙人口的《三國演義》的影響是早已為大家所知。以下舉出一些實例，以見其一斑。

《三國演義》	事件或引文	《世說新語》
第1章	曹操性格的評語	識鑒第七·1及注
第11章	孔融幼時見李膺	言語第二·2

17　吳志達：《唐人傳奇》，上海：上海古籍出版社，1981年版，頁2—6。

18　同上書，頁6—9。

19　鄧裕華：《唐傳奇與魏晉南北朝志人小說關係淺說》，《華南師範大學學報》（社會科學版），1995年第2期，頁68—72。

第21章	望梅止渴	假譎第二十七・2
第22章	鄭玄與馬融	文學第四・1
第23章	禰衡擊鼓罵曹	言語第二・8
第35章	司馬徽與龐統的對話	言語第二・9
第38章	「撥雲霧而見青天」。	排調第二十五・26
	「安石不肯出，將如蒼生何？」	
第40章	孔融二子的先見	言語第二・5
第66章	管寧和華歆對金子的不同反應	德行第一・11
第71章	楊修比曹操早悟到「絕妙好辭」的碑文	捷悟第十一・3
第72章	楊修猜中曹操心事	捷悟第十一・1及2
		假譎第二十七・4
第103章	魏明帝派辛毗去阻止司馬懿攻打諸葛亮	方正第五・5
第106章	管輅預言何宴及其黨之覆滅	規箴第十・6
第107章	鍾會兄弟與魏文帝的對話	言語第二・11
	鄧艾對口吃的回答	言語第二・17
第114章	曹髦對司馬昭垂死的一擊	方正第五・8
	王經母在兒子就刑前的一番話	賢媛第十九・10

　　此外中國的戲劇與《世說新語》也有相當的淵源。最好的例子是元關漢卿的《玉鏡臺》，它是根據溫嶠以玉鏡臺為信物娶妻的故事。明代朱鼎《玉鏡臺傳奇》則是根據關漢卿的作品改編。可惜，很多元明戲曲都已散佚，無法確切知道有多少劇碼是跟《世說新語》有關係的。不過，從臧敬叔《元曲選》裡的存目來看，以下的劇碼極可能是和《世說新語》有關聯的。

元曲名稱	《世說新語》
《酒德頌》　馬致遠著	任誕第二十三・3和6
《七步成章》　馬致遠著	文學第四・66
《綠珠墜樓》　關漢卿著	仇隙第三十六・1及注
《管寧割席》　關漢卿著	德行第一・11
《周處三害》　庚吉甫著	自新第十五・1
《潘安擲果》　高文秀著	容止第十四・7
《韓壽偷香》　李子中著	惑溺第三十五・5
《伯道棄子》　李直夫著	德行第一・28

除這些以外，還有數種也有可能性，但沒有以上幾種那麼肯定，就不列舉了。

四、《世說新語》對中國語言的影響

《世說新語》在中國語言上也打上深深的烙印，不過，具體全面地調查也不是簡單的事情。只要稍微留意，就可以採集以下常見的成語或詞，有些甚至今天還在日常用著。

一登龍門，身價百倍	德行第一·4
身無長物	德行第一·44
小時了了，大未必佳	言語第二·32
百端（感）交集	言語第二·32
未免有情	言語第二·32
無可無不可	言語第二·72
楚楚可憐	言語第二·84
應接不暇	言語第二·91
拾人牙慧	文學第四·27
坦腹東床	雅量第六·19
入幕之賓	雅量第六·27
口若懸河	賞譽第八·32
阿堵物	規箴第十·9
我見猶憐	賢媛第十·21及注
手談	巧藝第二十一·10
未能免俗	任誕第二十三·10
聊復爾爾	任誕第二十三·10
洪喬誤書	任誕第二十三·31
一往深情	任誕第二十三·42
不可一日無此君	任誕第二十三·46
乘興而行，興盡而返	任誕第二十三·47
漱石枕流	排調第二十五·6
漸入佳境	排調第二十五·59
禁臠	排調第二十五·60
唐突西子	輕詆第二十六·2

| 望梅止渴 | 假譎第二十七・2 |
| 卿卿我我 | 惑溺第三十五・6 |

　　以上這些例子肯定不全，但總可以說明《世說新語》對我們的語言的深遠影響。

五、《世說新語》在中國以外的影響

　　《世說新語》在中國以外的影響到目前為止，在東亞的日本和朝鮮半島比較大。這兩個地方的文化多方面傳承了中國的文化，中國古代的書籍大多數都流傳過去了。吉川幸次郎很早就指出《世說新語》在日本的影響：

> 我們注意到《世說新語》在平安時代的《見在書目》就出現了。這個時代的一個抄本現在仍然可見。德川時代的儒學家，尤其是荻生徂徠，對它推崇備至，為它作了十本以上的注解。[20]

　　川勝義雄並為專文談這個問題[21]。荻生是在當日本風行理學之時提出返回儒學本真的學者，難怪他特別欣賞崇尚反樸歸真的《世說新語》。他們不但為它做注，還進行了仿作。他的學生服部南郭就是日本仿《世說新語》的第一人。從德川到明治（1603─1912）共有七部之多[22]。20世紀以前，受過教育的日本人都能讀漢文，有了注釋，看原文的《世說新語》還沒有問題。但由於後來能讀懂漢文的人已不多，20世紀又出現了《世說新語》的日譯本[23]。

20　吉川幸次郎，"*The Shih-shuo Hsin-yü* and Six Dynasties Prose Style," p.125，note 2.

21　川勝義雄：《江戶時代における世說研究の一面》，《東方學》第20期（1960）。

22　Qian Nanxiu, "*Daitō Seigo*: An Alien Analogue of *the Shih-shuo hsin-yü*," *Early Medieval China*, v.4 (1998), p.79.

23　川勝義雄等，東京：築摩書房，1960年。森三樹三郎，東京：平凡社，1969年。目加田誠，東京：明治書院，1975年。竹田晃，東京：學術研究

　　根據金長煥的研究[24]，《世說新語》可能在新羅時代（669—935）就已為人所知。在高麗時代（918—1392）中期，清談之風大盛，由於士大夫被迫害，猶如中國的魏晉時代，他們中間有些人整日喝酒、清談，也跟魏晉文人一樣。他們自比「竹林七賢」，號稱為「海左七賢」，以李仁老為首，其他有吳世才、林椿、趙通、皇甫杭、咸淳和李湛之。這些人都生活在12世紀下半期，他們也是以飲酒清談作為對統治者的一種消極抵抗。從這種觀點出發，他們也寫了模仿《世說新語》的作品，如李仁老的《破閑集》、崔滋的《補閑集》等[25]。也是在高麗時期，《世說新語》出現在人們的詩文裡。到了朝鮮時期（1392—1910），《世說新語》的流傳和研究達到頂峰，不但常被社會的精英掛在嘴上，而且有很多從中國舶來的版本著錄。最值得我們注意的是朝鮮人自己印製的版本。這些版本多是王世貞的《世說新語補》，因為這時正當明朝《世說新語補》在中國大行其道的時候，在朝鮮也一樣。另外，值得一提的是這些版本往往是用顯宗實錄字印的，這種字體是為印《顯宗實錄》而鑄造、後來也只用來印經典的，足見其被重視的程度。除此以外，這個時期還出現了許多手抄本，現在在韓國各大學圖書館裡還可以看到。

　　朝鮮時代對《世說新語》的最大貢獻是出版了一本《世說新語姓彙韻分》。它把《世說新語》的條目重新組合，以人為本，按照人物的姓所屬詩韻的次序排列。這樣一來，所有關於一個人的條目就都在一起了，就好像一個人名索引，但比人名索引更便利的地方是：一般索引找到關於某個人的條目後，還要到《世說新語》的各篇去找其內容，而在《世說新語姓彙韻分》裡，那些條目就都跟著人名，不用再花功夫了。這種編輯法的好處在於我們很容易看出《世說新語》對

院，1983—1984。

24　Kim Jang-hwan and Lily Xiao Hong Lee, "The Circulation and Study of *Shishuo xinyu* in Korea," *Early Medieval China*, v.12 (2006), pp.31—68.

25　同上文，頁38。

某個人的反映的整體印象。這種做法似乎是朝鮮的獨特發明，因為在中國和日本的書目中都找不到類似的版本。現存這個版本的書都沒有出版日期，但從一些旁證可以知道它是大約在18世紀20年代出版的[26]。

《世說新語》的研究與出版在朝鮮的日治時代曾經一度消沉，但從20世紀80年代開始，又現出欣欣向榮的景象，關於《世說新語》的學術文章及碩士、博士論文都如雨後春筍般浮出地表，《世說新語》的韓文翻譯也至少有兩部，林東錫1980年代出版的是節譯，金長煥的三卷本是全譯，1996年到2000年出版。

我們可以比較一下《世說新語》在日本和韓國的流傳。在日本，現在可以看見的《世說新語》的首次出現是在《日本國見在書目》中。此書目大約是在9世紀末完成，約與韓國新羅時代相仿。也就是說，兩國接受《世說新語》的時間也許差不多。兩國都產生了許多本地的版本，並且還有與閱讀欣賞有關的注釋、考證等應運而出。其次，仿作兩國都有。不過韓國的只能算是「世說體」的創作，不是嚴格意義的仿作。韓國對《世說新語》的特殊貢獻在於《世說新語姓彙韻分》的編纂和出版。最後要提到的是兩國在20世紀對《世說新語》的翻譯和研究都回到劉義慶的原書而不是王世貞的《世說新語補》，而且都用現代的方法來從事研究。

《世說新語》在東亞的影響我們已經大致討論了。但是在世界其他地方也可以說說。在歐洲有一本法文的全譯本，是Bruno Belpaire翻譯的，1974年出版。在前蘇聯也出版了V.T. Suhonkov翻譯的一本俄文全譯本，是1980年莫斯科出版的。在美國，Richard Mather的英譯本在1976年面世。90年代又有兩篇博士論文是跟《世說新語》有關的，一篇已經出版[27]。

26　Kim Jang-hwan and Lily Xiao Hong Lee, "The Circulation and Study of *Shishuo xinyu* in Korea," p.55.

27　Tang Yiming, "The Voices of Wei-Jin Scholars: a Study of 'Qingtan'",

　　總結本章所討論的內容，《世說新語》樹立了一種東方的審美觀，精粹所在是重精神而輕形式，崇尚樸素自然，這就影響到中國的美術和音樂都重神韻而不重寫實，在藝術上追求空靈的境界。對於人的精神面貌來說，主張站在高遠的地位，給自己和世界的一切留下空間，如此就能夠有開放的、曠達的人生觀和世界觀，對於功利可以放得開，講求的是適意和率性，但是不忘保持真性情和真感情，做個至性至情的人，創造至性至情的藝術作品。

　　中國古代和希臘古代的人一樣，對人的不同性格發生興趣，從而試圖去分析和分類。中國在《世說新語》以前有《人物志》，時間和古希臘的《狄奧弗拉斯圖》比較接近，但它是本著實用的目的而作的。中國的《世說新語》卻有許多地方與狄氏有異曲同工的地方。這也可以說明人性是有世界共通性的吧。

　　《世說新語》對中國文學的影響之大是大家承認的事實，從風格上看，它影響了唐宋以來的散文恬適淡雅的情致，詩歌也脫不了《世說新語》的意境。不管散文或詩歌都少不了用《世說新語》中的典故。唐傳奇的雛形可以從《世說新語》找到，它們簡潔精煉的敘事語言和如聞其聲的生動對話，莫不跟《世說新語》有直接的關係。尤其是人物性格的描摹，更是承襲了《世說新語》對人物性格的認識和分析。

　　對於中國的戲曲和小說，《世說新語》的影響更不可小覷。《三國演義》裡面的很多內容都可以回溯到《世說新語》，元曲的很多劇碼也是出自《世說新語》的。

　　我們稍微留意就可以發現不少《世說新語》裡的話，已經變為成語，我們現在還在用，有的甚至是日常用的口語。一千年前的書有如此生命力，使我們不得不歎服。

PhD dissertation, Columbia University, 1991; Qian Nanxiu, *Spirit and Self in Medieval China: the Shih-shuo hsin-yü and its Legacy*, Honolulu: Hawaii University Press, 2001.

　　《世說新語》在中國一千六百多年間始終盛行不衰，流傳廣泛，雖然不是科舉考試的用書，但歷代都有注釋、仿作和新版本出現。正因為它是知識份子所情有獨鍾的，所以中國文化所到之處，都有喜愛它的人，它在日本、韓國乃至歐洲、美洲，同樣有出版、翻譯和研究，這就是《世說新語》之偉大的最佳證明。

結論

　　在本書，我首先確定了《世說新語》的性質是收集主要從東漢到東晉的言論集。它可能是這一類書裡首先採用以時代分先後，將條目分類、冠以描述性題目做法的書。而這些題目是按照人的各種性格和行為而設立的。簡言之，它是用人的行為和個性而分類的言論集。

　　《世說新語》最早的書名是《世說》，本為八卷，可能加上劉峻的注解以後成十卷，現藏日本的唐寫本殘卷就是這個版本。後來又有三卷本，現存的版本就是三卷本。其他還有二卷和十一卷本著錄，但早已沒有人見過。

　　近代學者質疑傳統的關於《世說新語》作者的說法，他們懷疑劉義慶不是真正的作者。經過分期考察劉義慶的生平（見第二章所附年表），我的結論是以他對文學的愛好和修養及他所能利用的人力、財力，他完全可能構想一個多樣性的編撰計畫，包括《世說新語》、《幽明錄》、《宣驗記》等。可能是他提出《世說新語》編撰的想法，並利用他手下的文人來為他完成這項工作。我又對這些文人的性格、作品以及他們和劉義慶共事的時間逐一追索，結果發現沒有一個

人可能是完全負責《世說新語》的人。而且有跡象證明《世說新語》編成以後還要經過劉義慶的首肯。這樣他的作用就好像現代的總編輯一樣，說他是編者並不為過。

　　前人都說過《世說新語》是一本從更早的書裡收集材料編撰而成的書，也舉出《語林》和《郭子》作為源書。在第三章我利用二書的殘篇，比較《世說新語》的全文，找出它與它們相似的程度。發現有些《世說新語》的條目幾乎是全文照抄的，而不完全相同但很類似的很多。二書大多數的殘篇都可以找到跟《世說新語》相關的痕跡。除此二書以外，也發現一些其他的源書。

　　《世說新語》的注解除最著名的劉峻注以外，還有敬胤的注。敬胤是齊梁之間人，他的注解在唐殘卷中保留一些，看來所引資料很多，但缺乏剪裁，因此被劉峻的注解淘汰。

　　經過仔細閱讀前人的說法和實際查證，所謂《世說新語》的佚文都是某些時期見不到《世說新語》的完整版本，誤以為有些重要的文字或注解被刪掉。其實《世說新語》的正文和劉峻的注解基本完好無缺。

　　至於《世說新語》的內容，我們從社會、歷史和對後世的影響三方面討論。

　　《世說新語》反映了一些社會風尚和態勢。但在《世說新語》所跨越的漫長時期裡，有些趨勢走過兩個極端，例如東漢士人的對道德的執著和魏晉之交抗拒傳統道德的行為，又如西晉貴族的奢侈與東晉執政者的儉省的對比。其他如世紀末的情調、門閥制度和清談的興起是這時期的特殊風尚。女性在這個時期所享受的較為寬鬆的待遇是歷史上少見的。由於北人大規模南遷造成南人和北人的對立是當時的政治和社會的問題，而所反映出來的生活和風俗的不同，也成為《世說新語》中的一個有趣的話題。《世說新語》顯示的對職業的歧視是中國整個歷史時期都存在的，但卻是少數鮮活的實例。最後我們可以看到由於城市的發展而促成娛樂事業的興旺，《世說新語》讓我們看

到形形色色的娛樂方式與器具的演進。

從歷史的角度來看，《世說新語》的篇章可以用來補充正史在某些細節上的不足，尤其是傳統史家認為無關緊要的地方。《世說新語》對歷史的書寫最出色的地方是側寫魏晉之交司馬氏與異見分子寓政治於思想的鬥爭。晉武帝朝的剪影、東西晉之交的亂離時代、士大夫的親身經歷和感受也是值得關注的問題。《世說新語》所反映的江左的政治風雲，包括王導、謝安和他們的政敵的周旋與鬥爭，以及江左具有特殊性的文化氛圍，亦構成了《世說新語》對歷史研究的重要貢獻。第五章所作的《世說新語》和《晉書》的比較，讓我們從數字上證實《世說新語》的重點人物在名士，而且看到二書彼此可以互補的地方。最後，我們發現有超過一百個人物在《世說新語》中出現但在《晉書》沒有出現過，其中大多數是僧人和婦女。雖然《世說新語》沒有提供很多關於他們的資料，但在某種情形之下，這些有限的資料可能還是有用的。

《世說新語》樹立了一種東方的審美觀，影響了中國的藝術和人的精神面貌。從藝術上說，《世說新語》所樹立的審美觀不是寫實而是寫意的，重神韻、空靈的境界，不斤斤於貌似所要表現的人或物。從人格的審美來說，經過一千多年時間的消化和錘煉，《世說新語》為後世的知識份子揭示的理想人格是率性的、適意的，不慕榮利，處變不驚，寵辱不移，也可以說是一反儒家以國家、宗族為中心，而走向個人主義的思想。

東西方對個性研究各有其傳統，在中國，《世說新語》繼《人物志》的傳統發展成有系統的分類，西方由希臘的狄奧弗拉斯圖領先作出類似的努力。比較中西兩部作品發現有許多相同或驚人類似的地方，也許是因為人性本來就有相通的地方吧！

《世說新語》對後世中國文學的影響，可見於它創始的一種精煉恬淡的散文風格為唐宋古文所繼承。《世說新語》中一些完整的故事，與同時代的其他筆記小說同樣影響了唐代的傳奇，尤其它對人物

性格的敘述和分類，增進了人們對人物性格的認識和理解，對後世小說和戲劇描寫人物個性大有助益。《世說新語》對真性情的體現大大推進了後世的文學藝術中重視感情的傾向。

中國的語言保存了頗多《世說新語》裡的話，有些是我們現在日常還常用的，這說明《世說新語》常青的生命力。不止如此，它的活力還越過了國界，傳到中國以外的地方。

韓國和日本大約都是在9世紀接受了《世說新語》。這兩國都相繼出現擬作、注解和自己的版本。20世紀又相繼出版翻譯本和用現代的研究方法從事多方面的研究。歐洲有前蘇聯和法國的譯本，美國有英文的譯本，各國還有不少用不同文字的研究著作。《世說新語》是一千多年來中國的知識份子喜愛不衰的書，看來，世界上哪裡有懂中文的知識份子，哪裡就有《世說新語》的腳印。

參考文獻

本書目的中外文條目是按照拉丁字母的順序排列，日本人名以其姓氏的漢字首字排列。但如係英語譯文則按其英語譯音排列。

班固，《白虎通德論》，《四部叢刊》本。

班固，《漢書》，北京：中華書局，1962年版。

鮑照，《鮑氏集》，《四部備要》本。

北京大學中國文學史教研室，《魏晉南北朝文學史參考資料》，北京：中華書局，1962年版。

曹道衡，《關於鮑照的家世和籍貫》，見《文史》卷7，1979年。

晁公武，《郡齋讀書記》，《四部叢刊》本。

陳壽，《三國志》，《四部備要》本。

陳寅恪，《陳寅恪先生文史論文集》，香港：文文出版社，1973年版。

陳振孫，《直齋書錄解題》，《叢書集成》本。

道宣，《廣弘明集》，《四部備要》本。

鄧裕華，《唐傳奇與魏晉南北朝志人小說關係淺說》，見《華南師範大

學學報》(社會科學版)，1995年第2期，頁68-72。

房玄齡，《晉書》，北京：中華書局，1974年版。

復旦大學中文系古典文學組，《中國文學史》，北京：中華書局，1958年版。

高似孫，《緯略》，《叢書集成》本。

顧炎武，《日知錄》，《四部備要》本。

管仲，《管子》，《四部備要》本。

郭頒，《魏晉世語》，陶宗儀《說郛》本。

郭澄之，《郭子》，《玉函山房叢書》本。

賀昌群，《魏晉清談思想初論》，上海：商務印書館，1947年版。

胡國瑞，《魏晉南北朝文學史》，上海：上海文藝出版社，1980年版。

胡震亨，《劉敬叔傳》，見劉敬叔《異苑》，《津逮秘書》本。

華東師範大學歷史系，《中國古代及中世紀史報刊論文資料索引》，東京：大安，1967年重印本。

黃伯思，《東觀餘論》，《津逮秘書》本。

慧皎，《高僧傳》，《海山仙館叢書》本。

紀昀，《四庫全書簡明目錄》，臺北：世界書局，1975年版。

紀昀，《四庫全書總目》，廣東書局本。

蔣凡，《世說新語研究》，上海：學林出版社，1998年版。

姜亮夫，《歷代人物年里碑傳綜表》，香港：中華書局，1976年版。

江蘇新醫學院，《中藥大辭典》，上海：上海出版社，1977年版。

焦竑，《類林》，《粵雅堂叢書》本。

孔平仲，《續世說》，《四部備要》本。

鄺利安，《魏晉門第勢力轉移與治亂之關係》，見《史學彙刊》卷8，1970年。

鄺利安，《魏晉南北朝史研究論文書目引得》，臺北：中華書局，1971年版。

勞榦，《六博及博具的演變》，見《中研院歷史語言研究所集刊》卷

35，1964年，頁15-30。

勞榦，《中國丹砂之應用及其推演》，見《中研院歷史語言研究所集刊》卷7，4期，1938年，頁519-531。

《楞嚴經》，《大正新修大藏經》本。

李棲，《〈世說新語〉中為何不見陶淵明》，見《東方雜誌》復刊卷15，12期。

李笑野、白振奎，《全評新注世說新語》，北京：人民文學出版社，2009 年版。

李延壽，《北史》，北京：中華書局，1974年版。

李延壽，《南史》，北京：中華書局，1975年版。

李贄，《初潭集》，北京：中華書局，1974年版。

梁作干，《西晉與西羅馬滅亡是世界歷史的重大轉折點》，見《歷史研究，1982年第5期，頁187。

劉安，《淮南子》，《四部備要》本。

劉大杰，《魏晉思想論》，臺北：中華書局，1957年版。

劉大杰，《中國文學發展史》，臺北：中華書局，1956年版。

劉果宗，《支道林在玄學盛興時代之地位》，見《中華文化復興月刊》卷5，7期，1972年，頁23-28。

劉康德，《魏晉風度與東方人格》，瀋陽：遼寧教育出版社，1991年版。

劉強，《有竹居新評世說新語》，長沙：岳麓書社，2013年版。

劉強，《世說新語會評》，南京：鳳凰出版社，2007年版。

劉劭，《人物志》，《四部備要》本。

劉肅，《大唐新語》，上海：文學出版社，1957年版。附劉餗，《隋唐佳話》。

劉偉民，《兩晉南北朝的奴婢制度》，見《聯合書院學報》卷4，1965年，頁1-61。

劉向，《新序》，《四部叢刊》本。

劉向，《說苑》，《四部備要》本。

劉勰，《文心雕龍》，《四部備要》本。

劉昫，《舊唐書》，北京：中華書局，1975年版。

劉葉秋，《古典小說論叢》，北京：中華書局，1959年版。

劉義慶，《世說新語》，北京：中華書局，1962年版。

劉義慶，《世說新語》，《四部叢刊》本。

劉義慶，《世說新語》，思賢講社本。

劉義慶，《世說新語》，目加田誠譯本，見《新釋漢文大系》76，東京：
　　明治書院。

劉義慶，《世說新語》，森三樹三郎譯本，見《中國古典文學大系》9，東
　　京：平凡社，1969年版。

劉義慶，《世說新語》，竹田晃譯本，東京學術研究院，1983-1984年
　　版。

劉義慶，《世說新語》，金長煥譯本，3卷，首爾：薩林姆出版社，1996-
　　2000年版。

劉增貴，《試論漢代婚姻關係中的禮法觀念》，見《食貨月刊》卷8，8
　　期，1978年，頁381-398。

呂思勉，《兩晉南北朝史》，上海：開明書店，1948年版。

陸心源，《皕宋樓藏書志》，清本。

魯迅，《古小說鉤沉》，北京：人民文學出版社，1951年版。

魯迅，《中國小說史略》，香港：三聯書店，1958年版。

逯耀東，《魏晉對歷史人物評論標準的轉變》，見《食貨月刊》卷3，1
　　期，1973年，頁17-22。

《論語》，《四部備要》本。

《論語注疏及補正》，臺北：世界書局，1980年版。

羅貫中，《三國演義》，北京：作家出版社，1955年版。

馬融，《馬季長集》，見《漢魏六朝百三名家集》，掃葉山房本。

毛漢光，《兩晉南北朝士族政治之研究》，《中國學術著作獎助委員會
　　叢書》17，臺北：中國學術著作獎助委員會，1966年版。

《孟子》,《四部備要》本。

牟潤孫,《論魏晉以來之崇尚談辯及其影響》,香港:香港中文大學,
　　1966年版。

寧稼雨,《魏晉風度》,北京:東方出版社,1992年初版,1996年重印。

裴啟,《語林》,《玉函山房叢書》本。

浦起龍,《史通通釋》,《四部備要》本。

錢曾,《讀書敏求記》,《叢書集成》本。

饒宗頤,《八大山人〈世說詩〉解兼記其甲子花鳥冊》,見《香港中文大
　　學中國文化研究所學報》卷8,2期,1976年,頁519-529。

容肇祖,《魏晉的自然主義》,臺北:商務印書館,1966年版。

《詩經》,見《毛詩注疏及補正》,載《中國學術名著》輯6,臺北:世界
　　書局,1981年版。

沈約,《宋書》,北京:中華書局,1974年版。

宋祁,《新唐書》,北京:中華書局,1975年版。

蘇紹興,《東晉南朝王謝二族關係初探》,見《聯合書院學報》卷9,
　　1971年,頁103-111。

蘇紹興,《琅玡王氏之交遊與婚媾——兩晉南朝大士族一個案研
　　究》,見《聯合書院學報》卷12、13,1975年,頁43-80。

魏徵,《隋書》,北京:中華書局,1973年版。

湯球,《晉陽秋輯本》,《叢書集成》本。

湯球,《九家舊晉書輯本》,《叢書集成》本。

湯用彤,《魏晉玄學論稿》,北京:人民出版社,1957年版。

湯用彤,《魏晉玄學中的社會政治思想略論》,上海:上海人民出版社,
　　1956年版。

唐翼明,《從〈世說〉看魏晉清談之內容》(上、下),見《東方雜誌》復刊
　　卷23,11期,1990年,頁33-42;12期,頁31-39。

唐長孺,《清談與清議》,見《魏晉南北朝史論叢》,北京:三聯書店,
　　1955年版,頁289-297。

萬斯同，《二十五史補編》，北京：中華書局，1955年版。

王讜，《唐語林》，《說庫》本。

王叔珉，《世說新語補正》，臺北：藝文印書館，1975年版。

王瑤，《中古文人生活》，上海：棠棣出版社，1951年版。

王伊同，《五朝門第》，南京：金陵大學中國文化研究所，1943年版。

王仲犖，《魏晉南北朝隋初唐史》，上海：上海人民出版社，1961年版。

王晫，《今世說》，見《增補中國筆記小說名著》集1，冊11，載《增訂中國學術名著》輯1，臺北：世界書局，1967年版。

汪琬，《說鈴》，《嘯園叢書》本。

汪藻，《世說敘錄》，見《世說新語》，北京：中華書局，1962年版，冊4及5。

魏收，《魏書》，北京：中華書局，1974年版。

吳冠宏，《走向嵇康——從情之有無到氣通內外》，臺北：臺灣大學出版中心，2015年版。

吳丕績，《鮑照年譜》，上海：商務印書館，1940年版。

吳士鑒，《晉書斠注》，見《仁壽本二十五史》。

吳志達，《唐人傳奇》，上海：上海古籍出版社，1981年版。

《戲典》，上海：中央書店，1948年版。

《戲考》，上海：中華圖書公司編輯部，約1913-1925。臺北：立人書局，1980年重印本。

蕭虹，《分享的幽默——〈世說新語〉中精英階層的謔趣》，《首屆世說學國際研討會論文集》，新鄉：河南師範大學文學院、中原文獻與文化研究中心，2017年。

蕭虹，《陰之德：中國婦女研究論文集》，張威譯，北京：新世界出版社，1999年版。

蕭統，《文選》，《四部叢刊》本；《四部備要》本。

蕭繹，《金樓子》，《叢書集成》本。

蕭子顯，《南齊書》，北京：中華書局，1972年版。

謝赫，《古畫品錄》，見《南朝唐五代人畫學論著》，載《中國學術名著》輯5，臺北：世界書局，1975年版。

謝無量，《中國婦女文學史》，上海：中華書局，1916年版。

徐傳武，《〈世說新語〉劉注淺探》，見《文獻》1986年第1期。

徐高阮，《山濤論》，見《中研院歷史語言研究所集刊》卷40，1969年，頁87-125。

徐震堮，《世說新語校箋》，香港：中華書局，1987年版。

許世瑛，《晉時卑賤者稱尊貴者曰「官」》，見《大陸雜誌》卷1，7期，1950年，頁3。

許世瑛，《〈世說新語〉中第一身稱代詞研究》，見《淡江學報》卷2，1963年，頁1-24。

許世瑛，《談談〈世說新語〉中「見」字的用法和被動的幾種句型》，見《大陸雜誌》卷25，10期，1961年，頁297-303。

許世瑛，《談談〈世說新語〉中「相」字的特殊用法》，見《大陸雜誌》卷27，9期，1963年，頁273-282。

嚴耕望，《魏晉南朝地方政府屬佐考》，見《中研院歷史語言研究所集刊》卷20，1948年，頁445-538。

嚴耕望，《魏晉南朝都督與刺史之關係》，見《大陸雜誌》卷11，7期，1977年，頁195-198。

嚴耕望，《魏晉南朝都督與都督區》，見《中研院歷史語言研究所集刊》卷27，1966年，頁49-105。

嚴可均，《全宋文》，清本。

顏之推，《顏氏家訓》，《四部備要》本。

楊慎，《世說舊注》，《叢書集成》本。

楊蔭深，《中國遊藝研究》，見其《中國俗文學概論》，臺北：世界書局，1974年版，頁67-74。

楊勇，《〈世說新語〉劉孝標注釋例》，見《壽羅香林教授論文集》，香港：壽羅香林教授論文集編輯委員會，1970年版，頁245-254。

楊勇，《〈世說新語〉書名、卷帙、版本考》，見《東方文化》卷8，1期，

1970年，頁276-288。

楊勇，《世說新語校箋》，香港：大眾書局，1969年版。

葉德輝，《〈世說新語〉佚文》，見《世說新語》，思賢講社本。

葉德輝，《〈世說新語〉注引用書目》，見《世說新語》，思賢講社本。

殷芸初，《重印〈世說新語〉序》，見《世說新語》，北京：中華書局，1962年版，冊1。

余嘉錫，《世說新語箋疏》，北京：中華書局，1983年版。

余嘉錫，《四庫提要辨證》，北京：中華書局，1980年版。

余嘉錫，《余嘉錫論學雜著》，北京：中華書局，1963年版。

俞劍華、羅叔子、溫肇桐，《顧愷之研究資料》，北京：人民美術出版社，1962年版。

虞喜，《志林新書》，《玉函山房叢書》本。

余英時，《漢晉之際士之新自覺與新思潮》，見《新亞學報》卷4，1期，1959年，頁25-144。

袁德星，《魏晉南北朝的繪畫與美學思想》，見《中華文化復興月刊》卷5，4期，1972年，頁25-35。

袁褧，《刻〈世說新語〉序》，見《世說新語》，《四部叢刊》本。

袁淑，《袁陽源集》，見《漢魏六朝百三名家集》，掃葉山房本。

曾春海，《嵇康的精神世界》，鄭州：中州古籍出版社，2009年版。

詹秀惠，《〈世說新語〉語法探究》，臺北：學生書局，1973年版。

張忱石，《晉書人名索引》，北京：中華書局，1977年版。

張敦頤，《六朝事蹟編類》，清本。

張溥，《漢魏六朝百三名家集》，掃葉山房本。

張舜徽，《廣校讎略》，北京：中華書局，1963年版。

張彥遠，《歷代名畫記》，載《南朝唐五代人畫學論著》，臺北：世界書局，1975年版。

趙翼，《廿二史劄記》，臺北：世界書局，1980年版。

鄭樵，《通志》，上海：商務印書館，1935年版。

周紹賢，《魏晉清談述論》，臺北：商務印書館，1966年版。

周一良，《魏晉南北朝史論集》，北京：中華書局，1963年版。

周中孚，《鄭堂讀書記》，上海：商務印書館，1940年版。

朱伯昆，《魏晉南北朝時期無神者反對佛教中靈魂不死的鬥爭》，見《北京大學學報》（人文科學版），1957年第2期，頁29-60。

臧晉叔，《元曲選》，北京：文學古籍刊行社，1955年版。

宗白華，《論〈世說新語〉和晉人的美》，見李校編《現代語言文學論文選讀》，香港：東亞書局，1971年版，頁165-185。

宗炳，《畫山水序》，見張彥遠《歷代名畫記》，載《南朝唐五代人畫學論著》，臺北：世界書局，1975年版，頁207-211。

《莊子》，《四部備要》本。

《左傳》，《四部備要》本。

《左傳注疏及補正》，臺北：世界書局，1973年版。

外文部分

川勝義雄，《江戶時代における世說研究の一面》，見《東方學報》第20期，1960年。

川勝義雄，《世說新語の編纂をめぐって》，見《東方學報》卷41，1970年，頁217-234。

大矢根文次郎，《世說の原據とその截取改修について》，見《東洋文學研究》卷9，1961年，頁35-36。

稻田尹，《王謝の系譜——〈世說新語〉を中心として》，見《鹿兒島大學文科報告》卷4，1968年，頁19-32；卷5，1969年，頁61-101；卷7，1971年，頁43-88；卷8，1期，1972年，頁57-114；卷9，1期，1973年，頁1-100；卷10，1期，1974年，頁37-118。

福井文雅，《劉義慶の佛教的背景》，見《新釋漢文大系季報》，56期，1978年，頁1-2。

福井文雅，《〈世說新語〉成立の宗教的背景》，見《加賀博士退官紀念中國文史哲學論集》，東京：1979年，頁303-314。

高橋清，《世說新語索引》，臺北：學生書局，1972年重印本。

宮崎市定，《清談》，見《史林》卷31，1946年，頁1-17。

古田敬一，《類書等所引〈世說新語〉について》，見《廣島大學文學部紀要》卷3，1953年，頁145-166。

古田敬一，《世說新語佚文》（中文研究叢刊2），廣島：廣島大學文學部中國文學研究室，1955年版。

吉川幸次郎，"*The Shih-shuo Hsin-yü* and Six Dynasties Prose Style", trans. Glen W. Baxter, *Harvard Journal of Asiatic Studies*, v.18, 1955, pp.124-141。

森野繁夫，《世說新語考異の價值》，見《中國中世文學研究》卷3，1963年，頁22-32。

宇都宮清吉，《〈世說新語〉の時代》，見其《漢代社會經濟史研究》，東京：弘文堂，1955年版，頁482-494。

A Concordance to Shih-ching, Harvard-Yenching Institute Sinological index series, Supplement 9, Peking: Harvard-Yenching Institute, 1934.

Ebrey, Patricia Buckley, *The Aristocratic Families of Early Imperial China*, Cambridge: Cambridge University Press, 1978.

Frodsham, J.D., *The Murmuring Stream: the Life and Works of the Chinese Nature Poet Hsieh Ling-yün (385-433)*, *Duke of K'ang-lo*, Kuala Lumpur: University of Malaya Press, 1968.

Hightower, James R., "The Wen-hsüan and Genre Theory", *Harvard Journal of Asiatic Studies*, v. 20, no. 3/4(1957), pp. 512-533.

Ho Peng Yoke, *Astronomical Chapters of the Chin-shu*, Paris: Mouton, 1966.

Holzman, Donald, *La vie et la pensée de Hi K'ang*, Leiden: E.J. Brill, 1957.

Holzman, Donald, *Poetry and Politics: the Life and Works of Juan Chi, A.D. 210-265*, Cambridge: Cambridge University Press, 1976.

Johnson, David G., *The Medieval Chinese Oligarchy*, Boulder, Col.: Westview Press, 1977.

Kim Jang-hwan and Lily Xiao Hong Lee, "The Circulation and Study of *Shishuo xinyu* in Korea", *Early Medieval China*, v. 12(2006), pp. 31-68.

La Bruyére, Jean de, *The Characters or, the Manners of the Age*. 4th ed., London: Leach, 1705.

Lee, Lily Xiao Hong, "Shared Humour: The Elitist Jokes in *Shishuo xinyu*", in Jessica Milner Davis & Jocelyn Chey, eds., *Humour in Chinese Life and Letters*, Hong Kong: Hong Kong University Press, 2011.

Liu l-ch'ing, *Shih-shuo Hsin-yü: A New Account of Tales of the World*, trans. R.B. Mather, Minneapolis: University of Minnesota Press, 1976.

Mather, Richard B., "A Note on the Dialects of Loyang and Nanking during the Six Dynasties", in Chou Ts'e-tsung (ed.) *Wen-lin: Studies in the Chinese Humanities*, Madison: University of Wisconsin Press, 1968.

Mather, Richard B., "Chinese Letters and Scholarship in the Third and Fourth Centuries: the Wen-hsüeh-p'ien of the *Shih-shuo Hsin-yü*", *Journal of the American Oriental Society*, v. 84, no. 4(1964), pp. 348-391.

Mather, Richard B., "Introduction", in Liu l-ch'ing, *Shih-shuo Hsin-yü: A New Account of Tales of the World*, trans. R.B. Mather, Minneapolis: University of Minnesota Press, 1976, pp. 13-30.

Mather, Richard B., "The Fine Art of Conversation: the Yen-yü p'ien of *the Shih-shuo Hsin-yü*", *Journal of the American Oriental Society*, v. 91, no. 2(1971), pp. 222-275.

Mather, Richard B., "*The Shih-shuo Hsin-yü* and its Place in Chinese Literature", Papers of the C.1.C. Far Eastern Language Institute, no. 4(1973), pp. 39-47.

Myer Hector, "Wang Tao—Grundungsminister der Ost-Chin", Ph.D. dissertation, Freien Universität, Berlin, 1973.

Qian Nanxiu, "*Daitō Seigo* An Alien Analogue of *the Shih-shuo Hsin-yü*", *Early Medieval China*, v.4 (1998), p. 79.

Qian Nanxiu, *Spirit and Self in Medieval China: the Shih-shuo Hsin-yü and its Legacy*, Honolulu: Hawaii University Press, 2001.

Rogers, Michael C., trans. *The Chronicle of Fu Chien: a Case of Examplar History (Chinese Dynastic Histories Translations no. 10)*, Berkeley and Los Angeles: University of California Press, 1968.

Tang Yiming, "The Voices of Wei-Jin Scholars: a Study of 'Qingtan'", Ph.D. dissertation, Columbia University, 1991.

Theophrastus, *Theophrastus: the Character Sketches,* trans. Warren Anderson, Kent, Ohio: Kent State University, 1970.

Willis, J.C., *Dictionary of Flowering Plants and Ferns*, Cambridge: Cambridge University Press, 1966.

Zürcher Erik, *The Buddhist Conquest of China: The Spread and Adaptation of Buddhism in Early Medieval China*, Leiden, E.J. Brill, 1959.

後記

　　我對《世說新語》的興趣從中學開始。那時，在香港，中文課本用的是1949年以前中華書局出版的國文課本。在那上面我讀到幾則《世說新語》的摘選，我對它就「一往情深」了。

　　二十多年後，當我選擇辭去工作，實現我讀博士的夢想時，就毫不猶疑地以《世說新語》作為我的論文題目。自1984年獲得博士到現在，又一個二十多年過去了。在這二十多年裡，雖然研究方向有了轉移，我的不少研究仍然和《世說新語》脫不了關係。在為謝道韞寫評傳，或闡述魏晉婦女參與主流社會的活動，甚至論證婦女使用的稱謂與她們的自我評估的關係時，都用了大量《世說新語》裡的材料。直至與韓國學者金長煥合作撰寫關於《世說新語》在韓國的流傳和研究，更是針對性的研究。最近又應邀為友人關於中國幽默的書，寫了《世說新語》的一章。在寫作這些文章時，對《世說新語》不斷有更新、更深的認識，也見識了許多同行的研究成果。走過這漫長的路程，我有意把我多年來的工作，作一小結。

　　這本書裡有些問題是前賢和同行討論過的，散見於諸書刊，我

把它們收集在一本書裡，加上我自己的意見。還有些問題是別人沒有
提到的，希望能起到一些獻芹的作用。

　　本書於2011年由上海古籍出版社出版了簡體版。鑑於該版在港
臺等繁體更為普遍的地方較難看到，特策劃繁體版，以饗同好。

　　本書出版後得到不少關注與評論，其中何丹尼君的〈會通中西
舊典新聲〉一文見解精到，特附錄於書末，以資讀者參考。

蕭虹

2019年6月於悉尼

附錄：
會通中西　舊典新聲
——讀蕭虹博士《世說新語整體研究》劄記
何丹尼

蕭虹博士是澳洲著名的中國古典文學專家。二十多年前，筆者辱承蕭虹博士見贈她英文版的《世說新語》研究論文，對她的定量定性研究方法至今記憶猶新。近日拜讀了她在論文基礎上充實增補後的《世說新語整體研究》，頓覺七寶樓台、精彩迭出，令人耳目一新。書中不僅在在可見作者深厚的國學素養，更以美學、社會學、比較文學等現代學科的視角去解讀《世說新語》，使這本古典名著展現出與時俱進的新穎風采。

一、深厚的國學素養

對於作者深厚的國學素養，有三個方面令筆者印象深刻。

第一是作者對目錄學、版本學、校勘學的稔熟掌握。對任何一種古典的整理，目錄版本和校勘是必不可少的基礎工程。作者在探討《世說新語》的歷史與沿革一章中，對前人的研究成果旁搜遠紹、條分縷析，又進一步提出自己的觀點澄清了歷來的許多疑點。屬於目錄學範圍的，作者理清了由最初書名《世說》到後來題名為《世說新

語》的演變脈絡。屬於版本學範圍的，由最初的八卷本、十卷本到現在通行的三卷本的沿革。屬於校勘學範圍的，則作者把唐人手寫殘卷與今本對校，得出唐殘卷比今本多出五百三十四字，但今本刪去這些字的原因，「似因註解過長，被刪內容只是些細枝末節。」經過這些細緻探索，作者給了我們令人信服的結論：「我們現在的版本，無論正文抑或註解，總體上都是保持完整的。」

　　第二是作者在蒐集資料時，注目於往往被學者忽視的輯佚類書籍。古人早已指出，《世說新語》的素材採自於漢晉以來的佳事佳話，但究竟是採自哪些書籍，清人馬國翰從唐宋類書中輯出了晉人裴啟的《語林》殘卷，第一個指出《世說新語》許多材料來自《語林》。魯迅先生也同樣從唐宋類書中輯出了《語林》和晉人郭澄之的《郭子》殘卷，進一步指出《世說新語》採自《語林》和《郭子》。日本學者則從唐人官修《晉書》之前已存在的各種晉朝歷史佚書中尋找材料。作者受到前賢們的影響，埋頭於《九家舊晉書輯本》及《晉陽秋》輯本這兩種輯佚書中，找出與《世說新語》相同或近似的七十五條材料。研究中國古典文學的學者，對常用的歷代正史都會留意，但對後人輯錄的佚書，因刻板印刷數量有限從而流傳不廣，所以許多學者對此不甚了了。作者能注意到利用輯佚書，自是博聞強志，識見過人。四十年前，筆者讀研究生時，杭州大學洪湛侯先生為我們講授目錄學，特別提及馬國翰的《玉函山房叢書》在輯佚書中蔚為大觀。言猶在耳，哲人其萎。現在在蕭虹博士書中見到提及馬國翰此書，不禁臨風懷想，感從中來。除了蒐集古代典籍，作者還留意於出土文物。二零零八年浙江紹興出土了王羲之夫人郗璇的墓碑，作者就利用這一文物斷定《世說新語》中一則故事應在晉代。王國維先生曾指出應該重視地下出土文物，現在出土的典籍與文物越來越多，也越來越引起學界重視。作者關注並利用出土文物，足見搜尋材料用力之勤。

　　作者深厚學養的第三個部分表現在文史貫通。傳統學者總是先

經史而後文學，辛亥革命後，科舉廢棄，經學隨之衰微，但前輩學人總是對史學高度重視。先師馬茂元先生每每耳提面命，教導我們文史不分家。然而現在學風變易、程式不再。最近在網上看到一位教授給唐代文學研究生開的書目，五十種別集總集，五十種研究書目，但沒有一本唐代史書。另有有識者增補了十餘種，但史書只有一種：呂思勉先生的《隋唐五代史》。作為第一手資料的《舊唐書》、《新唐書》卻都付之闕如。蕭虹博士身處海外，承繼了前賢文史並舉的正道，在本書中充分顯示了對史料的純熟把握。從大處說，作者自述把《晉書》從頭到尾通讀一遍，再把史書中與《世說新語》中軼事、言語相同處一一記下，得出結論是，「《晉書》總共有474條軼事與《世說新語》相似，佔後者總數1173條的41.9%。」並且將人名和相似條目數目列為表格，精確統計。這需要對《晉書》和《世說新語》熟悉到何等程度。下這種死功夫，耗力極大，而肯做這種地毯式的查檢，正體現出作者學風的謹嚴深透。從小處說，篇章之間經常把史書與《世說新語》兩相參照，或引史書以檢校《世說新語》人物的歷史背景，或引《世說新語》以補史書的不足。作者的史學造詣還體現在所撰寫的劉義慶年譜。作者以《宋書》為基本依據，又參酌了《高僧傳》、《鮑照年譜》，再加以考訂，頗見功力。作者不僅對劉義慶撰寫年譜，對他身邊的文士集團何長瑜、陸展、鮑照、袁淑都依據《宋書》、《南史》、《漢魏百三名家集》，盡可能地搜尋他們的史料，並且加以稽查考訂，因而證明他們都不可能是《世說新語》的獨立撰寫者，從而推導出劉義慶作為主持者、總編輯，在文人集團的協助下成書這較為令人信服的結論。現在學界中人分工越來越細，搞理論的不擅搞考證，搞考證的又乏力於理論，作者以史實為依據，從而推導理論，兩者兼擅，確是全材之美。

二、新穎的時代解讀

　　與歷時悠遠的傳統國學相比，美學、社會學、比較文學都是年

輕得不成比例的小弟弟。然而由小弟弟們來解讀這本名著，其結果當然與凝重板滯的國學老大哥不同。作者用這些新興學科重新審視《世說新語》，許多成果更加新穎、更加深刻、也更有時代感。橫看成嶺側成峰，就是這種不同時代不同角度解讀名著的最好詮釋吧。其實每一本名著，隨著時間的推移，對它的評價都有不同時代的刻影。如一部杜甫詩歌，封建社會一千多年來讀出的是忠君愛國，每飯不忘君。四九年後，抹去了忠君成分，強調的是現實主義、人民性。今天在筆者看來，是詩人人性的複雜性，即人性的深沉博大又矛盾痛苦。下面來看一下作者是怎樣以新興學科來解構古董經典。首先是美學。魏晉六朝是個動盪紛亂的時代，統治階級賴以維穩的儒家禮教已經百孔千瘡，舊的信仰幻象破滅，約束人類社會性的法律、道德、宗教都如此蒼白無力，人們轉而從對社會對國家對宗族的責任感轉化為對人身的本體的追求。高級的，是對自己名聲和榮譽的追求，從個人興趣出發，通過文學創作、哲學思辨。低級的，則是放縱人的動物性，酒色財氣、聲色犬馬。所以魯迅先生說曹丕時代是文學的自覺時代，李澤厚先生在《美的歷程》中指出：「在懷疑和否定舊有傳統標準和信仰價值的條件下，人對自己生命、意義、命運的重新發現、思索、把握和追求。」作者的觀念和他們一脈相承，但更具體更細緻，從《世說新語》中提煉出六條東方美學觀具體如下：一，輕形重神；二，崇尚樸素自然；三，崇尚高遠，留下空間；四，濃厚的非功利思想；五，開放的人生、政治和世界觀；六，至性至情的人和藝術。作者在詳細論說後，作出了精彩的總結：「從藝術上說，我們可以說《世說新語》所樹立的審美觀，不是寫實的而是寫意的。重神韻、空靈的境界，不斤斤於貌似所要表現的人或物。」從人格的審美來說，「《世說新語》為後世的知識分子揭示的理想人格是率性的、適意的，不慕榮利，處變不驚，寵辱不移。也可以說是一反儒家以國家、宗族為中心的思想，而走向個人主義。」作者也指出這種審美觀來自於道家思想的復甦。筆者以為，在先秦時代，老莊只是諸子百家中的一家，並

沒有佔據主導地位。而在魏晉六朝，政治現實的殘酷、社會紛爭的亂象剝光了儒學君臣父子倫理綱常的內褲，這才使得玄學大興其道，創造出新的藝術審美和人格審美。說幾句題外的話，今天我們有幸生活在澳洲，既有民主社會的制度保證，又有國家的經濟保障，生命有安全感，衣食也無憂，更有條件追求內心的充實愉悅，而不用像《世說新語》時代的人們長懷生命無常的恐懼、傷時憂世的苦痛，強作率性自適來麻醉自己。

　　其次是社會學。作者用了整整一章來探討《世說新語》所反映的時代風尚，把它歸納為九個大類。除了一部分如清談、豪門等，可以兼容於史學和社會學，其他類別都屬於社會學的範疇。如「奢侈與節儉」一章中，人們熟知石崇的驕奢淫逸，但他的財富卻來自於倚仗自己的官場高職，公然打劫邊遠客商。一代名將祖逖的「裘袍重疊、珍飾盈列」也是來自攔路搶劫。政府高層無力阻止，只能無奈默認。這種兵匪一家，也是特殊時代的特殊社會風尚。又如「南人與北人的對立」一章中，作者對司馬氏南渡之後北方士族與南方高門之間在稱呼語言、飲食習慣上的對立作了詳盡介紹。北人以羊酪為人間絕品、南人卻願意為蓴羹、鱸魚辭官回鄉。原來今天人們的飲食愛好，可以直接承繼千年之上的祖宗。再如「娛樂方式與器具的演進」一章中，列舉出士大夫的尋歡作樂方式一是賭博，並對各種賭具作了詳細介紹。二是圍棋，三是彈棋，四是女子伎樂，為我們提供了一幅晉人風俗畫。這一章中最具特色的當數「對女性更寬鬆的社會氛圍」。作者本身幾十年來一直研究婦女生活專題，主編《中國婦女傳記辭典》及有《陰之德》、《長征婦女的歸宿》等專著，所以對《世說新語》中的婦女題材特加關注。一是貴族婦女在家庭中的地位。名相謝安之妻劉夫人，可以公然蔑視謝安的來訪賓客的素質，自誇她兄長門中可沒有這種客人。她自己在幃帳中欣賞伎樂，因怕謝安見色起意，打著「恐傷盛德」的招牌趕丞相丈夫出去。但謝安還是「欲立妓妾」，親戚們拿《詩經》中教導婦女不可妒嫉的詩篇去勸劉夫人，劉夫人問道

誰寫的詩，回答說周公。劉夫人悍然拒絕，周公是男子，所以寫這種詩，如果是周婆寫的可不會寫這種東西。東晉才女謝道韞也是典型人物。雖然和丈夫王凝之門當戶對，卻把她的丈夫與娘家的才幹相比，叫嚷天地之間怎麼會有這樣的人。她的弟弟謝玄是東晉名將，她卻當面斥責「都不復進，為是塵務經心？天分有限？」儼然家中一霸。更有甚者，西晉司徒王衍之妻郭氏秉性貪狠，王澄當時只是十四五歲少年，看不過去前去勸阻，郭氏破口大罵，一把拉住他衣服拿出棍子就要打將上去。嚇得王澄極力掙脫，跳窗狼狽逃走。這些都說明了當時社會的上層貴族女子一反三從四德的禮教綱常，在家庭中凌駕丈夫，處於強勢地位。不僅在家中，女子在社會上也頗受尊重。謝道韞寡居後，在會稽居喪，「太守劉柳聞其名，請與談議。」談話之後，劉太守歎曰：「實頃門未見瞻察言氣，使人心形俱服。」除了家庭地位、社會地位外，婦女在政治活動中也起了一定作用。前面說到的王衍之妻郭氏，就是「聚斂無厭、干豫人事」，丞相王導的寵妾雷氏，同樣是「頗預政事，納貨。蔡公謂之雷尚書。」可見能量之大，買官賣官之肆無忌憚。在婚姻上女方再婚與否也有了相當的自主權。願意再婚，毫無壓力，寧可守寡，也聽任她們自己作主。不像北宋以後，道德遠比之前嚴格，「餓死事小，失節事大」成了社會的權威規定。相比兩漢，婦女地位的提昇首先應該歸功於禮教的廢弛。其次是貴族女子的高貴家族門第，再次是女子本人的才識和膽略，無論如何，敢於當面罵家人、打家人，甚至受賄賣官，也算是一種膽略吧。婦女生活，歷來是社會學的重要課題，作者不僅篩檢出大量鮮活的例證，更對婦女在政治上的作用、社會上的地位、家庭中的地位、婦女再婚的自主權都作了有理有據的分析，呈現出晉代婦女的眾生相。

　　比較文學是另一門新興學科。蕭虹博士求學教學都在海外，接觸外國文學條件得天獨厚。作者重點介紹了對人的個性分類排比興趣盎然的希臘哲學家狄奧弗拉期圖，他的著作雖然與《世說新語》在材料捨取上不同，例證也不是採自真人真事而是虛構創造，但兩書有相

當部分極其相似。如分類中的假譎與作偽者、儉嗇與吝嗇鬼、讒險與造謠中傷者、忿狷與不合群者、輕詆與吹毛求疵者等等。兩部作品的比較，使我們更加認識到無論古今中外，人性中都有高尚光明的一面，但人性中猥瑣陰暗的一面也都有共同之處。作者還羅列了一批追隨狄奧弗拉期圖的英法作者，如有學者把他們的著作與《世說新語》、《續世說》等作品加以比較，將是對《世說新語》的後續研究。扎實的西學根柢，優游於西方文學的環境，是蕭虹博士及其他海外漢學家的獨特優勢，這是傳統的國學研究者無法企及的。作者把此書命名為《世說新語整體研究》，確是名實相符。對這一名著的各個方面都作出精準的剖析，使人開卷獲益良多。當下《世說新語》的研究已成顯學，大陸學者甚至倡議建立《世說新語》學，蕭虹博士的大作在這一領域內理應占有相當重要的地位。

國家圖書館出版品預行編目資料

探索世說新語——史證與文跡/蕭虹著
--初版--臺北市：蘭臺出版社：2020.6
ISBN：978-986-5633-91-2 平裝
1.世說新語 2.研究考訂
857.1351   108022877

文獻學‧第一輯02

探索世說新語——史證與文跡

作　　者：蕭虹
主　　編：張加君
編　　輯：陳嬿竹
封面設計：陳勁宏
出 版 者：蘭臺出版社
發　　行：蘭臺出版社
地　　址：台北市中正區重慶南路1段121號8樓之14
電　　話：(02)2331-1675或(02)2331-1691
傳　　真：(02)2382-6225
E—MAIL：books5w@gmail.com或books5w@yahoo.com.tw
網路書店：http://5w.com.tw/
　　　　　https://www.pcstore.com.tw/yesbooks/
　　　　　https://shopee.tw/books5w
　　　　　博客來網路書店、博客思網路書店
　　　　　三民書局、金石堂書店
總 經 銷：聯合發行股份有限公司
電　　話：(02) 2917-8022　　傳　真：(02) 2915-7212
劃撥戶名：蘭臺出版社　帳號：18995335
香港代理：香港聯合零售有限公司
電　　話：(852)2150-2100　　傳　真：(852)2356-0735
出版日期：2020年6月 初版
定　　價：新臺幣460元整（平裝）
ISBN：978-986-5633-91-2